本专著的出版得到了全国名家及"四个一批"人才项目"当前文化与文学热点问题研究"经费的资助

系黑龙江省高校哲学社会科学创新团队"现当代文学与文化思潮研究"项目成果之一。

文学批评与文化阐释

于文秀 ◎ 著

中国社会科学出版社

图书在版编目(CIP)数据

文学批评与文化阐释 / 于文秀著. —北京：中国社会科学出版社，2017.6
ISBN 978-7-5203-0673-7

Ⅰ.①文… Ⅱ.①于… Ⅲ.①文学评论—研究 Ⅳ.①I06

中国版本图书馆CIP数据核字(2017)第152117号

出 版 人	赵剑英
责任编辑	熊　瑞
责任校对	王佳玉
责任印制	戴　宽

出　　版	中国社会科学出版社
社　　址	北京鼓楼西大街甲158号
邮　　编	100720
网　　址	http://www.csspw.cn
发 行 部	010-84083685
门 市 部	010-84029450
经　　销	新华书店及其他书店
印刷装订	北京君升印刷有限公司
版　　次	2017年6月第1版
印　　次	2017年6月第1次印刷
开　　本	710×1000 1/16
印　　张	15.25
插　　页	2
字　　数	209千字
定　　价	69.00元

凡购买中国社会科学出版社图书，如有质量问题请与本社营销中心联系调换
电话：010-84083683
版权所有　侵权必究

目　　录

在北中国仰望星空
　　——于文秀《文化批评与文化阐释》序……………… 孟繁华（1）

第一辑　现代文学专题研究

沉潜到生命本质的深处：鲁迅小说的人学解读 …………………（3）

老舍小说的文化选择………………………………………………（20）

老舍小说的民俗描写与文化批判…………………………………（30）

对文学本质的超越性诉求：梁实秋文学观论析…………………（40）

萧红：拒绝惯常、平庸的文学与人生………………………………（54）

第二辑　作为文化现象的文学与文学史

检省文坛伪问题……………………………………………………（69）

手机文学现象：午后茶点与后文学景观…………………………（75）

文学史的写作困境与现代性迷雾…………………………………（83）

文学史写作的后现代之思…………………………………………（95）

实然与应然：对文学史中萧红书写的考察………………………（104）

第三辑　当代西方文化思潮热点若干

阿尔都塞的意识形态理论及其当代影响………………………（125）

目 录

葛兰西哲学与当代批判理论的文化转向 …………………… (142)

第三种大众文化理论:波德里亚的大众文化批判理论 ……… (161)

论生态文明的哲学基础与文化范式 …………………………… (179)

西方中心主义与中国学术深层问题
　　——以文论和文学批评为例 ………………………………… (192)

第四辑　观与评的人文之思

人民性:文艺的永恒生命
　　——纪念《延安文艺座谈会上的讲话》70周年 ………… (199)

文与史的双线探究
　　——评《口述历史下的老舍之死》………………………… (206)

为国族立心　为文化立命
　　——理论文献片《文化伟力》观后 ………………………… (214)

李五泉与他的《街上有狼》……………………………………… (223)

后批评时代与学术批评的单向度 ……………………………… (232)

跋　守望精神麦田　执着意义创新 …………………………… (235)

在北中国仰望星空
——于文秀《文化批评与文化阐释》序

孟繁华

一个民族有一群仰望星空的人,他们才有希望。先贤的这一名句曾被许多人引用,或者说它得到了广泛的认同。如果是这样的话,那些认真从事文学创作和文学研究的人群,也是仰望星空的人。于文秀教授就站在北中国仰望星空的人群中。在长久瞩目的星空,她既看到了那些钻石般发光的恒星,也试图辨析那些正在形成的云团。无论是光焰万丈的恒星,还是迷雾般的云团,都蕴含着神奇和秘密。这神奇和秘密,应该就是吸引于文秀的魅力所在。二十余年来,于文秀就这样仰望着星空。这当然是一种比喻。事实上,从事文学研究和批评的人,其中的甘苦只有自己知道。但是,从事哪种工作没有甘苦呢。不同的是,于文秀用她特有的坚韧,一直坚持在这一领域并取得了令人瞩目的成就。

从这本书的内容看,于文秀从事的研究、批评领域跨度很大。既有现代作家研究、理论研究,也有文化、文学现象研究。在当下学科划分越来越精细的情况下,能够或敢于跨越不同学科从事研究或批评,不仅需要胆识,更需要积累。在这方面,于文秀应该是一个佼佼者。在现代作家研究方面,于文秀选择了鲁迅、老舍、梁实秋和萧红作为对象,也就是选择了现代文学研究的高端题目。对这些作家研究的文章汗牛充栋。优势是有许多已有研究成果可以参照,困难是要想写出新意就不那么容易了。但于文秀在她的研究中仍有自己独特的体会。比如她对鲁迅"对人的前存在状态的批判"这一多少有些哲学化的表述就非常新鲜:"所谓人的前存在状态,即指人处于一种非自由自主的,而是消极、被动的没有凸现主体性的生存状态中。在这种状态中,人的生存沉入重复性的当下的形而下的生存中,倚重的是传统、习俗、常识,甚至人的盲目性,缺乏主体的理性评价与自主选择,没有达到一种真正意义上的人的存在,即人处于自失状态。"我们可以商榷她"人的前存在状态"的概念,但她通过对鲁迅《坟》、《热风》、《药》、《阿Q正传》、《祝福》、《明天》、《示众》等作品分析得出的结论,起码成一家之说。梁实秋早年曾专注于文学批评,他批评过冰心的散文,批评鲁迅翻译外国作品的"硬译"方法,不同意鲁迅翻译和主张的苏俄文艺政策,坚持将描写与表达抽象的永恒不变的人性作为文学艺术的观念,主张文学无阶级等,也曾和鲁迅等左翼作家笔战,被鲁迅先生斥为"丧家的资本家的乏走狗",毛泽东也曾把他定为"为资产阶级文学服务的代表人物"。尽管时代变了,但客观评价梁实秋也不是一件易事。于文秀敢于纠正大人物的"通说",认为"梁实秋的文学观充满了形上之思,具有较为深层的哲学关怀和超越性追求,具体来说,这种哲学关怀与超越性追求主要表现为:推崇文学应表现人的本质的形上维度,强调文学的伦理取向与精神提升,坚守文学批评的纯粹性、独立性,以及对文学批评的超越性、精英化品格的强调,等等。从本质上说,梁实秋的文学观、批评观实现了中西文化精神的深层对接。他对文学本质与批评特质的深层追思不仅使其文学批评观在当时新文学主流思潮之外构筑了深沉的人文风景,而且对当下的消费主义文化语境中的文学创作尤有启示性意义。"立论截然不同,除却有时代背景外,也与论者对中外文论的把控、理解有关。在这个意义上,可以说于文秀是一位敢于立论的学者。

如果说于文秀对现代作家的研究是具体的,那么,她的文化现象研究、文学史研究,以及西方文化思潮的研究,题目就相对宏大些。

比如《文学史的写作困境与现代性的迷雾》、《文学史写作的后现代之思》、《实然与应然：文学史中的萧红书写探究》、《阿尔都塞的意识形态理论的影响及当代意义》、《葛兰西哲学与当代批判理论的文化转向》、《波德里亚的大众文化批判理论》、《西方中心主义与中国学术的深层问题》等。当然，题目的确立与研究对象有关。这些理论性较强的文章，虽然题目较大，但在具体论证时，她践行的还是"小心求证"。比如她在《文学史的写作困境与现代性的迷雾》中，敏锐地提出了"现代性的研究的知识时尚化倾向"一说。这是事实也是发现，因为大家都说"现代性"，却少有人检讨这一方式。她的第三辑的四篇文章，都与文化研究有关。阿尔都塞、葛兰西、波德里亚等，都是西方当下文化研究名满天下的大师。如果做文化研究，不了解这些经典作家的理论几乎是不可能的。当然，文化研究的理论家远非这几个。像雷蒙·威廉斯、理查德·霍加特、狄奥多·阿多诺、米歇尔·福柯、雅克·拉康、雅克·德里达、哈贝马斯、罗兰·巴特、瓦尔特·本雅明、斯图加特·霍尔等，都与文化研究有千丝万缕的联系。于文秀关注的这几位理论家更有代表性。阿尔都塞虽然备受争议，但他的意识形态理论影响仍然巨大，他的理论为"文化研究"方法提供了新的范式；葛兰西被认为是西方马克思主义的"鼻祖"。他的市民社会、文化霸权和有机知识分子等理论，是批判理论文化转向的基础和引领性的理论；波德里亚是后现代理论重要的理论家，他被高度争议毁誉参半。他虽然不承认自己是后现代理论家，但他的大众文化理论、仿真理论和符号理论等，无疑又是后现代理论重要的组成部分。于文秀对这些理论家的评论，加强了我们对西方文化研究方法的了解与理解。当然，文化研究的出现和流行，一方面改变了我们文学、文化研究的有限方法，丰富了我们研究的思想和理论；另一方面，文化研究逐渐暴露出的问题，也进一步证明了这是一个人文科学的实验时代。

当然，除了这些立论和对象宏大的论文之外，于文秀也积极介入文化与文学现场。比如对手机文学现象、萧红研究的研究等，都有不同凡响的见识和看法。通过于文秀这本书的内容，我们可以看到，她的研究基本是文化研究方法，同时又有哲学的思想功底。她自己也说过："我的研究的真正起步应该说是从读了哲学博士开始（当然这只是我个体的特殊性，我没有将之做普适化推广的意图），1999年考取哲学博士生后，即在导师引领下，开始阅读文化哲学、西方马克思主义批判理论、后现代文化思潮等方面的书籍，阅读过程的困惑和煎熬自不待言，但有意外惊喜，因为每一部著作阅后，都令我产生意想不到的思想火花，点燃并升华了已有的文学积累，同时也使我的研究视野不再拘囿于二级学科内，在一定程度上突破原有的研究范式，促使我有能力关注和参与有关文学与文化方面的热点和前沿问题的探讨，走着所谓的文学的文化研究之路。"不同的学科背景，使于文秀的文学研究呈现出了自己鲜明的特色，这一点是令人羡慕的。

此外，于文秀的这些文章，是标准的学院派论文。这是学院训练的结果，但又何尝不是自己的追求呢。当下，学院批评不断遭到诟病，认为学院派的文章言不及义、站在云端说话不接地气、形式大于内容、都是"美国东亚系的论文"，等等。应该说这些问题是存在的。但是，作为一种现代的学术文体，有真知灼见的学院派论文，仍然是国际学界通常使用的文体。在我看来，问题不在于是否是学院派，关键还是是否有发现、有见解。无论是哪一学科的研究，问题意识、填补空白、发现边缘、重估主流、纠正通说，都是学术研究的出发点。但我同时也希望于文秀文章的写作方式可以再丰富一点，比如那种感悟式的、随笔式的等，都可以尝试一下。这也是发现自己的一种方式。

许多年以来，于文秀在北中国仰望着星空，坚守自己的精神麦田，使她成为一个卓有成就的学者。这与她接受的教育背景有关，当然更与她对自己的要求和期许有关。一个有抱负的学者与性别没有关系。我相信，她的勤勉和追求，一定会取得更大的学术成就。

2017年9月1日于北京

第一辑

现代文学专题研究

沉潜到生命本质的深处：鲁迅小说的人学解读

　　文学是"关于存在诗性沉思"[①]。关怀人的生存状况，对文学来说永远是具有本体论意义的话题。文学文本对人的最为深刻的洞悉，莫过于在具体可感的形象世界投注形而上[②]的沉思，即哲学层面的沉思。正如大师所说，"先成为深刻的哲学家，再成为作家"，"精通形而上学，才能出类拔萃"（巴尔扎克语）。回首20世纪的中国文学，能达到如此境界者并不多，而鲁迅当之无愧。他的文学作品，尤其是小说，超越了对人与生活世界的感性与经验性的观照，达到了在哲学层面的表征意义。鲁迅的小说文本不仅相对古近代小说有了跨越式的发展，比照同时代的作家亦胜出一筹。这表现在，他与同时代的小说家一道努力使文学回到为人生本身，共同为实现强国立人而致力于批判改造国民性，但鲁迅没有在人生与国民性层面止步，而是沉潜到生命本质的深处，呈现出对存在的诗性沉思，进行哲学的思考与回应。他的过人之处，即在于把对人的关注"放在一个甚深的哲学情怀而不只是人文主义的激情中"[③]，显现了其思想家的本色。反过来说，鲁迅被冠以

[①] ［捷］米兰·昆德拉：《小说的艺术》，唐晓渡译，作家出版社1993年版，第36页。
[②] "形而上"一词是一个具有多义性的概念。本文中取其最原初的含义，即哲学的同义语、代名词。在本文中，"对人的形而上的沉思"即指对人的存在所作的深层次的哲学思考。
[③] 王乾坤：《鲁迅的生命哲学》，人民文学出版社1999年版，第142—143页。

思想家之名，与他对人与世界的哲学化的深思和憧憬是分不开的，这使他的文本能穿越时空，产生永久的精神回响。

一 对人的前存在状态的批判

鲁迅在小说和杂文中都对人的存在状态投以形而上的思考，对人之为何及人之难以为人进行了检省和沉思。前期的杂文中，很多地方都存有对人的含义具有形而上意味的表述，表现出他对人的存在状况的哲学化思考的痴迷。仅在《坟》《热风》中，就可以随处抽出许多这样的句子，如"中国人向来就没有争到过'人'的价格"[1]，"中国娶妻早是福气，儿子多也是福气。所有小孩，只是他父母福气的材料，并非将来'人'的萌芽……"[2] "人类尚未长成……"[3]

对人的内涵充满哲学憧憬和期待的鲁迅，对人的状况尤其是当时国人的存在状态感到甚为不满，"……人类向各民族所要的是'人'"，但我们"不能献出于人类之前"，我们有的只是附和着"儿媳妇与儿媳之夫"等各种人伦角色及称谓的符号所指[4]，尤其令鲁迅焦虑的是，国人的生存状态不仅与形而上意义的人之内涵（自由、思想、超越等）相距遥远，甚至连自主、独立意义上的存在亦须历经长期的启蒙才能获得。正因为如此，执着于对人的终极关怀与思考的鲁迅开始了对人的前存在状态的批判，目的是"使这生下来的孩子，将来成为一个完全的人"[5]。

所谓人的前存在状态，即指人处于一种非自由自主的、消极的、被动的、没有凸显主体性的生存状态。在这种状态中，人的生存沉入重复性的当下的形而下的生存中，倚重的是传统、习俗、常识，甚至

---

[1]《坟·灯下漫笔》，《鲁迅全集》（第1卷），人民文学出版社1981年版，第212页。（本文引用的《鲁迅全集》皆为人民文学出版社1981年版）

[2]《热风·随感录·二十五》，《鲁迅全集》（第1卷），第296页。

[3]《热风·六十一·不满》，《鲁迅全集》（第1卷），第358页。

[4]《热风·为"俄国歌剧团"》，《鲁迅全集》（第1卷），第382页。

[5]《热风·随感录·二十五》，《鲁迅全集》（第1卷），第296页。

沉潜到生命本质的深处:鲁迅小说的人学解读

人的盲目性,缺乏主体的理性评价与自主选择,没有达到一种真正意义上的人的存在,即人处于自失状态。鲁迅将这种人的前存在状态比喻为"没有花、没有诗、没有光、没有热。没有艺术,而且没有趣味,而且至于没有好奇心"的"沙漠",并说"比沙漠更可怕的人世在这里"[①]。在鲁迅的小说中,对人的前存在状态的表现和批判主要是通过描写阿Q、华老栓、祥林嫂以及看客们等生活在社会底层的弱势群体来实现的,通过对他们的愚昧、麻木、毫无生机的生存状态的描述,展示了国人荒漠化的生存景观。也由此使鲁迅超越了当时及后来许多作家对下层民众的仅限于"劳工神圣"的同情与赞美或对社会不公的揭露与控诉的层面,而达到了对国人存在状态的哲学思考与批判,从而使他的作品较一般的此类作品具有独特而深邃的哲思意蕴。

在《药》《阿Q正传》《祝福》《明天》《示众》等众多小说中,我们看到,导致人的前存在状态的主要原因是人的双重匮乏,即绝对匮乏与相对匮乏。具体来说,绝对匮乏是指人在物质生存方面的极度缺乏;相对匮乏是指人的精神世界的荒芜与贫困。鲁迅小说中的人物,尤其是以阿Q、祥林嫂为代表的下层弱势群体是人的双重匮乏的承载者。从大的文明背景看,尽管西方已是机器隆隆的大工业时代,人的理性与创造力得到空前凸显,但他们依然处于农业文明的笼盖之下,因生存环境、生存能力受外部自然因素制约,物质生存条件极其低下,加之中国当时现实社会宗法制、等级观念等因素的统摄,弱势群体的物质生活状况更加非人化,阿Q、祥林嫂、单四嫂子、闰土、华老栓等的惨淡处境即是弱势人群困厄的生存状况的形象写照。马克思曾对宗法制的东方社会进行过这样的批判:它"是东方专制制度的牢固基础,它们使人的头脑局限在极小的范围内,成为迷信的驯服工具,成为传统规则的奴隶,表现不出任何伟大的作为

[①] 《热风·四十》,《鲁迅全集》(第1卷),第322页。

和历史首创精神"①。阿Q们不仅物质生存极度匮乏,而且精神与心灵世界亦是荒芜的、萧索的,绝少意义之光的烛照,犹如虚空死寂的暗夜,他们甘当奴隶,只有生存本能。按照马斯洛层级心理学对人的需求划分理论,鲁迅小说中的底层民众只能处于最下层,即"生存需要",在此种状态下,人的真正意义上的精神追求无从谈起。

鲁迅小说的文本对于人的前存在状态的批判中,除了揭示出造成这种状态的原因外,还着重表现了处于这种状态中,人被异己力量的驱使、主宰,以及人所具有的残忍因素的膨胀。

人的双重匮乏,尤其是精神的匮乏,会导致人对外物的依赖和人被外物的驾控与制约,从而使生存失去主体意志,成为一种没有自我指征的空的肉身,这是鲁迅小说着力指涉的一个主旨所在。他小说的人物由于没有自我的主体意识和精神追求,无法成为自我生存的主宰,且常常被异己的外力与外物所驾控、驱役,存在的尊严与价值根本无从谈及。对此,鲁迅并没有在文本中做一番哲学式的抽象陈述,而是从日常生活的细节来发掘蕴蓄深刻的哲理意义的资源。如他在《头发的故事》《风波》《阿Q正传》等文本中,展示了人的生存受外物制约的悲剧。一条辫子在芸芸众生的生活中搅起一次次非同寻常的风波,在它的剪留、有无的变幻中,生命受尽了嘲笑与捉弄,令人倍感生存的荒谬,对此鲁迅借人物之口感叹道:"古今来多少人在这上头吃些毫无价值的苦啊!""有多少中国人只因为这不痛不痒的头发而吃苦,受难,灭亡。"(《头发的故事》)

人的匮乏导致人对外力与外物的屈从,造成人的异化。在人的异化中,鲁迅感受最为深切的是妇女精神世界的虚空与无支撑而导致的生存悲剧。旧式妇女作为个体进入人世后,社会和家庭共同对她们导入封建教化与传统理念,这使"三从四德"等教条成为她们的精神主

---

① [德]马克思:《不列颠在印度的统治》,《马克思恩格斯选集》(第1卷),人民出版社1995年版,第765页。

沉潜到生命本质的深处:鲁迅小说的人学解读

宰,同时也成为她们的生存支撑与生活的理由。这种支撑和理由一旦坍塌或被抽离,她们就将沦入精神的真空,这种真空对她们的身心形成强烈的挤压,以致"喘气不得"(《明天》),这是因生命没有内在理念支撑而造成的失重,也是教化者对弱势人群中之尤为弱势者——妇女——的人的资源与本质的掠夺与挤占的结果。

从进化链条上看,人性处于兽性与神性之间,正如尼采所说:"……人类是一根系在兽与超人间的软索——一根悬在深谷上的软索。"① 处于前存在状态的人,其内在聚集着更多野蛮的恶的因素及由此生发的恶的无限可能性。马克思在谈到东方社会时曾对处于前存在状态的人进行了剖析和批判,他指出:"……这种有损尊严的、停滞不前的、单调苟安的生活,这种消极被动的生存,在另一方面反而产生了野性的、盲目的、放纵的破坏力量……"② 人处于前存在状态所具有的恶的、自私的,甚至残暴的非人道因素的流泻与膨胀,鲁迅在其小说文本中给予了更充分的揭示,并将之与对传统文化和国民性的批判解剖结合起来,使这种对人的批判思想不流于抽象,具有了社会性土壤。

首先,在文本中,处于前存在状态的人充当着"毫无意义的示众的材料和看客",他们可以"静静地看着一个个帝国的崩溃、各种难以形容的残暴行为和大城市居民的被屠杀,就像观看自然现象那样无动于衷……"③ 他们的身上有着"不开化的人的利己主义",他们的视线与注意力只聚焦在自家的领地,而对人所应有的正义、良知等浑然不知。对此,小说《药》中对华老栓等人物的描写是最形象的印证:"……他的精神,现在只在一个包上,仿佛抱着一个十世单传的婴儿,别的事情,都已置之度外了。""小栓撮起这黑东西,看了一会,似乎拿着自己的性命一般,心里说不出的奇怪。十分小心地拗开了,焦皮

---

① [德]尼采:《查拉斯图拉如是说》,尹英译,文化艺术出版社1987年版,第9页。
② [德]马克思:《不列颠在印度的统治》,《马克思恩格斯选集》(第1卷),人民出版社1995年版,第765页。
③ 同上。

里面窜出一道白气，白气散了，是两个白面的馒头。——不多工夫，已经全在肚里了，却全忘了什么味……"

其次，处于前存在状态中的人，在他们麻木自私的背后蕴蓄着野蛮的、残忍的，有时甚至成为可怕的、不可理喻的反人类的毁灭性力量。如《长明灯》等文本中，他们将变革者禁锢于狭小囚室里，实施人身监禁与精神迫害；《孤独者》等文本中，他们组成的是无主无名的、看不见的杀人团；《药》中，他们则向着革命者举起屠刀，等待饮血，"牺牲为群众祝福，祀了神道之后，群众就分了他的肉，散胙"①。对于群众的残忍与人性之恶，鲁迅痛心地写道："暴君的暴政，时常还不能餍足暴君治下的臣民的欲望"，他们"拿'残酷'做娱乐，拿'他人的苦'做赏玩，做慰安"②。正是基于对人性中所潜藏的恶的膨胀，鲁迅更峻急地对人的前存在状态进行批判，做形而上的"立人"思索。由处于前存在状态的人组成的民族，无疑是鲁迅眼中的"沙聚之邦"，只有提升到真正的人的存在，才能"由是转为人国"。鲁迅对人的前存在状态的批判，旨在对国民进行精神启蒙、人的启蒙，这无疑是所有启蒙中最具思想深度的启蒙。

对人的改造与救赎是艰难的，"因为人道是要各人竭力挣来，培植，保养的，不是别人布施，捐助的"③。对此，许多思想家往往抱以悲观的前瞻，但鲁迅却是乐观的："尼采式的超人，虽然太觉渺茫，但就世界现有人种的事实看来，却可以确信将来总有尤为高尚尤近圆满的人类出现。"④

二 超拔的绝叫与飞升的祈盼

鲁迅在前期文本中曾在多处表达过这样的意念，即"我的思想太

---

① 《两地书·二二》，《鲁迅全集》（第11卷），第75页。
② 《热风·六十五·暴君的臣民》，《鲁迅全集》（第1卷），第366页。
③ 《热风·六十一·不满》，《鲁迅全集》（第1卷），第358页。
④ 《热风·四十一》，《鲁迅全集》（第1卷），第325页。

黑暗"，故"不愿将自己的思想，传染给别人"①。"……不愿将自己以为苦的寂寞，再来传染给也如我那年轻时候似的正做着好梦的青年。"②鲁迅所说的"黑暗"思想究竟指的是什么呢？这其中的内涵自然十分复杂难解，但其中一个重要的含义就是对人的存在的一种形而上的悲剧性体认，具体来说就是人的有限性，生命的短暂性，用鲁迅自己的话来说就是"……在进化的链子上，一切都是中间物"③。对于人的存在，"我只很确切地知道一个终点，就是：坟"④。

从鲁迅的文学文本看，总体来说，他关于"中间物"的思想有两重含义：一是具象化或实指化的；二是形而上的。所谓具象化或实指化的含义，主要是指生殖单元内人伦关系上相对中间一环，或现实世界中新与旧、传统与现代的社会人群或角色。对此，他在《我们现在怎样做父亲》中有过这样的表述："……祖父子孙，本来各各都只是生命的桥梁的一级，绝不是固定不易的。现在的子，便是将来的父，也便是将来的祖。"⑤作为新旧之间的一代，应该"自己背着因袭的重担，肩住黑暗的闸门，放他们到宽阔光明的地方去，此后幸福的度日，合理的做人"⑥。当然，作为思想家的鲁迅没有将"中间物"这一范畴仅止于此，而是进一步使它超越了在现实世界的指征，跃迁至更深一层的哲学层面的蕴义，达到了在哲学高度把握人的本质，即在人类历史长河中，每个人都是被抛入世界的匆匆"过客"，"中间"主要指人的存在不是永恒的，而是短暂的、有限的。

鲁迅关于人的本质的认知，与20世纪许多杰出的哲学家们有着心灵的共振，同时他也同他们一样，对人的本真存在着悲剧性的体认，却并未因此陷入悲观与虚无。鲁迅往往在表达对人的存在的真知灼见

---

① 《两地书·二四》，《鲁迅全集》（第11卷），第79页。
② 《呐喊·自序》，《鲁迅全集》（第1卷），第419—420页。
③ 《写在〈坟〉后面》，《鲁迅全集》（第1卷），第286页。
④ 同上书，第284页。
⑤ 《坟·我们现在怎样做父亲》，《鲁迅全集》（第1卷），第129页。
⑥ 同上书，第130页。

第一辑 现代文学专题研究

后,常常就表示害怕读者做一种悲观的误读(悲剧感不等于悲观),正如他所说:"我就怕我未熟的果实偏偏毒死了偏爱我的果实的人……"①鲁迅对人生虽有悲剧性体悟,但从未放弃对存在的意义与价值的追求,从未停止对超越与飞升的祈望。他对生命不断向上超越的走向有着执着的理念:"生命的路是进步的,总是沿着无限的精神三角形的斜面向上走,什么都阻止他不得。"② "过客"虽知前面是坟场,但"不行!我还是走的好。我息不下……"在此,鲁迅所表达的人生哲学与几乎和他同时代的某些存在主义哲学思想有着相通之处。海德格尔就曾于1927年出版的哲学名著《存在与时间》中提出过"先行到死"或"向死而在"的哲学命题,其意为此在(即人)之死是不可超越的,人在有限中存在,但人不能停留在已达到的可能性,必须不断地超越自己。

鲁迅小说中的追求超越与飞升的主旨,主要是通过精英人群的行指来彰显的。他们不同于阿Q等处于前存在状态的人仅昏浑地沉入形而下的日常生存,他们不能容忍单向度的生存取向,而是渴望超越给定的现存,竭力在存在的维度上凸显意义与价值的坐标,在存在的荒原寻找精神可以栖居的城堡,在意义与价值中确证自我。在鲁迅小说中我们可以看到,精英人群往往把对意义与价值的追求转化为对时代与生存现实的关怀,或投身于对处于前存在状态的众生的救赎。这种超越性的人生指向使他们的存在成为一种真正意义上的人的存在。

然而,在处于前存在状态的人居多数或群体意志专制的时代中,"一个真正存在的个人被视为微不足道的东西,甚至被视为一个精神病患者"③。早期受到尼采和克尔凯戈尔等的哲学思想(尼采反对庸众,力举"超人"。克尔凯戈尔亦蔑视群体,认为群体是虚无,无真理可言)影响的鲁迅,对个体与群体的隔膜与对立及由此形成的超越者的

---

① 《写在〈坟〉后面》,《鲁迅全集》(第1卷),第284页。
② 《热风·六十六·生命的路》,《鲁迅全集》(第1卷),第368页。
③ 王平:《生的抉择——克丁凯戈尔的哲学思想研究》,商务印书馆2000年版,第51页。

困境等问题,有着深刻而愤激的体验。《狂人日记》《长明灯》《药》中,"可见的文本"的叙述是以常态社会的价值标准来叙述"真的人"的言行,于是他们成为常人眼中的狂人、疯子,并陷入困境,"潜在的文本"却传达着先锋们为着救赎与超越上下求索,但得到的往往是惨烈的体验,付出的是血与生命的代价(以《药》中的夏瑜为代表),对此鲁迅痛惜不已。

更多的"真的人"则在炼狱般的时间、在存在的荒原上演着孤独与悲壮的独角戏。最令他们痛苦的并不是直接来自窘迫的形而下生存,而是存在中不能承受之轻,即意义的失落与超越的艰难。这一主旨于《在酒楼上》《孤独者》《伤逝》等文本中得到不断的言说强化。

《在酒楼上》表现了存在的意义与追求失落的沉沦与悲哀。吕纬甫"当年敏捷精悍",将反叛传统、变革现实视为自我存在之意义。并为此"到城隍庙里去拔掉神像的胡子","连日议论些改革中国的方法以至于打起来"。后来时事变迁、生计压力使他整个人陷入敷衍无聊的状态中。文本中多次出现"无聊"两个字,这也是吕纬甫对自我状态的描述。"无聊"从哲学的角度来解释即是人处于无目标、无意义状态。吕纬甫自己也有类似的阐释:"无非做了些无聊的事情,等于什么也没有做。"这句自我评价无疑渗透着对意义的追问,其中显然以意义作为价值标尺,如不求意义,又何谈无聊?无意义的生活使他精神颓唐,连"眼睛也失去了精彩","我现在就是这样了,敷敷衍衍,模模糊糊"。意义的缺乏使他的生活变成"一地鸡毛",母亲的想法、学生老子的意愿就是他做事的指南。他自称"我实在是一个庸人",自称"庸人"其实正是他对自我存在现状的平庸与无意义的不甘,就像他所说的:"我现在自然麻木多了,但是有些事也还看得出。"无意义的生活令他感受到的是存在的失重。《孤独者》中魏连殳由于有自己的思想与追求,使他与周遭格格不入,被称为"异类"。形而下生存的绝境使他不得不在外在存在方式上,放弃了对意义与立场的执着与守望,走向意义的反面,躬行起"先前所憎恶,所反对的一切"。存在的追求与意义的失落使他痛苦地承认"我失败了。先前，我自以为是失败者，现在知道那并不，现在才真是失败者了"。然而荣华显赫不是他所追求的意义与价值，没有意义追求支撑的生存使他倍感痛苦。由于在灵魂的纵深处对意义的执着并未消失，使他处于内与外分裂的悖论式状态。最后他的死终结了对存在意义与追求的放逐，同时亦是他对无意义的生存的拒斥和对意义的回归。魏连殳的形象也说明了祈望超越者如放弃对意义与价值的追求，就意味着自我毁灭。

《伤逝》伤悼的不仅是美好的情感与逝去的生命，从某种意义上说，伤悼的更是存在的空虚与意义的迷惘。我们在此姑且将以往研究中对涓生的道德审判、责任追究以及个性主义局限说进行悬搁，不对此类问题做价值评价，这样我们就会发现，文本不仅对爱情进行了形而上的思考，揭示了日常化生活对鲜活爱情的销蚀与解构、物质的匮乏对精神的蚕食和逆推，而最主要的是文本揭示了意义的迷惘导致存在的空虚。如果说"无聊"是《在酒楼上》的主题词，那么"空虚"（或"虚空"）则是《伤逝》的点睛词语。它在文本中出现了近20次。何为"空虚"（或"虚空"）？在涓生看来，它无疑是存在的空虚、存在的无意义。他"坐卧在广大的空虚里，一任这死的寂静侵蚀着我们的灵魂"。涓生虽称不上是勇敢的行动者，但在他的意识中从未放弃对存在意义与希望的思考和追求。他为自己焦虑，更为子君焦虑。仔细阅读文本就会发现，涓生在与子君相恋和共同生活时，一直在努力地为子君的人生导入意义与引领，这不仅表现在婚前对她的个性主义和爱的启蒙，更体现于婚后子君沉沦于日常生活忘掉追求时的苦心点拨。对于"她似乎将先前所知道的全都忘掉了"时，涓生曾晓之以"爱情必须时时更新，生长，创造"。当子君对此话"领会地点点头"时，涓生则感到"那是怎样的宁静而幸福的夜啊！"涓生屡次暗示她"只要能远走高飞，生路还宽广得很"，还"称扬诺拉的果决……"虽然涓生最后的选择是"新的希望就只在我们的分离"，这给他招致了负心的恶名，但这亦是出于"新的路的开辟，新生活的再造"之企盼。他的超越现存之初衷是不容置疑的,只是舍去子君"救出自己"使涓生在超越的路径与方式上陷入误区与迷途,也正因为如此,涓生才会将写下无限的"悔恨和悲哀"作为跨向"新的生路"的"第一步"。当然这"为子君,为自己"的"悔恨和悲哀",不仅有对自我过错的追悔,同时亦有因没有能为子君和自己找到真正的救赎与超越之路的自我悲怀。

涓生们寻求存在的意义,执着于自我追求,不甘于没有精神指向的生活,然而超越是孤独而艰难的。在寻求超越的途中,魏连殳的惨伤的长嚎依然有对超拔的绝叫,吕纬甫对自己敷敷衍衍的生存依然睁着审视的"第三只眼",涓生虽然还不知道跨出"第一步的方法",但他确信"新的生路还很多,我必须跨进去,因为我还活着"。的确,虽然对人生有着惨痛的记忆和体验,但他们认为,活着就要前行,就渴望超越,祈盼飞升,"上下求索"。

对人的存在的悲剧性体认与飞升的祈盼,闪烁着鲁迅对人类存在终极意义的追问与关怀,成为鲁迅小说关于人的形上之思的最重要的组成部分。

三 填补"人学"空场

鲁迅是中国现代小说的开山者,由于他的小说文本中充满了关于人的形而上的沉思与憧憬,对于国人的存在状况赋予了人文的关怀和哲学的烛照,这就使得中国现代文学较之以往有了质的跃迁,思想与艺术境界得到了双重的超越和提升。正如郁达夫所说:"鲁迅的小说,比之中国几千年来所有这方面的杰作,更高一步。"[1] 应该说,鲁迅小说的高超之处,主要表现为,将小说的目光从外部世界拉回到人自身,使人真正成为文学世界的表现本体,填补了中国小说的"人学"空场。

作为"人学"的文学,关注人的生存境况并对存在的意义进行追

---

[1] 郁达夫:《鲁迅的伟大》,原载日本《改造》1937年第19卷第3号。

问是其重要的规定性所在。著名西方马克思主义理论家卢卡奇曾经说过,审美活动即是人类"认识自己"的过程和重要途径,真正的艺术作品就是"把人提高到人的高度"。艺术世界本身"就是人的自身世界"①。艺术对人的作用,尤其是对人的存在境界的提升和铸炼,鲁迅亦有深刻的认识,当初正因为秉执这种理念,即由文艺实施对心灵的涤荡,以使混沌愚妄的生存得以澄明,他才有断然的人生抉择——弃医从文。正如鲁迅自己所说:"善于改变精神的是,我那时以为当然要推文艺……"②"文艺是国民精神所发的火光,同时也是引导国民精神的灯火。"③ 但相对来看,中国传统文学艺术由于受文化传统与思维方式的影响,缺少对人的存在目的、意义等形而上维度的关怀与思考。中国文化与哲学较为注重将兴趣焦点与问题意识,附着于能够在感性上被感知的具体现实,即现象世界,而非本体世界。比如作为中国文化重要根底之一的佛教(佛教相对于道与儒思辨色彩要浓厚些),在西方学者看来"既不是宗教,也不是哲学",因为"佛陀对形而上学的思辨并不感兴趣","其学说具有纯粹的实践目的"④。其实,作为中国文化与哲学三大支柱的儒、释、道,在其教义与宗旨中皆弥漫着浓郁的实用理性色彩,甚至是直接的实用目的。佛教旨在帮助人脱离苦海,步入平和宁静的彼岸境界,儒教则关注人的社会现实——修身齐家治国平天下,而道教则幻想着保身全生羽化成仙。它们一心沉潜于对人的现世与来世的安乐与幸福的运思中,对生存的基本奥妙、人与世界的本质性问题不感兴趣,并进行悬搁与弃置,即圣人所谓的"存而不论"。

在这种文化与哲学传统影响下的中国艺术与文学,亦在目的与主导倾向上表现出明显的实用性取向。"文以载道"论和"游戏消遣"说

---

① [匈]卢卡奇:《审美特性》(一),徐恒醇译,中国社会科学出版社1986年版,第443页。
② 《呐喊·自序》,《鲁迅全集》(第1卷),第417页。
③ 《坟·论睁了眼看》,《鲁迅全集》(第1卷),第240页。
④ 参见高旭东《生命之树与智慧之树》,河北人民出版社1989年版,第122页。

沉潜到生命本质的深处：鲁迅小说的人学解读

便是这种实用的理性的具体显现，在这些文艺观的指导之下，文艺或执行着"移风俗""美教化""厚人伦"等政治伦理方面的任务，或成了"高兴时的游戏和失意时的消遣"。即使是最优秀的文本，作者的主要意旨也都限于在宗法人伦道德中把握人的本性与本质，满足于对人与社会的道德表达与伦理阐释。而"认识自己"的这种具有终极意义的对人的追问，很少或几乎从未成为创作主体的一种自觉追求和意识的显现。

自诞生以来一直受正统观念所贬抑的传统小说，在产生之初即被赋予提供娱乐的使命，被定位为"供人阅读消遣的故事"①，这种命运成为小说长期的处境，到近代梁启超倡导"小说界革命"时，"名不列四部，言不齿缙绅"的小说终于得以进入高雅的文学殿堂。然而这场革命中小说身份陡然飙升的背后，无疑潜隐着将小说工具化与意识形态化的处置，因为改良家将小说的功能与目的基本上还是锁定在政治与现实的层面，未能冲破传统文艺观的界面进行更超越的提升，而以小说来"新民"，新的亦不是真正意义上的个体的人。小说依然未改变"为政治的文学"的归属。正如有的研究者指出的那样："他越是把小说的作用想象得硕大无朋，便越是加强了小说单纯附庸于政治目的的工具性，而越是加强了这种工具性，小说便越是丧失自己的独立本质和独立目的……"②从古代、近代文本看，被视为"闲书"的小说事实上在很大程度上也顺应了外在的工具化、娱乐化的价值期待。严肃者则作社会学、政治学、道德化之表达与探求，娱乐者则作或香艳、或神怪、或侠盗等的猎奇涉求，对真正的人与真实的人生的非功利化的追问十分匮乏。对此，鲁迅有这样的体会："我看中国书时，总觉得就沉静下去，与实人生离开。"③回溯中国小说史，打开一部部闪烁着神光怪影、涂着浓厚传奇油彩的小说文本，我们看到小说家们极为注

---

① 转引自石昌渝《中国小说源流论》，生活·读书·新知三联书店1994年版，第13页。
② 王富仁：《灵魂的挣扎》，时代文艺出版社1993年版，第134页。
③ 《华盖集·青年必读书》，《鲁迅全集》（第3卷），第12页。

重对光怪陆离的人物与事件和喧闹繁复的非日常化、非普泛化的大事件的摹写与营构，文本中目不暇接、怪异虚幻事件的充斥与涌流，造成的是"重重帘幕密遮灯"般的接受效果，对本应成为文学主体内涵的人与人的主题形成了悬置与遮蔽。这不是没有实证根据的妄谈。中国古代小说主要有两大叙述模式（传统），一是以人物为中心（志人小说），二是以故事为中心（志怪小说）。应该说，志人小说的原则是故事服从于人物，但实际上它们醉心讲述的是"英雄小传"，注重的是奇人的玄言高论和超凡脱俗的品貌。而以人物服从于故事的"志怪小说"，更是将编织传奇神话故事作为第一性，以诚笃精神和史学笔法记叙鬼神传统，意在证明"神道之不诬"，其中的人物更非真正生活世界中本真意义上的普通人。后来出现的古典小说《三国演义》和《水浒传》等，其叙述模式显然是对志人志怪艺术的综合。但从某种程度上说亦仅仅是英雄小传与传奇故事的合一，而且人物大都活跃于特定情形的大舞台，言行多是吞吐天地、经天纬地。而《红楼梦》后来居上，对以往小说文本有大大的超越，鲁迅赞扬道："自有《红楼梦》出来以后，传统的思想和写法都打破了。"[①] 的确，不同于以往的是，《红楼梦》已完全由过去的讲述型小说转变为呈现型小说。它淡化以往小说的奇巧之质，追求小说技术的洗尽铅华，叙述不作姿态，颇具现代小说品格。但从接受者的角度看，仍以故事为主体，大的事件、场面和豪华贵族的排场与气象在文本中仍先声夺人、先入为主，冲击着对人的直接注视与穿透，形成另一种意义上的遮蔽。

传统小说对情节生动性、曲折性以至传奇性等艺术素质的过分亲和，使小说的文本空间被外在的东西塞得太满，进而形成对人的遮盖，以致从总体上造成传统小说的内质的空虚与贫困。传统小说文本中表面上虽然是世声喧嚣、人气旺盛，实质上却不关注人的生存，人物被捆绑在政治、道德等异化的战车上，反射的并不是人之光，形成的是

---

① 鲁迅：《中国小说史略》，《鲁迅全集》（第 2 卷），第 338 页。

沉潜到生命本质的深处：鲁迅小说的人学解读

人学的空场。《三国演义》是分争天下的智谋锦囊。《水浒传》的焦点在于宣扬忠义的朝野之争。颇受鲁迅推崇的讽刺小说《儒林外史》虽也在一两处朦胧地流露了对自由自在田园式生活的向往，但其主旨还是致力于"儒者之奇形怪状"（鲁迅语）。内蕴丰厚的《红楼梦》传扬了人性美、人情美，但仅限于对人生与世界的解读与探求，没有找到解开人生之谜的哲学路径，陷入了宿命的迷惘中，无奈之中选择了玄虚的神话与宗教，以此来寄托迷惘和困惑。

可以说，传统小说具有的普遍性缺失就在于人被淹没在事件里、消解在故事中，事件、故事在某种程度上成为小说的内容主体，而人物反而客体化，甚至成了故事框架上的点缀。鲁迅小说的诞生则宣告了传统小说的合法性危机与终结，开启了现代小说的大幕。他的小说不仅拂去了炫目的神光鬼影，而且也掀去了"瞒和骗"的遮饰，在日常化的境况下展开生存的景观。它高扬人的旗帜，凸显人的真实，为人去除重重遮蔽，使得人与人的主题得以敞开，使得存在的意义得以澄明，而这主要是通过对人的前存在状态的批判与对超越的追求显现的。

鲁迅小说对人的形而上沉思何以可能？笔者认为其中主要的原因有二。

其一，他早期所受到的西方现代哲学家（亦是存在主义哲学的先驱）尼采与克尔凯戈尔的影响，其中尼采的影响尤重。在西方哲学东渐史上，尼采哲学最早是通过留日学生或学者传入中国的（梁启超1902年第一次把尼采传入中国）。[①] 鲁迅留学日本时，1907年撰写的《文化偏至论》《摩罗诗力说》和《破恶声论》，同样是受到在日本流行的尼采思想的影响。[②] 较之尼采，克尔凯戈尔对鲁迅影响小一些。鲁迅的文本中对其提及之处亦很少，但克尔凯戈尔强调推崇个体，认为

---

① 陈应年：《20世纪西方哲学理论东渐述要》（上），《哲学译丛》2001年第1期。
② 同上。

群众是虚妄的所在的思想，鲁迅颇为赞赏。在《文化偏至论》中鲁迅即赞同克氏的"谓惟发挥个性，为至高之道德"的主张。① 关于尼采和克尔凯戈尔对鲁迅早期思想与创作的影响，学者们都已作过分析和论述，在此不赘述。

其二，鲁迅一生尤其是早期的那种边缘化境遇使然。即鲁迅在小说文本《呐喊》和《彷徨》中注入对人的存在与意义的形而上的沉思，这与鲁迅当时的边缘处境有直接关系。存在主义哲学家亚斯贝尔斯曾有这样的论断，他认为，人的边缘境遇是产生哲学思考与哲学意识的最深刻的根源，同时它也是使人进入真正存在的契机。法国哲学家埃德加·莫兰也认为："要想自由思考须在边缘思考。"② 这里所说的关于人的边缘境遇主要是指人面对死亡、苦难、孤独、冲突时的处境。联系鲁迅的生涯，他一生多半处于这种边缘境遇，尤其是他生命的前半段。少年即遭家变并失怙，这使他的人生一开始即以苦难与压抑为底蕴。青年时则因被诬与挤压，孤独地踏上海内外的求学之旅。经历了无爱的婚姻，心中更堆积着无法驱遣的苦闷与孤寂。从辛亥革命失败直至"五四"运动，他一直站在时代的边缘冷冷观望，在北京城南破旧的绍兴会馆孤居七年之久（1912—1919），这段岁月给鲁迅的感觉是"寂寞"，"寂寞又一天一天的长大起来，如大毒蛇，缠住了我的灵魂了"，"……因为这个我太痛苦"③。这段孤寂的岁月使鲁迅"如置身毫无边际的荒原"，仿佛置身于"地狱门楣中央"，这虽使鲁迅无限痛苦，但鲁迅却没有凄凄怨怨、不可终日，而是在独自对孤独与寂寞的体味中，沉潜到生命本质的深处，更本真地去思考人的存在与人的处境，获得的是刻骨铭心的体悟和独具慧眼的把握。这也许正如鲁迅本人所说的："……伟大的人物能洞见三世，观照一切，历大苦恼……但

---

① 鲁迅：《坟·文化偏至论》，《鲁迅全集》（第1卷），第51页。
② 转引自陈力川《欧洲的大学沿革——兼论大学的使命》，《跨文化对话》（第19辑），江苏人民出版社2006年版，第23页。
③ 鲁迅：《呐喊·自序》，《鲁迅全集》（第1卷），第417—418页。

沉潜到生命本质的深处:鲁迅小说的人学解读

我又知道这必须深入山林,坐古树下,静观思想,得天眼通,离人间愈远遥,而知人间也愈深,愈广;于是凡有言说,也愈高,愈大。"①鲁迅对佛教始祖释迦牟尼之伟大的赞扬,不也可以视作对他本人能够成为世纪伟人之原因的夫子自道吗?

---

① 鲁迅:《华盖集·题记》,《鲁迅全集》(第3卷),第3页。

老舍小说的文化选择

近代中国,面对民族灾难频仍的残酷现实,先觉者们开始以西方文化为参照系,反思中华民族积弱、落伍、衰败之根源,力图在此基础上寻找救世方略。从洋务运动的科技救国,到维新运动、辛亥革命的政制救国,再到"五四"新文化运动的伦理——思想救国,反映出近现代三代知识分子从文化视角对救国这一重大而紧迫课题的不断深化的思考。陈独秀曾把"五四"时代中国人的"伦理觉悟"称为"最后觉悟"。正是这种觉悟,古老的中华民族才开始迈出了精神文化现代化的关键性步伐。作为被新文化思潮唤醒的青年,老舍一步入文坛,便通过自己的创作开始了对时代话题的思考。

文化作为人的代码,是人无法超越的,一个作家以语言为手段进行的文学创作,实质上是对某种文化模式的判断或抉择。可以说,任何文学作品都是对某种特定文化的演绎和诠释。纵观老舍的全部创作,可以看出他以赤诚的爱国热情和强烈的忧患意识,不间断地对文化问题进行了独到而有见地的思考,这使他的许多作品具有丰厚的文化蕴涵、独特的审美情趣,为如何进行正确的文化选择与建构提供了多种启迪。

一

老舍虽不是严格意义上的文化学者,却有自己朴素的文化观。对

老舍小说的文化选择

文化的含义，老舍的界定是："一人群单位，有它的古往今来的精神与物质的生活方式；假若我们把这个方式叫做文化，则教育、伦理、宗教、礼仪，与衣食住行，都在其中，所蕴至广，而且变化万端。"[1] 他认为文化乃立国之本，它支撑着一个民族的生存。在立国强国诸因素中，文化是第一位的，"有文化的自由生存，才有历史的繁荣与延续——人存而文化亡，必系奴隶"[2]。文化的衰败必然使国家陷入危机，使那里的人民沦为奴隶；文化的伟力能使一个民族摆脱覆灭的命运而重新站立起来。这样的认识正是《四世同堂》和《大地龙蛇》的思想支点。从作品中可以看出，老舍认为抗战的胜利，取决于我们民族文化的深厚力量，没有这种古老深厚的文化和创造，沐浴这种文化的人民就不会赢得抗战的胜利。这种源于文化决定论的文化救国论虽有理论上的偏颇，但其实际意义是不可抹杀的。

老舍还认为，文化具有精神与物质的双重内容，二者不可偏废，"特重精神，便忽略了物质；偏重物质，则失其精神"[3]。考察其作品可以看出，老舍认为东西文化各有特点，各有偏至。东方文化崇尚精神，轻视物质，而西方文化崇尚物质，追求实利，故"西洋文化是'阔气'、'奢华'、'势力'，中国文化是'食无求饱'、'在陋巷人不堪其忧'"[4]。文化的偏至，在东方造成了生活与物质的困乏，在西方则导致了精神的贫困，结果是两种文化都陷入了困境。因此文化的两个方面——物质与精神任何一方的失重都会导致文化畸形的、不健全的发展，甚至出现危机。另外，老舍还认为，文化必须是开放的、进取的、发展的，只有如此，它才能有强大的生命力。否则，自我封闭、停滞不前，无异于自取灭亡。文化的生存和发展必须形成自我批判的内在机制，时时得到矫正、得到充实。"旧文化的不死，全使新文化的输入。"[5] 如果沉湎于曾有的辉

---

[1] 曾广灿、吴怀斌编：《老舍研究资料》，北京文艺出版社1985年版，第588页。
[2] 同上书，第589页。
[3] 同上书，第533页。
[4] 《老舍文集》（第1卷），人民文学出版社1980年版，第282页。
[5] 老舍：《大地龙蛇》，《老舍剧作全集》，中国戏剧出版社1982年版，第333页。

煌，做天朝大国的美妙旧梦，与世隔阻，那样的文化终究会被淘汰，即"泥古则失今，执今则阻来"[①]。老舍的文化观，虽不甚完整、不成体系，但其基本见解是深刻的。他的小说中对东西方文化的审视与选择，正是在这种文化观的观照下进行的。

二

文化选择是人们认知、评判文化的自觉行为。老舍是在社会转型与中西文化撞击的大潮和民族意识危机的背景下，开始对中国传统文化进行批判性思考。

老舍在"五四"运动落潮后进入文坛。当时"打倒孔家店""重新估价一切"的浪潮渐渐平息下来。时代在反思，这无疑为老舍对传统文化冷静而理智的评判提供了有利的外在条件与氛围。他用"五四"给他的那双"新眼睛"、那颗"新的心灵"开始了对传统文化的思考批判。[②] 这一过程从他的小说创作看可分为三个阶段：20世纪20年代、20世纪30年代和20世纪40年代。

1924年，老舍远渡重洋，留学英伦，亲身感受到西洋文化，同时远离中国传统文化圈，使他有机会在异地反观民族文化。两种异质文化在他的心灵层面发生撞击，形成鲜明的反差和对比，自然引起认知结构的一次重组。他的早期小说《老张的哲学》《赵子曰》《二马》鲜明地反映了他这一时期的文化观念，即对国民性的探索与改造。

文化是孕育国民性的巨大而无形的温床，国民性是文化的重要表征。老舍在创作之初就意识到了文化与国民性的这种关系。《二马》中他将中西国民性进行了横向的对比，这主要是通过主人公马则仁在英国的经历表现出来的。老马着实称得上地道的老式国民。他毫无生气，不思进取，麻木不仁，没有国家观念，又讲究虚文浮礼，硬撑面子，

[①] 曾广灿、吴怀斌编：《老舍研究资料》，北京文艺出版社1985年版，第545页。
[②] 老舍：《老舍生活与创作自述》，人民文学出版社1982年版，第300页。

与小说中英国人的实干、讲原则、公私分明和独立精神形成强烈对照。生活在英国的老马犹如滴水之浮于油，处处碰壁，无法自如。老马是中国旧文化的一个缩影，他碰壁的实质无疑是两种文化冲突的结果，这其中不难看出中国传统文化的落伍与困境。《老张的哲学》中的赵姑姆和老马一样，都是旧文化铸造出的毫无自我人格的"老中国的儿女"，典型地体现出"温、良、恭、俭、让"的文化传统铸就的人格范式。她所做的一切都基于对传统文化的忠实履行。老舍不无悲凉地感叹道："她是妇人，好中国的妇人！"这种对传统文化"止于奴隶"甚或"下于奴隶"的国民心态，老舍哀其不幸，怒其不醒。这种可悲而又不自知的状态反映了封建文化正走向它的末路。

如果说对老马、赵姑姆等旧式国民进行的善意微讽尚有一点宽容的话，那么老舍对老张、蓝小山及欧阳天风等的讽刺批判则是深恶痛绝、毫不留情的。两种文化的碰撞，必然在它们的边缘结合带产生一些"不伦不类"的文化现象，老张等便是这种现象的代表。他是封建文化与资本主义两种文化弊害杂交生成的畸形儿。他既有攀附权贵、买卖妻妾、等级观念严重等封建意识，同时又崇奉一切向钱看的"钱本位"的资产阶级人生哲学。两者共同铸成了他卑怯、势利、吝啬、狠毒等性格特征。在他的性格里传统文化中一切善的因素皆已消尽。如果说"老张是正统的十八世纪的中国文化，而小山所有的是二十世纪的西洋文明"①。他是不学无术、专事欺骗的洋场恶少。他们亵渎西方先进的文化特质，如将自由恋爱曲解为男性对女性的玩弄，将性爱等同于兽欲的发泄等，人性、道德对他们已无丝毫的约束力，比之老张，有过之而无不及。他们是西方文化病毒与传统文化劣根性杂生而成的文化渣滓。对此，老舍愤恨已极，对这种非中非西文化现象的批判在 20 世纪三四十年代也一直未停止过。

总之，20 世纪 20 年代老舍对中英国民性的比较其实也是对中西

---

① 《老舍文集》（第 1 卷），人民文学出版社 1980 年版，第 144 页。

文化的比较,借镜西方现代文明,他设身处地体认到传统文化的落后与陈腐,愚昧、麻木和不觉醒的国民"便是中国半生不死的一个原因"①。改造传统文化的落后面,向西方先进文化学习,就是老舍早期创作中所表现出来的文化心态。但对旧文化的僵滞与腐朽的批判并没有导致他对西方文化的全然崇拜与盲目认同。从小说中可以看出,对英国人先进的一面,他积极推崇,而对于他们的固执、傲慢、极端个人主义和种族偏见则给以根本的否定和批判。在这样的总体原则指导下,老舍还在早期作品中塑造了马威、李子荣、李景纯等不同于老马等的新一代理想青年群像,他们有自重、自强、自信的民族意识,"个人的私事,如恋爱,如孝悌,都可以不管,自要能有益于国家,什么都可以放在一旁"②。同时他们还不乏奋斗、实干、认真、讲原则等优秀素质。虽然从纯文学意义上来说他们并非成功的艺术形象,其中还不乏搞个人复仇的"孤胆英雄"式的爱国者,有着思想和人格的局限,但在他们身上寄托了老舍此时期的追求和塑造崭新的国民性格的理想。

三

20世纪30年代,内忧外患使中国社会陷入更深的黑暗。这惨烈的现实无疑给满怀热望和激情,想"赶快回国看看"的老舍泼了一头冷水。回到祖国,看到"军事和外交种种的失败"③,他由希望之巅跌入失望的深谷。1932年创作的《猫城记》便传达了老舍对传统文化的幻灭与悲观:"浊秽,疾病,乱七八糟,糊涂,黑暗,是这个文明的特征;纵然构成这个文明的分子也有带光的,但是那一些光明绝抵抗不住这个黑暗的势力。"④ 这里的"黑暗的势力"和作品中那带有象征意蕴、反复出现的"毁灭的手指",指的就是腐朽发霉的传统文化。《猫

---

① 老舍:《二马》,《老舍文集》(第1卷),人民文学出版社1980年版,第544页。
② 老舍:《我怎样写〈二马〉》,《老舍研究资料》,北京十月文艺出版社1985年版,第533页。
③ 老舍:《我怎样写〈猫城记〉》,《老舍研究资料》,北京十月文艺出版社1985年版,第545页。
④ 《老舍文集》(第7卷),人民文学出版社1984年版,第404页。

城记》是继《二马》等之后,老舍对传统文化和国民性批判达到的一个高峰。它通过对猫国、猫人的描写和塑造,透视剖析了民族的文化心理,揭示了整个民族的文化病。猫人群像集国民弱点之大成:麻木糊涂、迷信盲从、虚伪自私、有浓重的等级观念、没有民族自尊心等,劣质的国民性导致了猫国文化的发霉。《猫城记》诞生之初,一时毁誉不一。由于老舍将他的爱国之情包藏在对旧文化冷峻、急切的批判之中,因此《猫城记》曾被人称为悲观的庸凡的失败之作。其实,从作品基本思想倾向看,它是对国人生存的整体文化空间的一种忧患性解剖,尤其对文化的负面因素作了深刻的反省,其立意是积极而深远的,正像有人说的那样,《阿Q正传》"创造一个典型的社会人物",而《猫城记》"企图创造一个典型的社会"[1]。在小说中老舍提出了改造文化的对策,即"怎样救国?知识与人格"[2],即对于愚昧国民性的改造及腐朽文化的涤荡,要立足于对构成文化的国民施以全新的知识与人格的教育和锻造。这种教育救国的理论在当时的时代条件下,虽不具备即时效应和很强的操作性,但在文化改造上不失为一种可以注目长远效应的长期工程。

《猫城记》之后,老舍重新调整了自我心态与创作风格,重操"幽默",发挥自己的优势和特长,通过对市民生活细枝末节的描写,继续自己的文化探索,并开始关注平凡普通人的文化改造问题。1933年创作的《离婚》可谓描写市民题材的佳作,也是老舍自认为最成功的作品。"离婚"一词是在中西文化交汇之际传入中国的。它对素有"宁拆七座庙,不破一门婚"的华夏传统观念的震撼,着实犹如一次高强度的地震。在它的冲击下,一时间家庭呈现动荡飘摇之状。然而人们要离婚还只限于"闹",因为冲破旧文化的桎梏要比打碎一个家庭艰难得多。文化就像一只巨大的风车,区区老李们又能奈之如何,只有"左

---

[1] 王树明:《猫城记》(书评),《老舍研究资料》,北京十月文艺出版社1985年版,第745页。
[2] 《老舍文集》(第7卷),人民文学出版社1984年版,第404页。

右为难"。"闹"过之后,一切又复归平静和肃寂。但令人痛心的是,以吴太极、邱先生等为代表的许多男性,他们并不真正理解"离婚"一词的含义,他们要"离婚"也并非出于尊崇情感原则、对真爱之追求,而是浑水摸鱼,"离婚"是假,趁机纳妾是真,这无疑复制了旧文化的传统。如果说吴太极之流的行为令人气愤,而他们的太太们更使人感到悲哀与无奈,她们名为抗争、力图驾驭丈夫,实则是极欲抓住家庭这根稻草,以便更牢固地依附于丈夫,结果自己容忍了丈夫的所作所为,"只要闹得不太过,也就不追究了"。由此老舍体认到了改造旧文化的艰巨性。而这种艰巨性在张大哥和老李身上体现得尤为充分。张大哥的中庸与调和的人生哲学是传统文化浓缩与沉淀的结果,它"杀死了浪漫,也杀死了理想和革命"①。经过了人生磨难和世态炎凉的张大哥,较以前毫无改观,重操旧业,即"作媒人和反对离婚"。老李虽与市民社会有些"格格不入",他有学问、不敷衍、渴望现代爱情,但矛盾而保守的心态使他无法与旧文化对抗到底,最后不得不败走乡下,这不仅是逃避现实,也是逃避自我。

《离婚》以后,老舍在继续反思旧文化的同时,对中华古老文明中的优秀特质的挖掘、评价,投入了更多的热情。在《折中》《老字号》《断魂枪》等小说中,老舍对曾使文化自豪并盛极一时,如今都已成为都市的残灯破庙的"老字号""断魂枪"等,倾注了自己的深情和痛惜,感叹于古老文化的兴衰嬗变。小说《黑白李》则通过对具有不同性格的孪生兄弟的塑造,主要表现出东方文化中的优点和缺憾。在认识到黑李性格中的落伍与局限的同时,更多的是充满友爱地首肯了黑李身上的宽容隐忍、温厚、富有人情味和牺牲自我的精神素质。作为老舍小说的代表作,《骆驼祥子》更多地反映了黑暗社会如何毁灭了祥子,同时也表现了市民文化对祥子的腐蚀、浸染,加速了祥子的毁灭。对祥子身上所体现的一些优秀文化特质,老舍表现出了充分的欣赏和

---

① 《老舍文集》(第2卷),人民文学出版社1981年版,第208页。

肯定。对于祥子的毁灭则极为痛惜，"祥子还在那文化之城，可是变成了走兽，一点也不是他自己的过错。他停止住思想，所以就是杀了人，他也不负什么责任……因为他没了心，他的心被人家摘了去"①。对祥子身上所体现的中国农民具有的吃苦耐劳、要强、体面、清纯、拙朴的品格，老舍由衷赞赏。这些作品昭示了老舍的文化选择正将民族文化中的优秀分子当作新文化理想的基石。

四

如果说20世纪30年代老舍是通过市民的日常生活来审视和评判传统文化的，那么20世纪40年代则是将作品主要设置在一个特定的历史背景下，即侵略与抗战，来显示作品的文化底蕴。这一时期老舍最重要的小说创作，是他用5年时间写成的百万字的长篇小说《四世同堂》。一个有悠久历史文化的大国却被一个弹丸小国长驱直入，甚至有沦丧、灭顶之灾，其中原因老舍十分清楚。因此，与中国现代文学史上其他表现抗战题材的作品不同，《四世同堂》没有正面描写军事对垒和战场上的烽火硝烟，也没有将笔触探入社会的经济和政治层面，而是通过描写生活在北平小羊圈胡同的人们在这次世纪浩劫中的文化心理变迁，追索华夏民族受辱的内在原因，剖割民族文化的痼疾，以此唤醒民众，重塑国民性格，重构民族文化，以期使我们的国家成为未来永远的东方不败。显然，老舍承继着"五四"新文化的启蒙主义，把抗战视为改造传统旧文化的外部因素来观照，因此在《四世同堂》这部抗战背景的小说中才揉进了丰富的文化审视主题。

老舍认为，抗战"应当是中华民族的大扫除，一方面须赶走敌人，一方面也应该除清了自己的垃圾"②，中国几千年的古老文化的确是"熟到了稀烂的时候"③。抗战的全面爆发，已经将华夏传统文化中的

---

① 《老舍文集》（第3卷），人民文学出版社1982年版，第215页。
② 老舍：《四世同堂》，百花文艺出版社1985年版，第702页。
③ 同上书，第313页。

溃烂处昭示人前：妄自尊大又胆小怕事，明哲保身而没有国家观念，苟且活命而缺乏创造精神，沉湎于礼义卫道，这些"北平的文化病的毒"①无疑是昔日大国日渐落伍于世界以至挨打的致命因素。老舍通过审美形式将这种文化病毒具象化了。作为"四世同堂"塔尖上的人物和传统的家族掌门人的祁老者，毕生的理想就是建立一个和美、团圆、儿孙满堂的大家庭。但在战火烧到家门口时，他不是首先挺身而出，而是用装满石头的破缸顶上大门，再囤积可吃三个月的粮食，来躲避战乱。钱诗人在实现彻底的"脱胎换骨"前，是一个过着隐逸生活、深居简出、远离尘嚣的典型的旧式田园诗人。善良本分的李四爷夫妇平生"积德行善"，为的是求死后平安、来生幸福。在感情上，对这些民风淳厚、爱好和平的人们，老舍无疑充满了爱怜；但理智上，他不得不痛苦地总结道："爱和平的人而没有勇敢，和平便变成屈辱，保身便变成偷生。"②

然而，泱泱华夏文明延续至今毕竟还有其得以自立的优越所在，"谁也不应当把这些美德与恶德一齐铲除，毫无选择"③。抗战的最后胜利使老舍看到了中国文化的伟力："这是五千年的文化修养，在火与血中表现出它的无所侮的力量与力度。"④当祁老太爷们意识到了用古老的办法无以"偷生"，无法生存后，终于醒悟到了"国之不存，何以家为"，不仅支持孙儿们去打日本，而且自己去找敌人算账；钱诗人在战争中历尽生死离散、经历了灵肉的磨难后，终于涅槃，成为一个坚强的革命者，他的转变无疑是"替一部文化史作正面的证据"⑤。虽然从纯文学意义上钱诗人称不上一个成功的艺术形象，但他所包蕴的文化内涵胜于形象，在作者看来，"旧的像钱先生所有的那一套旧

---

① 老舍：《〈四世同堂〉的预告》，《扫荡报》1944 年 11 月 8 日。
② 老舍：《四世同堂》，百花文艺出版社 1985 年版，第 470 页。
③ 老舍：《编写民间读物的困难》，《老舍研究资料》，北京十月文艺出版社 1985 年版，第 442 页。
④ 老舍：《老舍写作生涯》，百花文艺出版社 1981 年版，第 159 页。
⑤ 同上。

的，正是一种可以革新的基础"[1]。显然，此时老舍的文化选择与建构更加明确，"该保留的东西并不能因为它陈旧了一些就被扔掉，而另起炉灶"[2]。

然而对于旧文化改造的艰巨性、沉重性，在《四世同堂》中作者又有进一步的体验。祁老人虽然从漫长的屈辱中，滋生了捍卫民族尊严的决心和行动，但抗战胜利的庆祝之日，他旧日的生活理想又浮上心头，盼望自己的重孙子也能风光地成为另一个"四世同堂"的家长。对文化沉淀的积重难返，老舍有足够的认识和改造的决心："为了民主政治，为了国民的共同福利，我们每个人须负起两个十字架——耶稣只负起一个；为破坏、铲除旧的恶习，积弊，与像大烟瘾那样有毒的文化，我们须准备牺牲，再负起一个十字架。"[3]

纵观老舍的创作，他通过不断对历史和文化进行反思、择取，逐渐凸显了自己的文化理想，即将中西文化的优秀特质糅合、互补，生成一种崭新健全的文化和国民性格："东方的义气，西方的爽直，农民的厚道，士兵的纪律，掺到一块儿不太偏。"[4] 在将全球各地看作一体的未来世界，必定是多种文化特质协同互补，实现文化精髓的融合，从此意义上看，老舍的文化探索与追求无疑是高明的、有意义的。

---

[1] 老舍：《四世同堂》，百花文艺出版社1985年版，第526页。
[2] 老舍：《大地龙蛇》，《老舍剧作全集》，中国戏剧出版社1982年版，第360页。
[3] 曾广灿、吴怀斌编：《老舍研究资料》，北京文艺出版社1985年版，第124页。
[4] 老舍：《四世同堂》，百花文艺出版社1985年版，第701页。

老舍小说的民俗描写与文化批判

一

老舍在其小说文本中一直致力于对中国传统文化和国民特质的审视与剖析,这构成了他小说文本的精髓性的思想蕴含。遍观其小说,如星星点灯般散落在各个篇章中的有关民俗的描写,无疑是老舍对传统文化与国民性剖析的一个直接且"用意很深"的切入点。"不可否认,民俗描写在老舍小说中的功用不是单一的(如在塑造人物、营造环境、增强地方特色等方面均有作用),在许多场合,更是由批判封建的文化传统这种总的意图出发的。"① 作为社会生活表象的民俗,它往往包藏和浸润着深厚的文化意蕴。老舍笔下的民俗没有停留在纯粹的民俗事象的描写,而是蕴藉丰厚的文化观照。老舍在小说中主要通过对"饮食""男女""养育方式"等常态性的民情风习做原生态式的描写,对中国旧文化中的落后、迂腐、畸形以至病态的一面,进行了批判性的剖割和展示,传达出老舍剔除旧文化糟粕和建构新文化的强烈愿望。

中国素有"民以食为天"的传统观念。关于"饮食"的民情风俗颇具民族特色。不仅"食"的制作方法繁多复杂、不厌其精,而且关于"食"的礼仪内容亦十分讲究。对此,《论语》早有论述:"食不厌

---

① 赵园:《老舍——北京市民社会的表现者与批判者》,《文学评论》1982年第2期。

精,脍不厌细。……色恶不食,臭恶不食,失饪不食,不时不食,割不正不食,不得其酱不食。……虽蔬食菜羹瓜祭,必齐如也,席不正不坐。"对于饮食的过分重视和依赖,在某种程度上导致国人将生存目的和生存手段倒置,同时将"食"的作用和功能人为地复杂化了,从而暴露了中国饮食文化的弊端和病态。对于这些,老舍在文本中亦有较多的关注与深刻的揭示。具体来说,不仅批判了中国人将"食"视为人生第一要义的畸形"民生观",而且也批判了国人围绕着"食"的种种繁文缛节和虚伪矫情的心理表现。

老舍笔下的芸芸众生,大多将人生与"食"画等号,"食"几乎占了他们人生乐趣和精神世界的大部分空间。《离婚》中的主人公张大哥对生命有这样的理解:"肚子里有油水,生命才有意义。上帝造人把肚子放在中间,生命的中心。"赵子曰的论断则更有"饮食决定论"的色彩:"不但人生,世界文化的发展不过是酒瓶儿里的一点副产品。"北平人也大多有这样的心态:"人们只有照着自己的文化方式——像端阳节必须吃粽子、樱桃与桑葚——生活着才有乐趣。"[①] 因此,人们终日终年津津乐道的是"羊肉火锅、打卤面、年糕……"的不断变换。四季节气、节俗主要以"食"来填充,成为"食"的借口和依据。

在《老张的哲学》中,老舍用心良苦,在第十章的开头用千余字的篇幅,以旧北京的一个老字号饭馆为依托,对国人的饮食风俗进行了集中的描写,对其弊端做了文化层面的剖示,这在现代小说中无疑是罕见的和极具民俗学价值的:

> 一进饭馆,迎面火焰三尺,油星乱溅。肥如判官,恶似煞神的厨役,持着直径尺二,柄长三尺的大铁杓,酱醋油盐,鸡鱼鸭肉,与唾星烟灰蝇屎猪毛,一视同仁的下手。煎炒的时候,摇着油锅,三尺高的火焰往锅上扑来,要个珍珠倒卷帘。杓儿盛着肉

[①] 老舍:《四世同堂》,《老舍文集》(第5卷),人民文学出版社1983年版,第45页。

片，用腕一衬，长长的舌头从空中把肉片接住，尝尝滋味的浓淡。尝试之后，把肉片又吐到锅里，向着炒锅猛虎扑食般的打两个喷嚏。火候既足，杓儿和铁锅撞的山响，二里之外叫馋鬼听着垂涎一丈。这是入饭馆的第一关。走近几步几个年高站堂的，一个一句："老爷来啦！老爷来啦！"然后年轻的挑着尖嗓几声"看座呀"！接着一阵拍拍的掸鞋灰，邦邦的开汽水，嗖嗖的飞手巾把，嗡嗡的赶苍蝇，（饭馆的苍蝇是冬夏常青的）咕噜咕噜的扩充范围的漱口。这是第二关。主客坐齐，不点菜饭，先唱"二簧"。胡琴不管高低，嗓子无论好坏，有人唱就有人叫好，有人叫好就有人再唱。只管嗓子受用，不管别人耳鼓受伤。这是第三关。二簧唱罢，点酒要菜，价码小的吃着有益也不点，价钱大的，吃了泄肚也非要不可。酒要外买老字号的原封，茶要泡好镇在冰箱里。冬天要吃鲜瓜绿豆，夏天讲要隔岁的炸粘糕。酒菜上来，先猜拳行令，迎面一掌，声如狮吼，入口三杯，气贯长虹。请客的酒菜屡进，惟恐不足；作客的酒到杯干，烂醉如泥。这是第四关。押阵的烧鸭或闷鸡上来，饭碗举起不知往那里送，羹匙倒拿，斜着往眉毛上插。然后一阵恶心，几阵呕吐。吃的时候并没有尝出什么滋味，吐的时候却节节品着回甘。"仁丹"灌下，扶上洋车，风儿一吹，渐渐清醒，又复哼哼着："先帝爷，黄骠马"，以备晚上再会。此是第五关。由此五关而居然斩关落锁，驰骋如入无人之地，此之谓"食而有勇"！

"美满的交际立于健全的胃口之上。"当然是不易的格言！

上述通过对食客过"五关"的绝妙和充满反讽的铺写，将旧式饭馆"杂耍式"的传统的烹调术、繁复的迎客礼仪、宴席排场、食客吃喝无度和以食来达到某种世俗功利目的等一一做了揭示，批判了饮食习俗中不文明、不卫生的陋习，以及酒囊饭袋式的食客们生命的无价值和无意义。老舍不无痛惜地感慨道："当一个文化熟到了稀烂的时候,人们会麻木不仁的把惊心动魄的事情和刺激放在一旁,而专注意到吃喝拉撒中的小节目上去。"① 这种生存状态在显现国人的精神品格的同时,也潜隐着民族覆灭的危机,以至于做了亡国奴的北平人"有钱的,没钱的,都努力的吃过了饺子,穿上最好的衣裳;实在找不到齐整的衣服,他们会去借一件;而后到北海——今天不收门票——去看升平的景象。他们忘了南苑的将士,会被炸弹炸飞了血肉,忘记了多少关在监狱里受毒刑的亲友,忘记了他们自己脖子上的铁索,而要痛快的,有说有笑的,饱一饱眼福"②。显然在老舍笔下,国人的良知几乎被陈旧的习俗消解和淹没。那些使人陶醉和赞叹的"口福"文化,虽然极为考究和精致,并且也源远流长,不过从国家和民族兴衰的角度来审视,在特定时期,它就成了麻痹人们心灵的陋习。

老舍以极富幽默意味的笔调所展示的"食文化"映照出的正是人们麻木、浑噩、苟安的精神世界。被视为中华文化瑰宝的"食文化",在其诱人的外衣下,掩盖着问题的另一面,即把"民以食为天"的"食",从自然的生存意义上分离出来,"食"的好坏高下,成了权力、地位、身份的标志,成了生命的价值体现,因此不断被充实、完善、丰富、发扬。这种被世世代代的智慧凝聚而成的享乐性文化的畸形发展,可能把一个民族奋发向上的精神消磨在觥筹交错之中而不知自拔。老舍正是站在民族忧患立场来剖析"食文化"的负面危险的。这就是他的民俗批判所具有的警世作用。

二

古语云:"饮食男女,人之大欲存焉。"作为人类存在与发展的两大构成之一的"男女"(即"色"),在旧中国亦有古旧而独特的习俗,对此,老舍在文本中亦多次写及。归纳起来,主要有"包办婚姻""买

---

① 老舍:《四世同堂》,《老舍文集》(第5卷),人民文学出版社1983年版,第301页。
② 同上。

卖婚姻""妾媵制"等野蛮风习,老舍在对这类陋俗的描写中洞析了传统文化的悖谬、病态和国民不健全的精神与心态。

在中国传统文化的视点里,两性之间关系的最终目的是生儿育女、传宗接代,从来漠视两性主体间的情感存在。在传统的观念习俗中有着"男女授受不亲""男女之大防"等有关性际关系的种种反人性的戒律与禁忌,加之有"三纲五常""三从四德",以及"不孝有三,无后为大"等"权威"观念的翳护,"包办婚姻""买卖婚姻"和"妾媵制"等习俗在旧时代大行其道,甚至被视为封建时代正统的风化和行止。老舍文本中的现实生活发生的时代,封建社会虽已寿终正寝,但封建时代旧的观念习俗依然存在,加之资本主义的商品意识和拜金主义文化的浸染,老舍笔下的男女性际关系实际上成了"买卖婚姻"和"媒妁"势力的合成品。老舍曾不无偏颇却很深刻地说道:中国没有"浪漫"的爱情故事,有的只是"直截了当的讲肉与钱的获得"[1]。他的多部文本都对"买卖婚姻""妾媵制"等野蛮落后、摧残生命的旧式婚习做了批判性描写,以此披露了妇女的物的、商品般的人生命运,鞭挞了封建文化和习俗对女性的残害。在《老张的哲学》中,老舍借人物之口写道:"妇女是没有自己的事的,人们也不许妇女有自己的事。"她们处于从属与屈辱地位,只是作为男权社会传宗接代的工具和发泄性欲的对象。老张和孙八仰仗旧观念、旧习俗和金钱的魔力,便想"买个姑娘"做妾,李静、龙凤等年轻女性成了他们捕猎的目标,从某种意义上说她们在社会上都成了一种有价的债券。《骆驼祥子》中的"军官"每到一地,便以一二百块钱买一个"黄花闺女",建一个家,一旦离开便随手弃之。《柳家大院》中,石匠小王的媳妇黄毛窝窝头也是小王家用一百块钱买来的,正如俗话所说的,"娶来的媳妇买来的马,任你骑来任你打",到了王家后,她"没有一天得着好气",她的公公因还不清聘礼的亏空,便把"婆婆给儿媳妇的折磨也由他承办

---

[1] 老舍:《我怎样写〈大明湖〉》,《老舍论创作》,上海文艺出版社1980年版,第24页。

了"。丈夫、小姑子亦同样虐待她。对此柳家大院的人们认为这种习俗天经地义:"男的该打女的,公公该管教儿媳妇,小姑子该给嫂子气受,他们这群男女信这个!怎么会不信这个呢?"[①] 黄毛窝窝头终因忍受不了无尽的打骂而悬梁自尽,"没出一声,就人事不知了"。而老王则已筹划着卖掉女儿二妞后,再为儿子买个媳妇。《也是三角》中林老四的女儿,为活命和尽孝道,遵父命将自己卖给两个陌生的男人,"她与父亲的棺材一共才值五十块钱"。

在老舍的文本中,与野蛮的买卖婚姻紧密相连的便是对"妾媵制"习俗的描写。古籍《大戴礼记·本命》中有这样的律条:"妇有七去:不顺父母去。无子去。淫去。妒去。有恶疾去。多言去。窃盗去。"在这森严的礼法和由此而形成的习俗中,"无子"无疑是妇女的一大罪状和被"休"的主要依据之一。丈夫往往以子嗣的传承为理由和借口,或明目张胆地纳妾,或私养外室"金屋藏娇"。《柳屯的》中夏大嫂的遭遇即是典型案例。夏大嫂乃夏廉明媒正娶的媳妇,生有三女一子,但不幸的是儿子10岁夭亡,"夏家三辈子独传的根苗眼看要断根了"。而夏大嫂病弱的身子已无法再生养孩子,这便注定了她悲剧的命运。她最初是默默忍受丈夫的冷眼呵斥以及与"悍妇"娇居,最后被赶出家门,最终屈辱地死去,成了传统习俗的受害者和牺牲品。《离婚》中的几个闹"离婚"的家庭,最后宣泄消解家庭"矛盾"与"危机"的渠道,亦是或明或暗的"妾媵制"。无论在旧式的吴家,还是"新派"的邱家,旧式妇女方墩太太和"文学学士"出身的邱太太都曾极力反对丈夫纳妾,但最后都拜倒在"妾媵制"的传统习俗下,旧军人吴太极明娶"十三妹","惧内"的邱先生因邱太太不生孩子而私设了"外室"。这些在旧观念钳制下的两性风俗,违背了人类性爱的真义,造成极为严重的负面效应,即一方面引发了大量的无爱婚姻的存在,另一方面也导致了国人畸形、病态的性意识和不健全的文化人格。在

---

① 老舍:《柳家大院》,《老舍文集》(第8卷),人民文学出版社1985年版,第88页。

这种文化中，女人仅被视为"物"，被视为一部延续香火的机器，这就是她的价值。而男人在获取女人这一价值时，是无须顾及她的意志和利益的。延续香火、传宗接代，这是宗法血缘文化的最高价值追求，为了这个目标，多妻制、买卖婚姻等野蛮风俗，自然会得到传统的维护。

不仅如此，国人对性爱亦有惊人的扭曲理解，《赵子曰》中的人们就视自由恋爱为"猪狗的行为"，《老张的哲学》中文化流氓兰小山则将中西性观念中的糟粕进行拼接，从而得出"恋爱是苟合的另一名词。看见女子，不管黑白，上去诱她一回"的结论。赵子曰"虽然是个新青年"，但他"自要听见有女字旁，永远和白干酒一样叫他心中起异样的兴奋"。而"文博士"一进杨家大院便把所有的丫头都看成是"妓女"。对国人此种变态的性意识，鲁迅先生更有一针见血地揭露和鞭挞："一见短袖子，立刻想到白臂膊，立刻想到全裸体，立刻想到生殖器，立刻想到性交，立刻想到杂交，立刻想到私生子。中国人的想象惟在这一层能如此跃进。"[①] 由此老舍痛切地感叹道："真正的幸福是出自健美的文化——要从新的整部的建设起来，不是多接几个吻，叫几声'达儿灵'就能成的。"[②] 显然，通过两性这一层面，显示出老舍对固有文化的缺陷与瘤疾的沉甸甸的思考。应当说，普遍的性变态，产生于长期的性压抑。传统文化是"谈性色变"的文化，把属于人类本性的东西视为罪恶，而加以压抑。凡属本性的东西，又是无法长期压抑的，所以便以性变态的病态形式加以宣泄。老舍笔下的性变态描写，可以说是从反面揭示了性压抑传统造成的种种丑行和罪恶。

三

从养育方式和习俗来剖析传统文化亦是老舍文本的重要内容。老

---

① 鲁迅：《而已集·小杂感》，《鲁迅全集》（第3卷），第533页。
② 老舍：《离婚》，《老舍文集》（第2卷），人民文学出版社1981年版，第273页。

老舍小说的民俗描写与文化批判

舍认为日常的风习民俗对人与文化的潜移默化的影响,远远胜过正规的教育和有目的的改造,传统的养育方式和习俗是国人"出窝儿老"人格生成的最为重要的文化温床之一,"民族是老了,人人生下来就是'出窝儿老'"[①]。这里,"民族"一词无疑也包含着传统的观念和风俗的因素。中国人生儿育女的一个重要目的就是"养儿防老",而对子女所抱的"望子成龙""富贵腾达"的人生期待的目的之一便是"光宗耀祖"以成就日后风光地做繁华大家族的"老太爷"的美梦。因此,《正红旗下》中婴儿出生三天后,便有这样的洗礼习俗:"先洗头,作王侯;后洗腰,一辈倒比一辈高;洗洗蛋,作知县;洗洗沟,作知州!"《牛天赐传》中的牛天赐"抓周"时,铜盘上放的是印、笔、书、大铜钱等,而"印"是"高官得作、骏马得骑的代表物",笔和书不仅含有"万般皆下品,唯有读书高"的意味,同时它们"也是作官的象征,不过是稍绕一点弯儿"而已。

上述习俗无疑反映出国人世俗人生的传统价值取向:"升官发财""荣华富贵",即偏重物质实利的获得而忽视精神的追求。在《牛天赐传》中,老舍通过对牛天赐"自生下到二十岁"的历时性成长过程的个案描写,集中而详细地记录了国人所历经的传统习俗下的养育方式。

(一)婴儿期。传统养育习俗是"一天到晚,吃了睡,睡了吃","每逢他一出声,乳头便马上堵住他的小嘴",并人为地延长婴幼儿的口欲期,这便是造成日后国人口欲过旺而心身麻木的最初因素。此外,还对婴儿施行捆绑手脚和睡脑勺等来塑造堂堂正正的君子相,以符合传统审美标准。牛天赐出生后就被捆了半年,之后"身上的捆仙绳被解除下去",结果却"脚尖已经向里拐拐着",成了"拐子腿"。为达到牛老太太"非这样不足养成官样儿子"的心愿,作为婴儿的牛天赐"除了吃奶,他老是二目观天",平躺了 8 个月,结果后脑勺"平得像块板儿"。这样"塑造"形象的最后结果是牛天赐"腿细而拐""臂瘦

---

① 老舍:《二马》,《老舍文集》(第 1 卷),人民文学出版社 1980 年版,第 438 页。

且长，不走路也摇晃"的样子，这无疑揭示了国人体质羸弱不健壮、生性压抑谨敛的生成机制。

（二）学前期。这一时期本应是儿童自由活泼的发展阶段，而牛天赐却是在束缚和规矩中长大，"听大人的话"是他行为的指南。"手脚口鼻都得有规矩，都要一丝不乱，像用线儿提着的傀儡"。"多了，不准做的事儿多了。另有一些必须做的，都是他不愿意做的。"例如："别当着人说饿，别多吃东西，别大声嚷嚷，别弄脏了衣裳；怎么行礼？……怎给人家道喜？"同时牛天赐的活动空间也严重地受到限制，只能在自家院里，而"大门成天关得严严的"，不让出去"闯祸"。这些规矩稍有触犯，就会挨打受罚。这些习俗压抑了儿童的天性，遏制了好奇心、求知欲的发展，使他们缺乏冒险和执着的精神，只知依赖和顺从，甚至不得不以虚伪、说谎、作假等手段顺应这些人生规矩。牛天赐在日后便会"假装，假装着使他能郑重"。

（三）学校期。牛天赐刚步入私塾就被"念书，请老师，不好就打"的阴影笼罩和威吓着，以至于"连饭也不正经吃了"。古老的教习实行"朴作教刑"，信奉"不打不成人，打到作官人"的信条。牛老太太便对私塾王先生说："自管打他，不打成不了材料！"这种习俗直接造成了奴性人格。此外，私塾的教育模式是"死记硬背"，不许学生"乱问"。牛天赐在背诵《三字经》时问王先生"性善是怎么回事？"非但得不到回答，反被呵斥道："这是书，你得记着，不用问！"由此道出了中国传统的私塾教育中的人云亦云、囫囵吞枣的弊端。人的天性和创造精神不但没被激发，反遭扼杀，这种教育方式造成的后果是可想而知的。

（四）青春期。由于传统性际交往习俗禁止正常的青年男女交往，以至于牛天赐青春期的正常心理受到压抑，情感的需求也没得到满足。他与"蜜蜂"的感情得不到正常的发展，且他因与异性交往的幼稚而被狄家当了"猴儿耍"。牛天赐的成长史，就是传统文化育人的风俗史。风俗是一个社会所共同享有的文化模式，而无论什么样的文化模式，都不会是单一的，它里面必然包容美与丑、善与恶、新与旧、雅与俗等二重对立的成分，这就是文化的复杂性。中国传统文化是一种被公认的超稳定性文化。在这个文化模式中，不仅包含着二重对立性文化成分，更因为绝少变异，很难更新，又积淀了深厚的历史尘垢，所以其负面效应就更加惊世骇俗。

老舍作为一个描写民俗的作家，必然要站在现代的新文化的高度上，重新审视传统文化的二重性，尤其要正视超稳定的传统文化给国人生活各个方面带来的负面影响的沉重和深远。这就是老舍对传统民俗批判的意义所在。

对文学本质的超越性诉求：
梁实秋文学观论析

梁实秋是中国现代文学史上为数不多的拥有自己较为独立而系统的文学观的作家之一。他基于对文学本身和文学批评理论的理性化与超越性品格的崇奉，对中西文化精神和思想资源进行了深度整合，并试图构建自己的文学批评观。他的文学观极力彰显理性的规约精神和精英化诉求，在新文学创立初期标举与当时文坛盛行的、以非理性为内在精神根据的浪漫主义文学思潮大异其趣的理性主义文学观。总体看来，梁实秋的文学观充满了形上之思，具有较为深层的哲学关怀和超越性追求，具体来说，这种哲学关怀与超越性追求主要表现为：推崇文学应表现人的本质的形上维度，强调文学的伦理取向与精神提升，坚守文学批评的纯粹性、独立性，以及对文学批评的超越性、精英化品格的强调，等等。从本质上说，梁实秋的文学观、批评观实现了中西文化精神的深层对接。他对文学本质与批评特质的深层追思不仅使其文学批评观在当时新文学主流思潮之外构筑了深沉的人文风景，而且对当下的消费主义文化语境中的文学创作尤有启示性意义。

一　文学本质的形上之思

梁实秋作为一个有着真正理论追求的学者，他在建构自己的文学

对文学本质的超越性诉求:梁实秋文学观论析

观之初,首先对文学的本质有着深度的求索和沉思。他认为文学既不只是描写人的日常生活,亦非仅是关于喜怒哀乐的个人情感叙事,文学所追求的应是对人性的永久表现和关怀,也就是说表现人性是梁实秋最本真的文学理想和文学追求。他曾多次对自己的这种文学理想进行表述。在《文学的纪律》中他明确提出:"文学的目的是在借宇宙自然人生之种种的现象来表示出普遍固定之人性,而此人性并不是存在什么高山深谷里面,所以我们正不必像探险者一般的东求西搜。这人生的精髓就在我们的心里,纯正的人性在理性的生活里就可以实现。"[①] 他认为:"文学家处在森罗万象的宇宙中间,并不因获得一鳞半爪的材料便沾沾自喜,他要沉静的体会那普遍的固定的人性。"[②] 文学创作要紧紧围绕一个中心,即唯人性马首是瞻,"文学发于人性,基于人性,亦止于人性"[③]。总之,在梁实秋看来,表现人性应是文学的本质追求,"人性是测量文学的唯一的标准"[④]。

梁实秋之所以会形成如此的文学理念与诉求,从思想来源看主要是远承古希腊亚里士多德等西方思想家的影响,近得美国人文主义者白璧德的引领。从其早年文献看,梁实秋文艺思想的主要精髓显然来自亚里士多德,也就是说亚里士多德的诗学理论是梁实秋文学观形成的最主要的思想资源。梁实秋在其早年的文论如《戏剧艺术辨正》《亚里士多德的〈诗学〉》《"艺术就是选择"说》《论剧》等篇章中能够看到他对亚氏学说的重视及所受的影响,梁实秋的文学观尤其是其文学应表现普遍人性说直接得自亚氏模仿论的启示。他甚至说"亚里士多德的模仿论在后世影响最大"。亚里士多德认为,文学是模仿,它所模仿的应是人生中具有普遍性、永久性的东西。按梁实秋的理解,"诗人所模仿的也就是这普遍的永久的真的理想的人生与自然","艺术的模

---

① 梁实秋:《文学的纪律》,人民文学出版社1988年版,第116页。
② 同上书,第157页。
③ 同上书,第122页。
④ 梁实秋:《文学与革命》,《鲁迅梁实秋论战实录》,华龄出版社1997年版,第158页。

第一辑 现代文学专题研究

仿乃超于现象界的羁绊而直接为最后的真实之写照"[①]。梁实秋在阐释亚氏模仿说时曾有这样的总结与概括:"所谓文学之模仿者,其对象乃普遍的永久的自然与人生,乃超于现象之真实;……因其所模仿者乃理想而非现实,乃普遍之真理而非特殊之事迹;一方面复不同于浪漫主义,因其想象乃重理智的而非情感的,乃有结束的而非扩展的。故模仿论者,实古典主义之中心,希腊主义之精髓。"[②] 梁实秋对以亚里士多德为代表的西方古典主义极为推崇,在梁实秋看来,"真正古典主义的精神是在求文学的普遍性,求其不悖离人性的中心",他的文学观正是在西方古典主义诗学精神指导之下得以形成的。

从梁实秋推崇人性论文学观的具体原因看,一个重要原因显然是反对"五四"时期一些西方的浪漫主义、印象主义、表现主义、个人主义等文学与文化思潮的盛行。这在他最著名的两篇文论《现代中国文学之浪漫的趋势》和《文学的纪律》中有明确的批评性和否定性的论述。受到上述西方思潮影响的新文学创作存在着过分主情和感伤颓废色彩过于浓重等非理性特征,这被梁实秋称为"浪漫的混乱",这种过分叛逆传统、打破以往文艺所呈示的平衡状态令他十分反感和担忧,由此他提倡理性、节制的文学。如果从当时中国大的文化环境看,文坛出现如此状况,其深层原因恰恰在于当时文化转型所导致的文化震荡、文化失范与文化整合现象,这种文化背景直接影响着文学现实。梁实秋似乎无视这种文学表现的深层文化原因,而一味维护文学的纯粹性,他本人由此而被思想界、评论界视为文化保守主义者显然在情理之中。但如果抛开当时具体的社会文化状况,仅从人与文学的关系角度看,梁实秋的文学观不仅不应该被否定和质疑,反而具有一种学理性的深刻和形而上的维度,对文学的本质有着深度的追求。需要指出的是,以往研究中还存在一种误解,即认为梁实秋只注重文学对普

[①] 梁实秋:《亚里士多德的〈诗学〉》,《浪漫的与古典的》,人民文学出版社1988年版,第62页。

[②] 同上书,第64页。

对文学本质的超越性诉求:梁实秋文学观论析

遍的人性的表现,而反对表现文学的时代性与阶级性。仔细阅读文论即可看到,梁实秋并非绝对反对文学反映时代性与阶级性,而是强调文学不应在注重反映时代性与阶级性的时候而忘记了文学表现人性的根本追求,正如他在《诗与诗人》中指出的那样:"诗人的作品,除了它的时代性,还有永久性……"[①] 对于文学与阶级性的关系,梁实秋亦不绝对排斥,只不过他反对将文学的阶级性特征夸大化和绝对化。他曾诚恳地讲解说:"文学不能摆脱掉它的环境的各种影响,这道理我们相当的承认。"但是他接着指出:单是阶级性并不能确定作品的全部价值,也不能当作衡量一部作品的主要标准,如果那样,"批评的范围是很狭隘的了"。同时他也认为没有任何作品没有时代色彩,但他不提倡文学紧跟时代,而是认为文学应能超越时代,应时常地走在时代前面,成为"对现实的批评",真正成为一种文化先锋。总而言之,他认为:"阶级性只是表面现象。文学的精髓是人性描写。人性与阶级性可以同时并存的,但是我们要认清这轻重表面之别。"[②] 由是可以看见,梁实秋对文学的时代性与阶级性的表述清晰而不乏合理之处。以往对梁实秋的批评中不可否认地存在着取向的偏颇和观点的偏至之处,这种过重烙印时代偏执性特征的批评产生的负面影响似乎短时期内难以完全消释,这是我们必须承认的。

尽管对于何为人性,梁实秋并未做过专门而细致的论析阐述,他在晚年也承认自己在当年的论战中"对人性解释不够清楚"[③],但他后来有了较明确的表述,他认为:"所谓人性,究何所指?圆颅方趾皆谓之人,人人皆有人性。……人虽然有若干的兽性,还有不同于兽性者在。高贵的野蛮人其实不见得怎样高贵,在纯自然境界中的人比禽兽高贵不了多少。人在超自然境界的时候,运用理智与毅力控制他的本

---

① 梁实秋:《诗与诗人》,《梁实秋自选集》,台湾黎明文化事业股份有限公司1981年版,第154页。
② 梁实秋:《人性与阶级性》,《鲁迅梁实秋论战实录》,华龄出版社1997年版,第452—453页。
③ 梁实秋:《梁实秋论文学·序》,台湾时报文化出版事业有限公司1981年版,第11页。

能与情感，这才显露人性的光辉。"① 从梁实秋对人性的上述表述中，我们认为，他对人性的超越性有明确的指认，人之所以为人，正在于人已从纯自然界分化出来，人有情感与理智，超越于受本能控制的蒙昧状态，能够思考和反思，能够创造和超越，这种超越不仅针对外界，同时还包括人类自我，人是理性的存在物。这正是"人性的光辉"和本质规定性所在。应该说，梁氏的人性表述是富有哲理深度的，论述中彰显了人的超越性本质。他所强调文学对于人性普遍性的追求，对文学的本质有着形上之思，这一点使他的文学观亦具有了一种超越性的意义指向。尽管他的文艺观在产生之初以至后来很长一段时期都无法成为主流，甚至不被接受，并被视为反动的，但从中国文学总的构成看，它无疑也弥补了中国传统文论过分注重形式与审美而形成的形上维度的先天缺失，这一点我们不应忽视。

二 伦理维度与精神提升

在构成文学的真善美三个元素中，梁实秋对善，即文学的伦理维度尤为重视。这主要是梁实秋强调对文学的理性规约以及对文学的精英化诉求所导致，此外，他还着力凸显和张扬伦理对人与文学精神的净化和提升之维度，从而对传统文学的道德功用说有了新超越。

梁实秋对真和善都有自己的理解和界定。对真的理解，梁实秋主要是从亚里士多德模仿说推导而来。亚氏的模仿说认为文学应模仿现实，这个现实不是实在的事物，而是理想的人生，这种理想的人生才是真正的现实，也就是真，这才是文学模仿的对象。对于善的理解和阐释，梁实秋所受的影响笔者认为有两个方面：一是亚里士多德的诗学中的宣泄净化说；二是以白璧德为代表的美国人文主义思潮。他将这两方面吸收整合，在此基础上建构了自己对文学的伦理特质与伦理意义的理解。

在亚里士多德的诗学理论中梁实秋对模仿论与净化说最为推崇。

---

① 梁实秋：《梁实秋论文学·序》，台湾时报文化出版事业有限公司1981年版，第8页。

对文学本质的超越性诉求:梁实秋文学观论析

他在《亚里士多德的〈诗学〉》一文中,将亚氏悲剧理论中的净化说译为"排泄涤净"说。他在介绍后世对净化说的两种不同解释(即伦理的解释和艺术的解释)时认为,净化说即关于"悲剧的效用,实在是含有伦理的与艺术的元素。这不独亚里士多德是如此,希腊精神便是如此"。他还进一步强调,仅对净化说作伦理的解释,"显然是过于褊狭",但"专从艺术享乐方面解释亚里士多德,那便错了,因为'排泄涤净'乃超于艺术的享乐,而实含有伦理的意义"。从上述对两种解释所下的定性语"褊狭"与"错误"两个词大概不难看出梁实秋的倾向与取向,显然,悲剧这一文学样式的伦理效用在他看来具有前提性与必要性的地位,正如他在文中对此所作的结论式评语:"总而言之,亚里士多德的真义乃谓悲剧之任务在于使人愉快,但其愉快必有伦理的判裁。"[①] 由此可以看出梁实秋对文学的伦理之维度的推崇与看重。

在其关于伦理之于文学的意义维度中,亦依稀可见美国人文主义学者欧文·白璧德的影响。白氏继承希腊古典主义精神并发扬光大,强调理性、节制、规则、纪律等原则,既反对物质的功利主义,又反对放纵的浪漫主义,反思文明与历史的危机,倡导以人的节制与理性来实现社会的和谐与恒定,并以此来拯救物欲横流的文明。白璧德认为人性中永远有情与理的冲突,社会中亦有善与恶的永恒对峙,故文学和文学批评亦必须用"内在的制裁"或"内在的节制"作为原则,以此来实现对人与世界的意义引领与规约。梁实秋极为重视"内在的制裁"作用,他认为文学应打破形式化的文学规律,即"外在的权威"的束缚,这样文学才是自由的,但文学必有"内在的制裁",否则"文学就要陷于混乱了"。所谓"内在的制裁"就是节制的力量,"就是以理性(Reason)驾驭情感,以理性节制想象",这样的文学才是健康的文学。[②] 在此,梁实秋虽未直接将节制、理性与伦理牵连起来,但其

---

① 梁实秋:《亚里士多德的〈诗学〉》,《浪漫的与古典的》,人民文学出版社1988年版,第65页。

② 梁实秋:《文学的纪律》,人民文学出版社1988年版,第117页。

中节制与理性所蕴含的伦理维度却已昭然。正如他所论说的那样："情感不是一定该被诅咒的，伟大的文学者所该致力的是怎样把情感放在理性的缰绳之下。……所以在抒泄情感之际也自有一个相当的分寸，须不悖于常态的人生，须不反乎理性的节制。这样健康的文学，才能产出伦理的效果。"① 梁实秋推崇古典主义的文学精神，即认为理性是文学的"最高节制的机关"，有理性精神规约下的文学才是健康又具有伦理意义的文学。而所谓的健康文学在梁实秋看来应是表现永久普遍的人性，即人所应具有的在自然界中超自然的超越性。显然，梁实秋对文学之伦理意义的强调中，更多的不是传统意义上的所谓教化或布道，而是力推文学所应有的对人的存在的超越性的思考与追求，即对人的存在的精神性提升。

仔细研究梁实秋的文学观，便不难发现伦理即善的维度在文学中占有重要甚至可以说是首要位置，正如他所指出的："如果以真美善为艺术的最高境界，文学当是最注重'善'。"② 文学以对善的表现为最高旨归。梁实秋将善这一范畴表述为"伦理"或"道德"两个词语。但从其早年文论中，梁实秋更看重的是"伦理"而不是"道德"，从其具体行文看，有时尽管也使用"道德"一词，却也强调的是其伦理之意义。他曾对伦理与道德两个概念做了具体区分。在《王尔德的唯美主义》一文中，梁实秋指出王尔德在其艺术评论里将伦理与道德两种事物混为一谈。他认为："伦理的标准与道德的教训是两件事……""文学究竟应不应该纯粹是为享乐，抑或应有伦理的价值，这是一件事。文学应不应含有一种道德的教训，这是另一个问题。"③

那么，什么是伦理？在梁实秋看来，伦理究竟指的是什么呢？从他的相关论述中可做这样的归纳，文学中的伦理其实指的就是文学描写者的态度。他认为文学中描写了不道德的事物并非意味着文学不道

---

① 梁实秋：《文学的纪律》，人民文学出版社1988年版，第119页。
② 梁实秋：《文学讲话》，《梁实秋批评文集》，珠海出版社1998年版，第220页。
③ 梁实秋：《王尔德的唯美主义》，《文学的纪律》，人民文学出版社1988年版，第146页。

对文学本质的超越性诉求:梁实秋文学观论析

德,"……不过描写罪恶为一事,描写罪恶之态度与观点,则为又一事。描写变态之人格而遽示无限制之同情,刻画罪戾的心理,而误认为人性之正则,这就是有所偏蔽,……换言之,便是缺乏伦理的态度"①。因此,文学创作者,应对所描写的事象"保持一种伦理的清健的观察点"②。为此,他强调:"文学而成为道德的,这是无谓;不道德的文字就算作文学,这简直是狂妄了。"③ 由此可见梁实秋对文学的伦理之维的推崇与重视。

梁实秋之所以看重伦理维度之于文学的重要性,主要是因为,他认为"伦理的乃是人性的本质"④,"伦理学亦即是人生的哲学",而"应该"两个字,是"伦理学的中心问题"⑤。从上述表述不难看出,梁实秋所界定的伦理指的就是创作者对所写物象所取的态度和价值判断。在梁看来,如果说文学的本质追求应是对人生、人性的表现,那么梁所说的伦理亦即是作者对人生价值与意义的建构和追求。因此,总的来说,梁实秋所说的文学的伦理之维并非通常所说的善的范畴和伦理的含义,这里的伦理不仅包括对人生人性的沉静的观察和思索,与他所谓的理性一词也有一种意义上的融贯性,正如他在对人性一词概括时将理性、情感、伦理道德观念等尽收笔底那样,"人有理性,人有较高尚的情感,人有较严肃的道德观念,这便全是我所谓的人性"。同时梁实秋的伦理之维亦包容着对文学的思想性与精神性的注重与强调。他主张:"文学里不只表现情感,也要表现一点思想的。"⑥ 正因为如此,他非常认同他所尊崇的西方思想家托马斯·卡莱尔(梁实秋译为喀赖尔)的见解,"诗人不是耽溺于耳目声色的美感,而是负有一

---

① 梁实秋:《王尔德的唯美主义》,《文学的纪律》,人民文学出版社 1988 年版,第 147、148、151 页。
② 同上书,第 147 页。
③ 同上书,第 148 页。
④ 梁实秋:《何瑞思之〈诗的艺术〉》,《文学的纪律》,人民文学出版社 1988 年版,第 135 页。
⑤ 梁实秋:《文学批评辩》,《浪漫的与古典的》,人民文学出版社 1988 年版,第 104 页。
⑥ 梁实秋:《偏见集》,上海书店出版社 1988 年版,第 232、227 页。

种极大的精神使命。诗便是真理的写照……"① 为此，他才下了这样的断言："粗糙的字句包含着有力量的思想，比绮丽的字句而没有重要意义，还要好些，……有思想做中心的作品，才是有骨头的有筋络的作品，才能动人。"② 梁实秋认为，没有思想与精神支撑的文学"其软如棉"（鲁迅语），使文学具有"固定的永久的价值"正在于文学的思想性和精神性。

通过上述分析可以看出，梁实秋所标举的文学的伦理维度并不仅止于人们通常所理解的善的层面，他更注重的是通过文学的启迪来达到阅读后的心灵的净化，通过文学作品所昭示的对人性、人生富有深度的探索和表现，以及对思想和意义的追求来达到精神的提升，这正是文学所负有的"精神使命"。因此，梁实秋对文学的伦理性价值的强调并未止于传统的讽喻劝世，由于受到西方文化精神的影响，他更注重的是伦理之维的精神性的追求和超越性的指向，这种语义之下的伦理不仅超越了中西方对伦理即善的传统阐释，而且也对伦理尤其是文学的伦理意蕴形成了一种纵深延展，也为文学的伦理性问题敞开一种新的意义路径，开拓了新的内涵空间，其创新意义不容忽视，只可惜这个问题以往的研究并未给予重视。

梁实秋对文学的伦理意蕴的新颖表述不仅在当时具有创新性，使文学的伦理性一词从陈腐的语境中脱颖而出，而且对探索文学与伦理道德的关系，伦理道德之于文学的意义亦有借鉴和启示。无法否定人不仅是情感与欲望的存在物，人还是伦理的存在物。文学无疑就是人学，因此文学的伦理道德维度任何时候都无法抹杀或从文学中完全剥离。文学可以成为反对陈旧腐化的伦理道德的先锋，但不能因此而走向伦理道德的虚无。正如萨特所言，写作是一种无法抹杀的道德行为。丹尼尔·贝尔也曾指出："如果审美体验本身就足以证实生活的意义，

---

① 梁实秋：《喀赖尔的文学批评观》，《浪漫的与古典的》，人民文学出版社 1988 年版，第 54 页。

② 梁实秋：《文学的严重性》，《鲁迅梁实秋论战实录》，华龄出版社 1997 年版，第 321 页。

那么道德就会被搁置起来，欲望也就没有任何限制了。"① 既然人与伦理难以彼此脱离，那么文学与伦理道德亦无法断绝关系。梁实秋对文学的伦理性维度的标举以及由此生发的对精神性意义维度的强调，对整个文学，尤其是对当下消费文化语境下由于伦理道德的缺乏而导致精神的无根性，欲望的无底线的文学创作状况，亦不乏重要的借鉴意义。梁实秋将文学伦理性与理性、节制等古典精神交融整合，从而生成他对文学本质的超越性追求，对于当下的文学叙事亦有重要的警示意义。

三 对文学批评纯粹性的执守与对精英性的诉求

正由于强调对文学本质形上之维的沉思与探问，对精神品位的期待与执守，梁实秋亦十分看中文学批评本身的意义与作用，为此，他对文学批评的纯粹性与精英性特质给予了着意的追求与论释，其宗旨依然标志着他对文学观的超越性特质的诉求。

梁实秋对文学批评的纯粹性的执守主要体现在两个方面：一是对文学批评的超功利性与纯粹性（即价值判断）的守护；二是维护文学批评的独立性及其与科学有本质性区别。

梁实秋对于传统文学与文艺批评的"载道说"与"娱乐说"都持批判态度，认为上述两者在某种程度上都将文学与文学批评工具化、功利化。为此，他一方面坚持认为文学本身即其目的，它只与人生、人性发生关系，"舍人性无作品"②，只履行关怀人生与人性的精神使命，不应为意识形态或消费娱乐意图所控制。他认为文学家应有超越性人格作为创作的必要保证，"诗人要摒弃名利观念。对于人生有浓厚兴趣，而又要胸怀淡泊……"③"诗人除了他必需有的运用文字那一套

---

① ［美］丹尼尔·贝尔：《文化：现代与后现代》，王岳川、尚水编《后现代主义文化与美学》，北京大学出版社1992年版，第6页。
② 梁实秋：《诗与诗人》，《梁实秋自选集》，台湾黎明文化事业股份有限公司1981年版，第150页。
③ 同上书，第152页。

技能之外,还更要紧的是培养他的人格。"① 另一方面,他在坚持文学本身即目的这一文学本体论的基础上,着重提倡文学批评的反功利性特质。他指出:"文学批评本来该是不计功利,无所为而为的活动。"② "凡从事于文学批评者,……其态度必须是严重的。"③ 他反对随意贬低文学批评和文学批评家的作用和地位,认为文学批评是极为严肃庄重的事业,是一种富有理性和智慧性的人类活动。他说:"伟大的批评家,必有深刻的观察,直觉的体会,敏锐的感觉,于森罗万象的宇宙人生之中搜出一个理想的普遍的标准。"④ 正因为他将文学批评看成人类的一项寻找普遍真理和具有超越性意义的文化活动,所以他一再撰文申明文学批评与文学鉴赏不能混为一谈。在他看来,文学鉴赏是一种感性的(根据个人情感嗜好)、个人化的欣赏行为,是"民众对文学的关系","文学批评根本的不是文学鉴赏"⑤。"虽然最上乘的文学批评对于作家必有深刻的鉴赏,但徒有鉴赏亦不能成为批评。"⑥ "批评的任务不是作文学作品的注解,而是作品价值的估定。"⑦

从上述论述可以看出,梁实秋认为文学批评活动是一项人类的智慧活动,是理性起统摄作用的"心灵之判断力的活动"。他曾撰文反对王尔德将批评的特性与创作的特性相等同的观点,认为"创作品是以理性控制情感与想象,具体的模仿人性;批评乃纯粹的理性活动,严谨的批判一切的价值"⑧。不难看出,梁实秋心目中的文学批评是一种根据一定标准对文学进行理性化的价值评判活动。文学批评的标准并

---

① 梁实秋:《诗与诗人》,《梁实秋自选集》,台湾黎明文化事业股份有限公司1981年版,第154页。
② 梁实秋:《喀赖尔的文学批评观》,《浪漫的与古典的》,人民文学出版社1988年版,第58页。
③ 梁实秋:《文学的纪律》,人民文学出版社1988年版,第115页。
④ 梁实秋:《文学批评辩》,《浪漫的与古典的》,人民文学出版社1988年版,第106页。
⑤ 同上书,第101页。
⑥ 同上书,第103页。
⑦ 梁实秋:《喀赖尔的文学批评观》,《浪漫的与古典的》,人民文学出版社1988年版,第58页。
⑧ 梁实秋:《王尔德的唯美主义》,《文学的纪律》,人民文学出版社1988年版,第151页。

对文学本质的超越性诉求:梁实秋文学观论析

非教条化、形式化的一些规定和"条律",在文学批评中"人性"乃是其评判活动的根据,即"纯正之'人性'乃文学批评唯一之标准"[①]。梁实秋不仅从理性和价值判断角度强调文学批评的纯粹性,而且还表现在他一贯的文学的精英性情结与诉求。他不仅认为文学是少数人甚至是天才的事业,文学从来"不是大多数的","伟大的文学者,必先不为群众的胃口所囿,超出时代的喧嚣,然后才能产生冷静的审慎的严重的作品"[②]。"真正能鉴赏文学,也是一种很稀有的幸福"[③],同时还坚持认为文学批评亦是一项精英性的人类活动,普通人不会有真正的批评产生,只有少数人才能承担此项工作,他很推崇卡莱尔的观点,即认为"真理不是人人能得随便窥探的"。同样,梁实秋也提出:"只有文学批评家的批评才是批评的正宗,批评家的意见无论其与民众的品味是相合或相反,总是那一时代的最精到的见解。"[④] 梁实秋对文学批评事业的精英性诉求虽有排斥甚至贬低民众的行止,但他所捍卫的是文学批评的纯粹性和超越性的定位与追求,他虽对民众一概而论,没有更多地辨析多数与少数、民众与天才的种属关系,但他的初衷与最终愿望却是出于一个纯正的知识分子对文学的纯粹性和超越性的追求,这是不能否定和扭曲的,虽然他的用语有时不免武断,但与基本事实并未偏离太远、相异太多。

梁实秋尽管强调文学批评不是简单的文学鉴赏,而是一种心灵的判断行为与价值评定,甚至是"纯粹的理性的活动",但他并不将其与科学等同。他认为科学与文学批评是截然不同的两种活动,科学只是一种客观的事实归纳、数据统计,并不包含价值评判,"凡有价值以内的事务,科学便不能过问"。而以价值评估作为旨归的文学批评必定不是科学,而是一种主观的心灵活动。他反对将文学批评科学化,他认

---

① 梁实秋:《文学批评辩》,《浪漫的与古典的》,人民文学出版社1988年版,第103页。
② 梁实秋:《文学的纪律》,人民文学出版社1988年版,第115页。
③ 梁实秋:《文学与革命》,《鲁迅梁实秋论战实录》,华龄出版社1997年版,第162页。
④ 梁实秋:《文学批评辩》,《浪漫的与古典的》,人民文学出版社1988年版,第105页。

第一辑 现代文学专题研究

为:"以科学方法(假如世界上有所谓'科学方法'者)施于文学批评,有绝大之缺憾。文学批评根本的不是事实的归纳,而是伦理的选择,不是统计的研究,而是价值的估定。"① 为此,他十分反感当时流行的用"心理分析"等科学方法来进行文学批评,认为那是"假科学的批评之最下乘了"②。他认为文学批评即使可以采用多种标准,如道德的、功利的、美学的等,但"偏偏不能以科学的文学批评所阐发出来的唯物的说明为标准。……如成为科学,便不是批评"③。当然,梁实秋并未将科学赶尽杀绝,但他也只是从方法论的意义上稍微肯定了一下科学的作用,即"科学的文学批评,不能成为批评的一派,只能是批评方法上的一种贡献"④。关于科学与文艺活动之根本性质不同,哲学家康德曾以音乐和数学为例说道:"……对于音乐所产生的魅力和内心激动,数学肯定是丝毫也不沾边的。"⑤ 的确,科学与文学批评分属两个领域,一个是客观性首当其冲,另一个是主观性至上,完全以科学的标准和方法,来阅读文学文本和进行文学批评显然违反了文学的本性和规律,背离了文学的本真精神,是反文学的,更是非科学的。19 世纪末 20 世纪初的世界,科技理性大行其道,科学作为确证了人自身的力量的重要因素在当时拥有至高无上的地位,科学万能观念一度代替了上帝而成为人类的主宰。但梁实秋却未在泛科学化的时代失去自己的判断力,他并不全盘否定科学,却认为科学并非万能,科学亦具有自己的局限性和有限性,对此,他有着清醒的认识。为此他反对科学入侵文学或对批评实施越俎代庖,坚守文学批评的纯粹性和独立性,显示了一个文学理论研究者对文学的主体性意识和超越性特质的守望与执着。

在肯定梁实秋文学观的超越性追求所具有的深度意义的同时,我

---

① 梁实秋:《文学批评辩》,《浪漫的与古典的》,人民文学出版社 1988 年版,第 102 页。
② 同上书,第 103 页。
③ 梁实秋:《偏见集》,上海书店出版社 1988 年版,第 232 页。
④ 同上书,第 227 页。
⑤ [德] 康德:《判断力批判》,邓晓芒译,人民出版社 2002 年版,第 175 页。

对文学本质的超越性诉求：梁实秋文学观论析

们也看到，像所有的理性主义者那样，他也没有挣脱和超越理性主义思维模式的深层而致命的局限，即二元对立或二元论模式。他的文艺观在诸如浪漫与古典、美与丑、悲剧与喜剧、个性与普遍性、民众与天才等范畴与对象上，显现出保守与刻板的思维理路，以致常常在所论之事上留下硬性切割的痕迹，阻碍了对人与事物的丰富性和复杂性的更细致深入的辨析与探索。尽管他将人性的普遍性、复杂性作为文学表现的终极性目标，但他的二元论思维模式渗透出的思想有绝对化判断之嫌的价值取向，使他尽管冥思苦想，却难有真正的自我超越。当然这并非梁实秋个体的问题，而是整个理性主义的宿命性局限所在，这也构成理性主义日后不断遭到挑战和攻讦的关键之处和"永远的痛"。

梁实秋作为文学理论的探索者，他始终坚守着具有超越性特质的文学观与文学批评观，始终没有放弃文学与理论的经典化的理想和追求，虽然他的理论和见解并非完美无缺，颠扑不破，但其中的真知灼见不乏经典意味，很多见解和观点至今仍具有启示性意义。

萧红：拒绝惯常、平庸的文学与人生

萧红是一位具有传奇人生和情感经历的女作家，她一生漂泊，命运多舛，情路坎坷，英年早逝，却为现代文坛留下了风格独特的文学作品，被称为中国 20 世纪 30 年代的"文学洛神"。萧红是一位拒绝给定、拒绝平庸的女性，这里的拒绝给定、拒绝平庸，体现在萧红的人生中是全方位的，即不仅体现在她拒绝传统社会为女性安排的惯常、平庸的人生，特立独行地、执着地追求着爱与自由，同时还体现在她的文学创作中，从题材选取到手法运用，都拒绝已有成法，另辟蹊径，坚持自己别致而独特的风格。在中国文学史上，萧红将北方乡村荒凉旷野下人们的生存状况、风俗文化，第一次如此逼真、如此原生态地带入文坛，使文坛既陌生又无限新奇。无论过去还是现在，萧红在文坛都可谓是独树一帜的作家。

一 一生追求"爱"与"温暖"

萧红，原名张乃（廼）莹，1911 年 6 月出生在黑龙江省呼兰河畔。1933 年以悄吟为笔名发表第一部小说《王阿嫂之死》。也在这一年与萧军共同出版小说和散文合集《跋涉》，正式进入文坛。萧红的文学创作历程不足十年，都是在抗战时期的大背景下，在漂泊和流浪的青春岁月中进行的，她克服了心灵和情感的伤痛、贫饥和病痛的困扰，

萧红：拒绝惯常、平庸的文学与人生

创作了100多万字的作品，为文坛留下了《生死场》《呼兰河传》《小城三月》《马伯乐》等一系列名篇。随着时间的流逝，她的文学魅力越来越被人们发现，她的作品的经典性亦日渐凸显。

萧红懂事很早，所以人们说她有着"早醒而忧郁的灵魂"。萧红在散文《永久的憧憬和追求》中写道："一九一一年，在一个小县城里边，我生在一个小地主的家里。那县城差不多就是中国的最东最北部——黑龙江省——所以一年之中，倒有四个月飘着白雪。"[①] 童年时，萧红的亲生母亲去世，父亲是专制而暴躁的家庭掌门人，在萧红的记忆中，他无论对老人、小孩，还是女性，都是缺少关爱和尊重，是为着贪婪而失去人性的人。他们处在两极，永远是对立的。萧红小时候非常活泼，也非常顽皮，这从她对祖母的小小恶作剧等的回忆中可见一斑。同时，萧红也非常敏感，有着过人的观察力和感受力，这一点在《呼兰河传》中体现得最明显。童年缺失父爱和母爱，只有祖父和后花园的陪伴，她说："祖父，后园，我，这三样东西是一样也不可缺少的。"童年的后花园不仅是她的乐园，是她后来创作的源泉，也是现代文学史上的经典意象。

19岁因反抗包办婚姻离家出走，从此她再没有回过家。漂泊流浪的人生历程中，她先后到过青岛、上海、日本、北京、西安、武汉、重庆、香港等地。在中国现代文学史上，萧红还有一个非常突出的特点，那就是几乎没有哪个女作家像她这样到处流浪，四处漂泊，甚至露宿街头，也很少有哪位作家经受过像她那样严重的寒冷、饥饿和病痛，就像她在散文《饿》中所写的那样，在她的漂泊岁月中，"只有饥饿，没有青春"，没有哪位作家有过如此刻骨铭心的饥饿体验。同时，萧红一直体弱多病，头痛腹痛等时常折磨着她，在朋友们的记忆中，她总是苍白瘦削，早生华发。

[①] 萧红：《永久的憧憬和追求》，《萧红全集》（第4卷），黑龙江大学出版社2011年版，第165页。

第一辑　现代文学专题研究

萧红的一生都在追求着爱、温暖、自由、幸福，但一直得不到命运的青睐，不仅童年充满寂寞荒凉的回忆，成年后在追求情感的路上也屡屡受挫。"短短三十一年的人生过程中，所谓真正的幸福之光，人间之爱，并没照临过她，沐浴过她！……"① 作为叛逆的"五四儿女"，作为一个弱女子，她不屈服于命运的安排，不断抗争。我们在同情她的不幸时，更钦佩她的不屈服，这也是她打动很多中外读者和研究者的重要原因之一，这种感受可以借用萧红的一首诗来描述："七月里长起来的野菜，/八月里开花了。/我伤感它们的命运，/我赞叹它们的勇敢。"（《呼兰河传》）

萧红的勇敢抗争是双线的、双重的，并在这双线的、双重的抗争中展开了自己的人生与创作。双线指的是，她的抗争既体现在人生道路的选择上，也体现在文学写作中。双重指的是，她一方面是为自己的爱和自由而反抗男权社会统治，另一方面是为民族而反抗外敌的入侵，先是抗婚，接着是抗战，为了反抗包办婚姻而出走旧式的家庭，为了拒绝做亡国奴而出走沦陷的东北。她短暂的一生，无论是现实人生还是文学写作，都在寻觅着爱与自由。

二　萧红和萧军的："为了爱的缘故"

谈到萧红的人生和情感经历，她和萧军的关系是不能绕过的。我认为，正是二萧的相遇，才有后来作为作家的萧红。也就是说，萧军在萧红的生命中是非常重要的人。

1932年夏天，萧红有孕在身，却被困在当时哈尔滨市道外区的一家旅馆，这个旅馆的名字是"东兴顺"，她向当时的一家报纸《国际协报》写了一封求救信，萧军当时是该报的自由撰稿人，他受到该报的一位副刊编辑的委托前去探望并准备解救萧红。豪侠而富有同情心和正义感的萧军被萧红的悲惨处境所打动，更被她的文学才华所征服，

---

① 萧军：《为了爱的缘故：萧红书简辑存注释录》，金城出版社2011年版，第63页。

萧红：拒绝惯常、平庸的文学与人生

决定"拯救这颗美丽的灵魂"①。二人的相遇、相知、相爱是有传奇性的，也不乏偶然性，就像萧军所说的，他们是"偶然相遇，偶然相知，偶然相结合在一起的'偶然姻缘'"②。

二萧的结合，用今天的话说就是"闪婚"加"裸婚"。二人在非常状况下闪电结合，一无所有，有的只是两颗年轻的流浪的心的契合。"偶是相逢患难中，怜才济困一肩承。松花江畔饥寒日，上海滩头共命行。"③ 这是萧军写的《抄录萧红故信后有感》中的几句诗，非常凝练地描述了当时二人相遇的实际情形。萧红后来在《商市街》《桥》等散文集中也写了二人生活的一些片段。在二萧患难与共、相依为命的日子里，萧红开始了文学创作，并因《生死场》而在文坛一举成名。

二萧的爱情故事已是文坛的一段佳话，同时也似乎成为一段公案。对于他们的分手，很多亲历者和后来的研究者都写文章，对分手的原因和应承担的责任，都有自己的分析和评判。总结起来有两个方面的主要原因：一是文化性格差异；二是人生选择不同。笔者认为，归根结底，一切都是"为了爱的缘故"（《为了爱的缘故》是萧军一篇小说的名字）。为了爱的缘故，两人走到一起，也是为了爱的缘故，两人六年后分手。萧军在给萧红的信中有类似的总结："前信我曾说过，你是这世界上真正认识我和真正爱我的人！也正为了这样，也是我自己痛苦的源泉。也是你的痛苦源泉。"

当然，二萧不是没有共同的东西，他们都有着流浪汉的叛逆的性格，萧军在回忆录中写道："不管天，不管地，不担心明天的生活；蔑视一切，傲视一切，……这种'流浪汉'式的性格，我们也是共有的。"④ 二人在一起也有很多幸福美好的回忆。下面不妨举几个例子：

---

① 萧军：《为了爱的缘故：萧红书简辑存注释录》，金城出版社2011年版，第257页。
② 同上书，第258页。
③ 同上书，第261页。
④ 同上书，第84页。

第一辑　现代文学专题研究

当年为了赴鲁迅先生的宴请，萧红特地花了"七角五分钱"从"大拍卖"的铺子里买了一块布，为萧军缝制了一件新外套。对此，萧军回忆道："她几乎是不吃、不喝、不休地在缝制着，只见她的美丽的、纤细的手指不停地在上下穿动着……"不到一天的时间，"一件新礼服"缝好了。萧军感叹说："我们那时的物质生活虽然是穷困的，但在爱情生活方面，却是充实而饱满的啊！"①

　　萧军说："她单纯、淳厚、倔强、有才能，我爱她。"②
　　萧红说："我爱萧军，今天还爱，他是个优秀的小说家，在思想上是同志，又是一同在患难中挣扎过来的！"③

西方有句话说得好，许许多多的时候，生活中的困境，并不是巫婆设下的陷阱，而是相爱的人，不知道如何表达爱，相爱而又有差异的人如何生活在一起。虽然二人对彼此的人品、才学是相互欣赏的，但性格的不同却带来结合后日常生活的矛盾和烦恼。萧红的多愁善感、细腻自尊、特别依赖于爱，岂是粗犷尚武的萧军所能完全理解、给予和欣赏！多年后萧军依然坚持自己的看法："我爱的是史湘云或尤三姐那样的人，不爱林黛玉、妙玉或薛宝钗……"④

从二萧的书信中还可以看到，他们也像平常的夫妻一样，为着吃喝拉撒睡等鸡毛蒜皮的小事而烦恼以致影响感情，比如，萧红总是"干涉"萧军的一些生活细节，她在日本写给萧军的信中说："我告诉你的话，你一样也不做，虽然小事，你就总使我不安心。"（1936年12月15日）对于萧红的关心，萧军并不买账，而是抱怨："她自己已经如此，却还总要'干涉'我的生活上一些琐事，什么枕头硬啦，被子

---

① 萧军：《我们第一次应邀参加鲁迅先生的宴会》，王观泉编《怀念萧红》，东方出版社2011年版，第101—102页。
② 萧军：《为了爱的缘故：萧红书简辑存注释录》，金城出版社2011年版，第191页。
③ 同上书，第190页。
④ 同上书，第180页。

· 58 ·

萧红：拒绝惯常、平庸的文学与人生

薄啦，吃东西多啦，多吃水果啦……""我的灵魂比她当然粗大、宽宏一些。她虽然'崇敬'，但我以为她并不'爱'具有这样灵魂的人，相反的，她会感到它——这样灵魂——伤害到她的灵魂的自尊，因此她可能还憎恨它，最终要逃开它……她曾骂过我是具有'强盗'一般的灵魂的人！这确是伤害了我，如果我没有类于这样的灵魂，恐怕她是不会得救的！"[1]

二萧最后的分开，是由抗战时期人生选择上的分歧导致的。萧军一生不满意于当一个作家，他后来回忆说为此他矛盾纠结了几十年。[2]抗战白热化阶段，他笃定要上前线，打游击，弃文从武。对此，萧红坚持不同意，她认为作家有作家的职责，作家应该在文学事业方面实现自己真正的价值。但二人谁也说服不了谁，加之感情的不和谐，因此各奔东西。

萧军在性格和为人处事方面一直是强势的、霸气的，也是简单粗暴的，而萧红恰恰是过于自尊，萧军就认为萧红自尊心过强，甚至"自尊心病态化"，萧军承认，在二人生活中，他从来没有把萧红当作"大人"和"妻子"，总是把她当作孩子，甚至以萧红的保护者和恩人自居。萧军的这种做法伤害了萧红的自尊，这在有关萧红的回忆录、传记、研究文章中多有涉及，研究者多是认为，萧军不该总是居高临下，以恩人自居，因为这导致二人在婚姻中的不平等感，这是敏感自尊的萧红无法长期忍受的，这也是二人分手的深层原因之一。

另外，笔者认为，二萧在文学观上，即作品应该写什么上也是有分歧的。萧军在1978年对可能出现的萧红研究热时强调，作品不应对生活琐事过多注意和过多探究，这意味着没有意义和浪费精力，这其中不仅反映了萧军的文学观，而且似乎也隐含了对萧红作品并不甚高的评价。萧军的这种评价在和萧红未分开时就存在，而且当时文坛多

---

[1] 萧军：《为了爱的缘故：萧红书简辑存注释录》，金城出版社2011年版，第47页。
[2] 同上书，第124页。

对萧红作品的评价高于萧军,如鲁迅、胡风等都有这方面的评论。这也是好强的萧军不愿接受和承认的。这种种隐含的问题在二人的日常生活中难免引出或加剧不愉快。

对于萧红的早逝,萧军是怀念和惋惜的,萧红也难以忘情于萧军,据骆宾基回忆说,萧红在死前曾经热切地盼望道:"如果萧军在重庆我给他拍电报,他还会像当年在哈尔滨那样来救我吧……"萧红的遗嘱里写明,将《生死场》的版权留给萧军。

三 创作: 对着人类的愚昧

谈到萧红的文学创作,无法不谈到鲁迅。鲁迅与萧红有着令人感动的"伟大的温情"。在萧红的人生与文学路途上,鲁迅可谓导师和伯乐,正是鲁迅的发现和提携,才有了二萧在文坛上的崛起和后来的文学发展。正像钱理群所说的:"当萧红用她纤细的手,略带羞涩地扣着文学大门的时候,鲁迅已经是现代文学的一代宗师了。"[1]

二萧与鲁迅见面的情景,许广平、萧红和萧军分别描述过:

> 大约在一九三四年的某天,阴霾的天空吹送着冷寂的歌调,在一个咖啡室里我们初次会着两个北方来的不甘做奴隶者。[2]

> 我们刚来到上海的时候,另外不认识更多的一个人。在冷清清的亭子间里读着他的信,只有他,安慰着两个漂泊的灵魂![3]

> 我们这两颗漂泊的、已经近于僵硬的灵魂,此刻竟被这意外而来的伟大温情,浸润得近乎难于自制地柔软下来了,几乎竟成了婴儿一般的灵魂![4]

---

[1] 钱理群:《"改造民族灵魂"的文学》,晓川、彭放主编《萧红研究七十年》(上),北方文艺出版社2011年版,第18页。

[2] 景宋(许广平):《忆萧红》,《大公报》1945年11月28日。

[3] 萧红1936年10月29日在东京给在上海的萧军的信。《萧红全集》(第4卷),黑龙江大学出版社2011年版,第359页。

[4] 萧军:《我们第一次应邀参加鲁迅先生的宴会》,《人民文学》1979年5月号。

萧红：拒绝惯常、平庸的文学与人生

从上述回忆文章我们可以看出，鲁迅给了他们巨大的精神慰藉，同时更有实际的帮助。在鲁迅的帮助下，二萧度过了生活的拮据，并迅速打入文坛。我们知道萧红的《生死场》和萧军的《八月的乡村》的出版都由鲁迅资助。鲁迅亲自为萧红的《生死场》把关、修改，并写了序，还请现代著名作家、评论家胡风写了跋。鲁迅非常欣赏萧红的爽快性格和文学才华，多次向国内外同行推荐她的作品，称萧红"是当今中国最有前途的女作家"。

萧红非常喜欢鲁迅的作品，中学时代就"特别喜欢看鲁迅的书"，《野草》中许多篇章和名句她都能背诵。正如作家孙犁说的，萧红"吸取的一直是鲁门的乳汁"[①]。萧红和鲁迅在某种意义上都是乡土作家，他们笔下都有很多童年的回忆，都写了很多故乡的人物和文化风俗，在创作上应该不乏心有灵犀之处，这也应该是鲁迅认可萧红的前提之一。

读过鲁迅和萧红的作品的人，不难发现，与鲁迅一样，萧红在创作中不仅书写自己熟悉且情感深厚的人、事、风俗、风景，同时注重思想深度，追求深度写作。1938年，萧红在抗战文艺界座谈会上发言时说："……作家是属于人类的。现在或是过去，作家写作的出发点是对着人类的愚昧。"在创作之初，萧红就将笔触投注于北方中国黑土地的荒凉风景和苦难人生，用生命贴近现实，不仅"对不幸者永远寄托着不可遏止的同情"，有着强烈的人文精神和人道情怀，闪动着晶莹的"人性的温暖"，同时在丰富的感性描写中蕴含着深邃的、理性的省思和批判。22岁写的《生死场》一经出版，即震撼文坛。她对北方原野上盲目生存，糊涂死亡，没有灵魂，却又原始质朴的人与文化的书写，恰如鲁迅所说，达到"力透纸背"的效果。

萧红作品的魅力不仅限于对故乡记忆引人入胜的灵动描述，更在于它们的文化启蒙意义，和鲁迅一样写到了灵魂深处。她笔下的人物

[①] 孙犁：《读萧红作品记》，《尺泽集》，百花文艺出版社1982年版，第158页。

不仅物质生存极度匮乏,而且精神与心灵世界亦是荒芜、萧索的,绝少意义之光的烛照。"在乡村永久不晓得,永久体验不到灵魂,只有物质来充实她们。"(《生死场》)萧红的深刻,胡风说得最形象,在他看来,《生死场》虽不精致,却是史诗,"这是用钢戟向晴空一挥似的笔触,发着颤响,飘着光带,在女性作家里面不能不说是创见了",因此人们"看到女性的纤细的感觉,也看到了非女性的雄迈的胸境"[①]。

其实,萧红本人有着极强的女性意识,作品中也有相当鲜明的性别意识。对于男权社会文化氛围中女性的不幸,她感同身受,为此她在生命的最后日子里感慨道:"我一生最大的痛苦和不幸,都是因为我是一个女人。"萧红的几部经典之作,几乎都将表现女性的不幸命运和悲惨遭遇,作为主要描写内容。

《呼兰河传》中的小团圆媳妇,大家都很熟悉,一个花季少女被所谓的规矩和陋俗活生生折磨致死,种种跳大神、滚烫的水洗澡等情节读来令人揪心,但无论是婆婆还是邻人,他们并没有恶意,都是"为她着想",是为了规矩出一个好人来。这善良的残忍、残忍的善良,最为可怕和难以救药。作品揭示出了国民愚昧无知的精神状况,有着深刻的文化启蒙和文化批判的意义。

在《生死场》中,她通过王婆这一人物揭示了女性普遍的境遇,即"她一生的痛苦都是没有代价的"。这部作品中还有一个女性人物的命运给人带来深深的战栗,即关于月英的描写。"月英是打鱼村最美丽的女人。她家也最穷,和李二婶子隔壁住着。她是如此温和,从不听她高声笑过,或是高声吵嚷。生就的一对多情的眼睛,每个人接触她的眼光,好比落到绵绒中那样愉快和温暖。"如此美好的女性在乡村极端低下、极其落后的物质文化环境中,很快就被毁灭了。我们看到,鲜活的女性生命在乡村社会从来不被重视,而是任意被摧残践踏,无人珍惜。月英被疾病折磨,得不到医治,身体生出蛆

---

① 胡风:《〈生死场〉读后记》,王观泉编《怀念萧红》,东方出版社2011年版,第16页。

虫，身下垫着砖头，每到夜晚隔壁邻居都能听到"惨厉的哭声哀叫声"。那哭声哀叫声"弱得柔惨欲断"，"你……你给我一点水吧！我渴死了！""嘴干死了！……把水碗给我呀！"每每看到此，都不忍卒读，不禁想到萧红在《呼兰河传》中的感叹："满天星光，满屋月亮，人生何如，为什么这么悲凉。"

萧红对女性生存不仅有着莫大的同情悲悯，同时有着强烈的自审和自我批判："女性的天空是低的，羽翼是稀薄的，而身边的累赘又是笨重的！……女性有着过多的自我牺牲精神。这不是勇敢，倒是怯懦，是在长期的无助的牺牲状态中养成的自甘牺牲的惰性。"萧红笔下的女性没有自我意识，缺乏人的意识，她们在自然的暴君和男权的暴君的双重压迫下，也丧失了人的价值，命如草芥，正像《生死场》中写到的："母亲一向是这样，很爱护女儿，可是当女儿败坏了菜棵，母亲便去爱护菜棵了。农家无论是菜棵，或是一株茅草也要超过人的价值。"

萧红是有思想的作家，她的作品深蕴着文化启蒙的内涵，对人的生存状态有着独到的观察和深度思考。萧红生命的最后四五年，既是她短暂人生的最后一段时光，也是她创作的高峰期，尤其是1940年1月到香港后，完成了《呼兰河传》《小城三月》《马伯乐》等百年传世经典，标示其思想艺术的成熟。

四 "不以诗名，别具诗心"

萧红的童年虽然缺少爱，亲情是不完整的，只有关爱她的老祖父，但她并没受到过多的传统思想的浸染和成规的教化，打个比喻，她好似北方原野上无拘无束、自在随性长大的一株小花草。她的头脑中很少有条条框框的束缚，追求自由自在、不受拘束，无论是她个人的流浪生活，还是文学写作都有着自己的想法和风格。很多人读了感到内容和写法都不习惯，但读了又放不下，不由分说地爱上了。[①] 她的风

[①] 梅志：《"爱"的悲剧》，王观泉编《怀念萧红》，东方出版社2011年版，第71页。

格是天然的、有原生态的味道，表现出十足的个人性和个性化，学者们也认为，她是天生的先锋派，常常能别出心裁，有与众不同的文学天分。

中国传统的文学观是文以载道，就是说文学创作一般都要先入为主地表达一定的主题思想，但萧红不按这种套路的写作，对于读惯了载道文学的读者来说自然有些不习惯。当时的文坛不乏质疑之声，说她的小说无论结构还是行文，都不同于严格意义上的小说，就连对她的文学天分非常欣赏推重的胡风，在1935年写的《〈生死场〉读后记》一文中也指出萧红写作上的弱点，认为"语法、句法太特别了……对于修辞的锤炼不够"[1]。对此，萧红有自己的观点，她说："有一种小说学，小说有一定的写法，一定要具备某几种东西，一定写得像巴尔扎克或契诃夫的作品那样。我不相信这一套。有各式各样的作者，有各式各样的小说。"[2]

萧红不拘泥已有定法的文学风格，在《呼兰河传》中表现得最为突出。她忠实于自己的感觉，书写自己眼睛看到的，自己心灵体验到的，艺术上坚持自己的路子，形成了灵动而别致的艺术风格。对此茅盾给予肯定，并说《呼兰河传》关键不在"不像一部严格意义的小说，而在于它这'不像'之外，还有些别的东西——一些比'像'一部小说更为'诱人'些的东西：它是一篇叙事诗，一幅多彩的风土画，一串凄婉的歌谣"[3]。

萧红的文学直面人类，直面世界，旨在消除愚昧，说出真理，不为任何的意识形态和理念束缚，她的作品中没有丝毫刻板僵硬的概念化和先入为主的主观化的色彩，有的是率真的、透明的、毫不造作的、本真的描写，呈现的是原野上自由自在生长和奔跑的灵魂和生命。萧

---

[1] 胡风：《〈生死场〉读后记》，王观泉编《怀念萧红》，东方出版社2011年版，第17页。
[2] 聂绀弩：《萧红选集·序》，《萧红选集》，人民文学出版社1981年版，第4页。
[3] 茅盾：《论萧红的〈呼兰河传〉》，王观泉编《怀念萧红》，东方出版社2011年版，第25页。

红的创作采用儿童视角，也许并不是一种历史的巧合，萧红出生在 6 月 1 日，就是儿童节的这一天，的确，她的作品呈现的童心和儿童视角，都非常突出而独特。

一般来说，每个人随着成长，都会或多或少渐渐失去可爱而珍贵的童真，更难得保持一颗童心，童心在文学创作中尤为可贵。明代思想家李贽在《童心说》中指出，童心就是真心，它"绝假纯真"，是不掺杂任何虚假的本心，他甚至认为，能否具有童心、袒露真心，是衡量文学的主要标准，所以他说："天下之至文，未有不出于童心焉者也。"儿童的视角、童心观照下的文学书写，表面看给人的感觉也许不乏稚气，但细心体味，却常常有成人看不到、说不出的东西，处处散落着珍珠，不被污染，闪闪发亮，晶莹剔透，虽无一丝的说教感，一丝主观的灌输味，却蕴含着深刻的哲理和思想。正如哲人所说的那样："我们常能从孩子的言谈中，听到触及哲学奥秘的话来……"（雅斯贝尔斯《智慧之路》）"小孩子应该比较可能成为好哲学家，因为他们完全没有任何先入为主的观念。而这是哲学家最与众不同的地方。小孩子眼中所见到的乃是世界的原貌，他不会再添加任何的东西。"（乔斯坦·贾德《苏菲的世界》）而令人类无奈的是，儿童特有的提问能力和哲学天赋，在成长的过程中渐渐失落，无法挽回或留住，就像人类永远地失掉了幸福的伊甸园一样。

萧红拥有着宝贵的童心，她笔下的人和事，在透明纯净的童心的烛照下，都是活生生的，"像行云流水一样自由自在，像清洌的空气一样新鲜"。儿童视角常常带来的是"越轨的笔致"（鲁迅语），给人带来的思索和启示是开放式的，因为不受带有预先定见的框定，作者从来不跳出来讲一番大道理，或传播一种信仰和理念，所以常读常新，走入她的作品，总是给人新的、个人化的感悟，同时不同的人、不同性别、不同年龄的人都有自己的文学享受。

萧红的作品，无论是小说还是散文，儿童叙事风格和深蕴的思想哲理，在阅读中常常不期而遇，不胜枚举，仅举《小城三月》结尾一例：

第一辑　现代文学专题研究

春天为什么它不早一点来，来到我们这城里多住一些日子，而后再慢慢的到另外的一个城里去，在另外一个城里也多住一些日子。

但那是不能的了，春天的命运就是这么短。

年轻的姑娘们，她们三两成双，坐着马车，去选择衣料去了，因为就要换春装了。她们热心的弄着剪刀，打着衣样，想装成自己心中想得出的那么好，她们白天黑夜的忙着，不久春装换起来了，只是不见载着翠姨的马车来。

这段儿童看世界的描写，看上去是儿童口吻，实际却将春天的命运和女性的生存际遇联系在一起，二者都是美好却短暂的，有一种留不住的无奈遗憾，平静叙述下不乏悲剧感。但这种内涵的表达是自然天成的，没有丝毫的雕琢，没有技术的痕迹，大智若愚，大美若拙，如萧红自己所说的："……诗人的心，是那么美丽，水一般地，花一般地。"

萧红的作品蕴蓄着丰厚的思想内涵，也葆有永久的艺术魅力。但天妒英才，"落红萧萧"，作者的生命力和作品的生命力常常是悖论性的。在现代作家早夭这一点上，萧红是有代表性的，因为"高明之家，人鬼均嫉。往往或二十几岁便死，如柔石、白莽。或三十来岁便死，如萧红、东平。命稍长者亦不过四五十岁，如瞿秋白、鲁迅……"（聂绀弩《散宜生诗·自序》）1942年1月22日，萧红病逝于沦陷后的香港，葬于浅水湾，年仅31岁，可谓"叶落他乡情难酬"。萧红临终写下："我将与蓝天碧水永处，留得那半部《红楼》给别人写了。半生尽遭白眼冷遇，……身先死，不甘，不甘。"人们不禁感叹，天涯孤女，红颜薄命，空负了满腹才情！她把永远的遗憾留给了她所眷念的人间。

第二辑

作为文化现象的文学与文学史

检省文坛伪问题

当下文坛的文学批评正呈现出活跃与自由的状态，新的观点、新的理念不断涌现、异彩纷呈，对文学研究与批评的空间拓展和深度掘进有重要意义。然而在这一片繁荣的情势下，如果细致地厘定与推敲，不难发现存在很多问题，甚至虚假问题丛生。本文仅就目前出现率最高的几个概念及相关研究观点进行一番思考和检视。

一　"新世纪文学"：空泛能指与文化想象

已行世三十年的"新时期文学"一路走来，至今似乎已完成了它的使命。一个命名的出局意味着另一个命名的诞生。"新世纪文学"似乎就这样以接替者的身份登场。这一概念的提出已有几年的时间，作为"新时期文学"的后继者，它目前在批评文章和期刊栏目中频频闪现。一些批评家对此命名大力推举，许多文章也多是不加辨析地使用。新的文学命名、新的文学概念的出现，不仅意味着一种视角的变换，更意味着一种新的确定性的特质的呈现和昭示。但当你面对"新世纪文学"，无论如何品思，都觉得它似乎只有强烈的时间指向性，凸显的不过是一个新的世纪的到来，至于作为对具体时段的文学命名则难以胜任，即相对于当下文学来说是一个空泛的能指，难以担当对当下文学真正的命名。

"新时期文学"在命名上并非无懈可击，但它毕竟有具体的政治蕴

第二辑　作为文化现象的文学与文学史

含与改革开放等崭新的时代特质所系,既有时间的所指,又有内质所附。它所承载的文学的具体时代蕴质会令它在很长的历史时间内有存在的理由和价值。而"新世纪文学"一词则更多地归属时间性的概念,难有特殊的内质与所指,缺少实在的逻辑支点和命名根据。尽管有的学者一再强调:"'新世纪文学'的概念不仅仅是一个单纯的时间概念,它更多的是从时间出发来阐释文学的变化,而这变化主要是相对'新时期文学'而言的。""新世纪文学""并不是单纯的时间性概念,它所凸现的,主要是文学在发展过程中的变化,而非时间"[1]。无论如何考量,批评家所强调的新质,更多的是想当然的附会,不是这个语汇本身能够展呈出来并可让人直观感受到或可以意会到的。

一个学术命名的出现和成立,应该有相当程度的合理性和有效性,要有充分的内质和存在的逻辑根据,否则无论如何新炫,如何被硬性阐释,都会显得苍白和空泛。对于"新世纪文学"命名存在的问题,像有的学者指出的那样:"在这个巨大的文学口号的周边,新世纪文学的概念、范畴、矛盾、问题、审美形态和表达方式是什么,实际上还处于比较空白状态。"[2] 的确,如果没有这些特定内质的支撑,这个命名如何指称一种真实的文学存在呢?

但一些学者无视这些,竭力要把"新世纪文学"推举为当下文学的正当冠冕,硬性将一些内涵扣上并不合适的帽子,认为"打工文学、亚乡土文学、'80后'写作、网络文学成为其非常重要的构成因素"[3]。上述这些文学现象本质上皆属内容或题材层面的因素,是时代变化下文学应有的正常表征,并非属概念特质方面的构成因素。

"新世纪文学"与当下文学的不相符性,最主要的是体现在它只是一个空廓的时间概念,说它空廓是因为它有着百年的容量与承载,直接用于对当下文学冠名则"大而无当","名与实之间,有着明显的不

---

[1] 雷达:《论"新世纪文学"》,《文艺争鸣》2007年第2期。
[2] 程光炜:《新世纪文学"建构"所隐含的诸多问题》,《文艺争鸣》2007年第2期。
[3] 雷达:《论"新世纪文学"》,《文艺争鸣》2007年第2期。

对应现象"①。我们这样说并非意味着"新世纪文学"一词在当下不能作为一个一般性词汇行世,只是不应作狭窄化使用,作为对当下文学的唯一固定的命名。

从本质上讲,"新世纪文学"是随着时光推进、新的世纪到来而自然出现的,并不是学界对当下文学进行了全面审视与思考而得出的经得起检视的学术成果。它是感性的、暂时的,"它暗含着中国文学进入新世纪以后人们的文化想象"②。正如有的学者指出的,这种命名只是"感性的事实,而非大家共同承认的研究结果",故有必要做"早期的学术预警"③。

二 "底层写作"与"新人民性文学":批评的时尚化运动

"底层写作"是近年来文坛出现最多的语汇之一,"新人民性文学"也在近一两年被有的学者鼎力推举,二者作为新的批评语汇有时被联袂使用。有批评家说"底层写作"可以和1993年的"人文精神讨论"一样成为新时期以来"能够进入公共论域的文学论争"④,这样的断言显然过于牵强。在笔者看来,对"底层写作"与"新人民性文学"的力倡,不过是批评的时尚化运动,细致推敲,这两个概念并不是具有崭新而充实内质的学术概念。它们之所以被批评家力举,从根本上说是批评界急于创新却又找不到更好的路径的结果。

如果说"新世纪文学"存在的问题在于,这一名称难以与其指称的对象较好地匹配,而其自身所示内涵却很明晰,"底层写作"与"新人民性文学"等的问题则恰恰是命名本身概念不清。而概念不清就随意使用,这也是文学批评常被其他学科鄙薄和诟病之处,文学批评的优长在于敏感性与新颖性,但确凿性与科学性的欠缺则常常是其局限

---

① 吴思敬:《"新世纪文学",还是"世纪初文学"》,《文艺争鸣》2007年第2期。
② 雷达:《论"新世纪文学"》,《文艺争鸣》2007年第2期。
③ 程光炜:《新世纪文学"建构"所隐含的诸多问题》,《文艺争鸣》2007年第2期。
④ 孟繁华:《"到城里去"与"底层写作"》,《文艺争鸣》2007年第6期。

第二辑　作为文化现象的文学与文学史

所在。

何为"底层写作"？到底是底层写还是写底层，抑或是兼而有之？很多文章在运用时并没有做出清楚的界定，正如有的学者指出，"底层"一词是一个社会学概念，在社会学中有清楚的所指，但在文学上则至今仍含义模糊。从近年的研究可以看出，不少文章指称的"底层写作"主要指的是"打工文学"，有的文章干脆就将"底层写作"等同于"打工文学"。而这里的"打工文学"主要指的是书写农民工进城这类题材。"打工文学"一词本身也不是一个严密的概念，从广义看，打工者绝不仅仅指农民工，农民工也不是仅有的打工者。各个层级的概念由于边界不清，内涵也不甚明晰，使用起来自然令人疑惑丛生。

"底层写作"不仅概念本身不甚明晰，而且所指的文学现象亦不是新的文学现象，而是史已有之。尤其自现代以来，中国文学史从不缺乏对底层的生存关怀与书写，这已是学者的共识。新文学、"十七年"文学、新时期文学从没停止过对下层或底层的生存观照与书写，现代文学中有乡土文学、劳工神圣题材等先例，"十七年"中有对工农兵人物的刻画，新时期的改革、寻根、新写实等文学思潮中无不写及。自20世纪八九十年代以来，一些重量级作家皆有书写底层的高峰之作，如池莉的《你是一条河》、方方的《落日》、余华的《许三观卖血记》、王安忆的《富萍》等，都对底层生存有深度表现。

从近年的研究中还可以看到，有的研究者为了凸显和提升"底层文学"的重要性，在对"底层"书写的评论时，存在无批判认同乃至绝对化断语。如认为，对底层的悲悯情怀是文学的最高正义所在。[1]"如果进入当下中国文学创作的实际，'中国作风和中国气派'的经验，可能在近期讨论的'底层写作'这一文学现象中表现得最为充分。"[2]应该说，文学的正义未必只有写"底层"才能体现，也就是说正义不

---

[1] 孟繁华：《"文化乱世"中的守成文学》，《文艺争鸣》2007年第2期。
[2] 孟繁华：《新人民性文学》，《文艺报》2007年12月15日。

检省文坛伪问题

仅仅取决于题材，中外文学经典都可印证这一点，而且认为"中国经验"在目前的底层写作中最有体现的这种判断也是不驳自倒，经不起论说。绝对化有时就是一种随意化，而随意化本身则意味着批评的无根基。有的学者针对当前批评中存在的随意化和主观化现象进行批评时说："目前讨论文学问题有一种脱离文学创作的现象，批评家可以随意地选择一些作家作品来为自己的观点服务，根本不顾作家作品自身的特点。"①

在"新人民性文学"这一概念及相关论述上，也存在与"底层写作"相似的问题。力挺"新人民性文学"概念的批评家，并没有对此词做出恰当清晰的界定，围绕"新人民性文学"的论断也问题重重。如，"新人民性文学""是指文学不仅应该表达底层人民的生存状态，表达他们的思想、情感和愿望，同时也要真实地表达或反映底层人民存在的问题。在揭示底层生活真相的同时，也要展开理性的社会批判。维护社会的公平、公正和民主，是'新人民性文学'的最高正义。在实现社会批判的同时，也要无情地批判底层民众的'民族劣根性'和道德上的'底层的陷落'。因此，'新人民性文学'是一个与现代启蒙主义思潮有关的概念"②。此外，"新世纪以来，文学对中国现实生活或公共事物的介入，已经成为最重要的特征之一。对底层生活的关注，对普通人甚至弱势群体生活的书写，已经构成了新世纪文学的新人民性"③。

上述竭力想以许多较新的词汇来传达的有关"新人民性文学"的表述，本质上并无新意，无论如何也没有超越鲁迅简捷而经典的话语——"哀其不幸，怒其不争""揭出病苦，引起疗救的注意"等的内涵与境界。我们不能说提出这种论断的批评家没有文学史背景常识，但恰恰是有常识但为了标新立异、为了推出新概念而无视历史或有意

---

① 杨杨整理：《文学与正义》，《文艺争鸣》2007年第1期。
② 孟繁华：《新人民性的文学》，《文艺报》2007年12月15日。
③ 同上。

第二辑　作为文化现象的文学与文学史

将历史悬置,这种做法不仅是为概念而概念,甚至有玩概念、玩时尚之嫌。中国文学自古担当"载道"之职,从不缺失对现实生活的介入,有的倒是过于关注和介入社会现实而忘却文学应有的形而上的超越,即承载过多、介入过深而失去文学自我,结果存在文学的时代性过重而思想性过弱等问题与局限。

学术命名并非易事,要经得起质询和考问更是艰难,因为一旦一种新的命名出现,无疑意味着一种思想方式或观念范式的确立。正如维特根斯坦所说的:"一旦新的思想方式被建立起来,各种老的问题也就自行消失了。"[①] 这才是思想的价值与力量。

在多元化、信息化的时代,学术批评要想做到掌控全局达到贯通的层次,的确异常艰难,所以目前真正坚实又能颠扑不破的批评,质感、新锐且能经得起追问的学术概念也是不容易达到的。但无论如何,只有时尚性而无经典性的研究成果不是学术的根本追求。

文学批评和学术命名存在的问题,从深层看不单单是学科本身的问题,而是有大的时代的文化范式模塑的因素。当今的时代是符号的时代、仿真的时代,有时符号本身已构成一种真实和视觉暴力。这种文化范式常常会催生和促动制造符号的激情与冲动,以致符号在时代的语境中漫天浮动飞转令人眩晕。在符号文化时代,符号本身意味着文化资本和话语权力,因此不难理解当下文坛似乎有种命名的焦虑症,很多人忙于抛出新概念、新命名,难于顾及是否是真正的创新与超越。在这种情势下符号所承载的命名难免失重,导致批评的上空漂浮着概念的尸身与亡灵,虚假问题丛生。

[①] Ludwig Wittgenstein, *Culture and Value*, The University of Chicago Press, 1984, p. 48.

手机文学现象：午后茶点与后文学景观

每一种新媒介的出现都重构着我们的文明，影响并改变着文化与文学的秩序，诱发文学形态和传播介质的更新。手机作为"第五媒介"，为文学构造了一种新的出场方式和存在空间，由此手机文学现象得以生成和传播。笔者之所以称其为"手机文学现象"，而不是郑重其事地称其为"手机文学"，有两点原因：一是因为手机文学尚属于初级阶段，并不是一种已经成熟的文学样式或类型；二是本文所界定的手机文学是广义上的定义，不是指专为手机创作的文学小品（笔者认为目前这类手机文学数量有限，影响较小），指的是除了纯粹工具性和实用性的短信外的手机短信。手机文学现象显然缺乏经典文学的特质与优势，但它作为一种新媒介文学现象，却有其他文学样式难以比拟的对生活空间的侵入性、活跃性和流行性，与其说它是一种文学现象，不如说它是一种文化现象。它以拇指可及性、便携移动性和高度参与性成为具有文化意义的现代人的生存方式，是任何种族、阶级、性别的现代人的午后茶点与掌上精神玩伴，在媒介与文学互动和文学界限内爆的时代，手机文学现象已成为信息时代和消费文化语境下自给自足的后文学景观。

一 新媒介文学现象与身份定性

美国学者马克·波斯特认为，电子文化促成了种种"后"理论的

第二辑　作为文化现象的文学与文学史

产生。我们说，它同样也促成了"后"文学景观的产生。手机文学作为一种新媒介文学现象，与其说是对传统文学的侵犯和僭越，不如说是文学作为文字文化在数字时代的延展和拓界，是后纸张时代和后文学时代雅俗共赏的文学景观之一。

手机文学研究最大的问题是其身份的确认问题，它是否可以称得上文学？其诗性品质何在？从目前现有的对手机文学的观点和看法来看，有持完全排斥的态度，这种观点坚守文学的边界，认为手机文学乃文学的他者，断然不是文学，其天生的娱乐性胎记和潜在的商业性目的，使它难以达到文学的升华和涅槃。[①] 不可否认，按经典的标准衡量，手机文学的文学特质的确弱，但弱不等于无，我们可以说它是不成熟的文学，但无法说它是绝对的"非文学"。其实，手机文学是否是文学，是一时间难以解决的问题，不妨暂且悬搁。对它进行定性也许更明智可行。

从目前现有的文学格局看，纸媒文学、网络文学和手机文学各自为政，但不是三分天下，三种不同媒介的文学不能平分秋色，它们的存在有梯次性，各有其层次和空间，各有其功能和地位。但在实际生活中，文化与文学的人群所属并不如此分明。社会分层和公众趣味理论认为，现代社会有不同种类的亚文化群体和不同趣味的公众，文化和公众有不同的分层和偏好，但实际上人的趣味偏好并非泾渭分明、整齐划一，往往有重叠之处，正如学者指出的那样："尽管每个趣味公众都有其自身的一套偏好，但是这些偏好之间也存在某些重叠的地方——中上等公众从低俗趣味的文化中拾取精神食粮，反之亦然。""这种'骑墙'文化的模式很普遍；中上层公众会背离自己的文化而投入较低俗的文化之中，底层的趣味公众偶尔会参观博物馆或交响乐会。"[②] 手机文学显然难以与纯文学的高雅品位与精神追求

[①] 参见吴红光《短信文学研究综述》，《襄樊学院学报》2006年第7期。
[②] ［美］戴安娜·克兰：《文化生产：媒介与都市艺术》，赵国新译，译林出版社2001年版，第35—36页。

相比，但正是不同人群存在这种文化趣味和偏好的重叠性和弥散性，才有手机文学的跨界生存，才有短信文学的兴盛和雅俗共赏，作为新媒介文学现象的手机文学，犹如午后茶点，成为不同阶层和不同文化层次的现代人的精神玩伴和"电子零食"。笔者非常认同作家韩少功的说法，即手机文学是文学的零食，不能混同和替代文学大餐，大餐和零食之于人有不同的意义和功能，只有零食难以高质量生存，若无零食，则少了情趣的调节。

正如手机文学现象处于存在的初级阶段，基本可定性为准文学类型，同样，手机文学作为新媒介文学现象，自有其存在的后文学特征。新的电子和数字媒介的介入，不断挑战文学的底线，导致文学界限的内爆。随着新媒介文学的技术元素融入，纯文学的形态和性质也被不断置换和刷新，代之以后文学性的登场。这主要表现在技术的介入促使文本范式发生转换，即书页文字被图文并茂、音画并行的流动界面所代替，强化了文学对技术的依赖。此外手机文学的后文学性还体现在它与传统纯文学超越性、审美性的不同，愉悦的政治学诉求是第一本质，具有日常性、娱乐性、宣泄性、互动性、亲民性等后现代文化的美学特征。

二 混搭特征与文化政治学分析

西方学者阿诺德总结出手机传播中最显著的特征是二元化的矛盾性和悖论性，即移动与固定、解放和束缚、近与远、独立与依赖、公共与私密等[1]，的确，手机文化有明显的二元化特征，但在笔者看来，用矛盾或悖论来指认手机传播和手机文学的这些异质性特征，似乎存在遗漏，而且有简单化、绝对化之嫌。实际上手机文化与文学具有异质性、多元化特征，如正面的、负面的、中性的特征，如娱乐的、功

---

[1] 参见季念《手机传播中的时空重塑——2000年以来国外学者关于手机与时空关系研究述论》，《文艺研究》2008年第12期。

第二辑　作为文化现象的文学与文学史

利的、游戏的、商业的、现实的、时效性的、政治的、庸俗的、世俗的、日常的、严肃的、幽默的、智慧的、民间的、大众的、快捷的、互动的、流行的、匿名的、狂欢的，等等，这些特征常常并不截然对立，而是混杂一处，杂糅式地和睦相处，融为一体甚至相互转化。所以可以借用流行的服饰学词汇"混搭"一词来描述手机文学多元特质并存的状况。正如法兰克福学派理论家阿多诺所说，技术不断发展的结果往往带来含混性，也促成了理性与文化的含混性。

手机文学的混搭文化特征和愉悦的政治学诉求，使其具有复杂的文化政治学特征，本文拟从两个方面展开分析。一是分析手机文学现象与现实社会和主流媒介复杂的话语互动关系；二是从性别政治视角对手机文学现象进行女性主义批评。

手机文学现象突出的社会文化政治特征，即在于它以民间话语方式和路径，挑战、颠覆、解构现实的主流媒介的权力话语传播，对主流的、官方的和大媒体的报道和事件，以自己独有的灵活、巧妙、快捷的特点进行回应，有批评、对立，有配合、补充和延伸，但无意与主流媒体争话语强势。在中国乃至世界近年发生的较大事件中，手机短信几乎都在第一时间，以自己的方式进行参与和回应。从文学的角度看，无疑起到纯文学中杂文的作用，但它与杂文的精神诉求不同，手机文学无意于充当剑拔弩张的"投枪"和"匕首"，更主要的是奉持娱乐和开心的后现代游戏精神。如"三鹿奶粉"事件的一条手机段子，以反话正说的方式借奶粉事件，历数近年来食品的种种造假事实：

中国人在食品中完成了化学扫盲：从大米里我们认识了石蜡，从火腿里我们认识了敌敌畏，从咸鸭蛋里我们认识了苏丹红，从火锅里我们认识了福尔马林，从木耳中认识了硫磺铜，今天三鹿又让同胞知道了三聚氰胺。

还有奥运会中刘翔因脚伤未能完成比赛，一条短信以自己的方式

手机文学现象：午后茶点与后文学景观

表达了国人的遗憾心情：

> 最卑微的根是草根；最牛 B 的根是里根；最伤男人脑筋的根是命根；最伤国人感情的根是刘翔的脚后跟。

与主流媒体方式不同，手机文学段子往往并不集中对一件事进行具体描述和议论，而是将类似或相关的事件串联一处进行集结式表述，不经意间带出意图和主旨，常常收到鲁迅杂文所擅用的"顺便偶刺之"手法之艺术效果。

很多论者注意到政治与性的结合和拼贴，成为短信的主要文化特征和卖点，也是手机文学生产的商业策略之一，的确如此。与此同时，如果对短信文学进行文化政治学分析，不难发现，短信段子的叙述人的性别取向和立场，大多是男性中心主义的，所持的两性关系立场大多是陈旧的，甚至是腐朽的，女性观也是较为落后和缺乏现代性的。手机文学的女性形象大多是物化的供男性欣赏的欲望客体，充斥着对女性形象的贬损，低俗的、色情的东西更是屡见不鲜。这种现象几乎有目共睹，人们往往过多享用了短信段子的愉悦性功用，常常忽视性别贬损和两性关系的低俗表述。如《女人称呼大全》《男人女人》《婚前婚后》等。低俗的性的东西大行其道和哗众取宠，根本上看还是现实的男性中心社会的深层文化结构的一种投射，加之手机的私密性和匿名性传播更使其所具有的狂欢化出现负面性特征，正像西方研究者所指出的："尽管父权制与当前的时机存在着诸多的矛盾……主流的视觉经济仍然在沿着传统的社会性别生产路线主宰一切……"[①]

手机文学现象中存在的性别歧视甚至低俗色情的两性关系问题，由于其以微观化、随时随处的方式传播蔓延，其产生的潜在的社会性、

---

① ［荷］L. van. Zoonen：《女性主义媒介研究》，曹晋等译，广西师范大学出版社 2007 年版，第 139 页。

第二辑　作为文化现象的文学与文学史

文化性的后果往往在不经意之间消解着现实显性层面的自觉理性行动，将社会文化的建构性努力向下拉动，从意识形态的意义生产看是"再生产男性对女性的支配"，因为"色情不能只被认为是性幻想的再现，或者是以潜在的自由方式描述裸体和性，它其实是对男性控制妇女的权力进行颂扬"[①]。

与其他大众媒介、流行文化一样，手机新媒介文学也有其深层的意识形态诉求，即愉悦的"政治学"。这既是它在众多媒介传播中自我生存的秘籍，同时也是它在不同人群中皆被宠爱的原因，当然在一定程度上也构成手机文学现象的自我文化与审美提升的拘囿。

三　弱文学性与强修辞性

手机文学因其空间和界面篇幅的限制，文学书写所应具有的情境的、心理的等展开性描写叙事只能被舍弃，并因此导致其文学性削弱的客观宿命，故在各种媒介文学样式中，被视为文学性最不强的一种，它最多只能算文学的"卡拉OK""拇指的狂欢"，它的娱乐性、实用性大大超过文学性诉求。但人们又难以否认手机文学世界有最强的修辞性，各种修辞现象和修辞用法最丰富、最密集。这种强修辞性在某种程度上可以说是手机文学文本生产的技术生命线，没有修辞手法的集中运用，手机文学可能无法凸显它的独特与精彩。换句话说，正是在修辞性特征的托举提振下，手机文学才彰显出它在生活世界与文学空间中的魅力，成为现代人难以舍弃的，甚至有依赖性的存在方式之一。手机文学将被纯文学冷落和边缘化的修辞艺术重新发扬光大。

修辞作为话语与文本的建构方式，是手机文学最重要的叙述策略，它将语音修辞、语义修辞、语法修辞、语形修辞、语篇修辞等修辞艺术用到极致。手机文学对修辞的运用仿佛人之呼吸，二者互为本体，

[①] ［荷］L. van. Zoonen：《女性主义媒介研究》，曹晋等译，广西师范大学出版社 2007 年版，第 26 页。

言必有之，堪称生命。前现代的、现代的、后现代的，各种艺术中的修辞学元素，几乎尽被手机文学以自己的愉悦政治学方式运用得淋漓尽致。正统的、为人熟知的修辞技巧，如比喻、拟人、排比、夸张、对比、衬托、复沓、顶针、叠字、双关等类型自不必说，现代和后现代艺术史中的蒙太奇、意识流、巧嵌、歪批、拼贴、戏仿、反串、恶搞等亦悉数登场，还有当下难以命名的反常规语言新用法、修辞创新类型用法，古今中外大融会，极尽修辞之能事，极大地彰显了手机文学的修辞智慧。这里仅举两例：

孔子：涨者如斯夫，不舍昼夜。曹操：何以购房，唯有按揭。杜甫：安能排得房号万千，使经济适用房者尽欢颜。文天祥：人生自古谁无死，供套好房在人间。李清照：10万每平，怎一个贵字了得？苏轼：人有悲欢离合，楼市泡沫无边，此事古难全。鲁迅：其实楼市本没有泡沫，炒房的人多了，也便有了泡沫。赵忠祥：这是个涨价的季节，看！在一望无际的楼市里面，突然窜出了一个购房者，这个受伤的购房者在楼市里面挣扎着，然而开发商是残酷的，这个购房者终于拿自己的血汗钱购买了贵得离谱的房子。

——《楼市话题·名人版》

这个段子采用多种修辞结构，整体用的是拼贴，句子则反串、巧用和戏仿古诗文、鲁迅小说名句、电视节目等，对楼市涨价、天价现象构成人的生存困境进行巧妙的描述和讽刺。《老婆说明书》采用文体巧用、名词歪解等修辞手法，用药品说明书的格式，从生理角度趣解"老婆"一词：

［品名］老婆，俗称妻子、内人或贱内，学名夫人、太太、爱人，译名达令。［成分］水、血液和脂肪类碳水化合物，气味幽

第二辑 作为文化现象的文学与文学史

香。〔理化性质〕易溶于蜜语、甜言;在真情、钻石、金钱、豪宅的催化下熔点极低。〔性状〕本品为表面光洁的凸凹物,涂有各种化妆品。〔主治〕单身恐惧症,对失恋和相思病有明显的疗效。〔用量〕一生一片。〔注意事项〕适用于单身成年男性。使用时可能出现惧内现象。〔规格〕通常为 45 千克至 65 千克。〔贮藏〕深闺最佳。如在室外,需避免帅哥接触碰撞。〔包装〕各种时装、首饰,需随季节更换。〔有效期〕短则一日,长则一生。〔生产厂家〕丈母娘和老丈人联合生产。

且不说内容高雅与否,也撇开性别政治的批评视角,这个段子无疑既正式又民间,文体格式的规范性和内容的搞笑性结合产生冷幽默的效果,令人忍俊不禁。

作为富矿,手机文学的修辞艺术在目前的研究中尚未得到重视和凸显,远远不到位,仅有的几篇研究文章多是浅尝辄止。总之,手机文学的"短"一方面限制了文学性的挥洒,另一方面又凝练出其修辞性的高强,手机文学的强修辞性也在一定程度上弥补和表征了它的文学性。

英国左派批评家特里·伊格尔顿否认文学尤其本质性的东西,认为文学是由特定社会历史条件构造的,这种观点虽过于激进,笔者难以认同,但文学本身的自我变异性是不能否认的。不管承认与否,传统的纸媒文学已经失去了构筑文学统一体的能力。文学正在被改型,纯文学与俗文学、文学与准文学、各种媒介催生出的后文学并存着,而且界限日渐淡薄甚至内爆,文学形态不断呈现出新的可能性。因此对手机文学现象需要的是开放性的立场,忽视、抵制、防御、拒绝都是不明智的。霍米·巴巴说得好:"既然我们曾经能够坚信'传统'带来的慰藉和它的延续性,那么今天我们必须面对文化转变的责任。"[1]
文化如此,文学亦然。

---

[1] 参见〔英〕戴维·莫利《认同的空间》,司艳译,南京大学出版社 2001 年版,第 143 页。

文学史的写作困境
与现代性迷雾

重写文学史主张的提出与实践至今已有二十余年时间,现在以至今后若干年内,它依然是学界的重点与难点问题所在。从总体上看,大跨度的文学史写作(如 20 世纪中国文学史)踌躇难行,阶段性的文学史写作(如中国现当代文学史)也难有重大突破,文学史的写作遭遇着困境。造成文学史写作困境的原因自然是多方面的。其中有历史积淀不足问题,有学术精神重大创新的缺乏问题,更有人类思想的巨大飞跃尚未到来,以及一代思想巨人尚未出现等问题。当然这并不等于说我们可坐等上述条件自行成熟或水到渠成。我们须厘清目前研究中所存在的具有节点性质的问题。笔者认为构成文学史目前写作困境的一个直接原因与现代性相关,围绕现代性存在的诸多难以厘清的问题是重写文学史必须正视和解决的问题。

一

现代性问题目前是整个学界研究的热点问题,亦是文学研究界的前沿话题。文学的各个学科中都争相将自己的论题与现代性链接。文学史写作研究和文学转型研究更是如此,几乎言必称现代性。可以说,现代性已成为文学史写作的梦幻与乡愁,文学史的上空徘徊着现代性的幽灵,也笼盖着现代性的迷雾。现代性自身的难以指认,以及文学

第二辑　作为文化现象的文学与文学史

史复杂的文化背景与存在真实，使研究者难以真正予以把握与澄明。借用卢梭批判现代性的话语表述这种感受也许并不夸张："我看到的尽是些幽灵，一旦我想抓住它们，这些幽灵便消失得无影无踪。"①

现代性问题由西方原创后已演化为一个世界性的话题，许多西方现代的与后现代的思想家、哲学家都对这一问题有自己的论述，然而他们的著述几乎都各执己见，难以彼此说服，这固然归因于他们各自不同的哲学立场与主张，但与现代性自身所具有的复杂性、难以指认性甚至反定义性以及自身的矛盾与悖论式特质亦不无关涉。正如并不存在统一的后现代性一样，也不存在统一的现代性，现代性内部的诸构成点之间的一致性也难以谈及。

对于现代性自身定义的难以指认很多哲学与思想大家都有切身的体认。如依然执着于现代性是"一项未竟的计划"的哈贝马斯亦承认："相互背离的多元化，尤其从属于现代的体验……现在，我们不能单纯地希望这种感受自己会消失；我们只能去否认它……"② 吉登斯在《现代性的后果》一书的开篇即指出，到目前为止现代性的"主要特性却还仍然在黑箱之中藏而不露"③。鲍曼则对现代性概念的困惑进行了更为直白的表述："……现代性变得难以捉摸；我们发现这一概念充满着意义的不确定性，因为它的所指内涵不清，外延不明。因此，概念之争不可能被化解。……对之，我们感到很难以其自身的术语来加以描述。我们主要是通过否定的方式来试图把握它：我们告诉自己那个世界不是什么，不包容什么，不在意什么。那个世界很难在我们的描述中认出自己。它不理解我们所谈论的一切。它肯定无法幸存于这种理解。理解的瞬间一定会是它趋于毁灭的标志。确曾如此。"④ 现代性

---

① Marshall Berman, *All That is Solid Melt into Air: The Experience of Modernity* (New York: Penguin, 1988), p.18. 参见周宪《现代性的张力》，首都师范大学出版社2001年版，第6页。
② [英]齐格蒙·鲍曼：《立法者与阐释者》，洪涛译，上海人民出版社2000年版，第28页。
③ [英]安东民·吉登斯：《现代性的后果》，田禾译，译林出版社2000年版，第1页。
④ [英]齐格蒙·鲍曼：《现代性与矛盾性》，邵迎生译，商务印书馆2003年版，第7—8页。

文学史的写作困境与现代性迷雾

概念的纷乱性、不可言说性使其几乎成为语义的黑箱,概念的星丛甚至符号幻景。现代性不仅概念难以厘定,而且其特征亦难以把握,内部充满严重的悖论与对峙。对于现代性所呈现的时代特征,英国作家狄更斯在作品中有着这样恰切的感性描述:"那是最昌明的时代,那是最衰微的时代;那是理智开化的岁月,那是混沌蒙昧的岁月;那是信仰笃诚的年代,那是疑云重重的年代;那是阳光灿烂的季节,那是长夜晦暗的季节;那是欣欣向荣的春天,那是死气沉沉的冬天;我们眼前无所不有,我们眼前一无所有,我们都径直奔向天堂,我们都径直奔向另一条路。"狄更斯在《双城记》中对现代性自身存在的极端悖论性进行的文学化描述可谓淋漓尽致。美国学者马泰·卡林内斯库则从五个方面把握和阐释了"现代性的五副面孔",而这五个方面仅是就美学层面的现代性而言的,这五个方面的特征分别是:现代主义、先锋派、颓废、媚俗艺术和后现代主义。从更多层面看,现代性在世俗与审美、科技与人文等的多重悖论使其无法成为"意义之共同体"。

许多西方哲学家思想家已意识到,现代性自身的两极化特性不仅是它最重要的特征,而且也是致使其陷于意义危机的根本原因所在,其自身在科技理性与价值理性、世俗与审美等各方面出现的失衡以至左右脚相互踩踏的情形也导致了对现代性的认同危机。现代性自身认同中的危机和迷雾给文学研究和文学史写作也带来了重重困境。对此,我们必须正视。

二

从文学研究和关于文学史写作的讨论中可以看出,近几年的研究成果中从现代性视角和视域切入的论著占有相当的比重,"现代性"作为关键词出现的频率也相当多。研究者不同程度地论述了现代性之于人类思想进步的重要意义及对文学引领所具有的重大价值。总体看来,研究者们大都认为现代性之于文学研究和文学史写作具有至高无上的价值期待。文学研究应具有"现代性视野",文学史写作应实现"现代

第二辑　作为文化现象的文学与文学史

转型","现代性"可以从整体上为 20 世纪中国文学研究提供理论框架。目前关于现代性的研究取得了重要成绩,对于文学研究和文学史写作的视野拓展、理论品格的提升都具有巨大的推进作用,这里不再赘述。然而现代性毕竟是一个难以澄明的意义领域,内在的缠绕和纷乱难以给文学研究以一种清晰的照彻,其迷雾般的特性给研究的具体展开造成了难以驱散的遮翳与屏蔽,有时造成对现代性的盲目追逐和误读。具体来说,主要有以下两个方面。

第一,对现代性的研究的知识时尚化倾向。

现代性的概念在文学界由波德莱尔于 1863 年在《恶之花》中用非定义化方式予以率先阐释,至今已有百余年。但在中国文学研究界成为热点问题却已是 20 世纪末期。现代性与后现代性问题几乎是同时登陆中国理论界,也给文学研究界带来极大的兴奋与冲击,较之其他学科,文学研究界一贯具有对研究话语的先锋性与前沿性极为敏感与关注的个性风格,对现代性更是表现出了极度的热情。一时间现代性已成为文学研究、文学史写作上空最耀眼的意义星辉,也是其最深处的梦想,甚至是终极关怀,众多的论著都将现代性看作一个可以将文学研究推向崭新和完美的意义空间,现代性似乎是一个具有绝对理念色彩的范畴,也可以说似乎是文学研究的意识形态。现代性问题在某种程度上已具有"知识时尚化"倾向,研究者争相运用"现代""现代性"等作为转型期文学研究的新视角、新话语,有时难以顾及是否真正能把握现代性、在何种层面言说现代性、现代性之于文学之意义的明晰表述等,当然上述情况固然与现代性本身黑箱式特质给理论操作和意义表征造成困难有关,但与研究者一味追新逐异,不明就里便草率发表见解,有时甚至是模仿与挪用且人云亦云也不无关系。这就出现了下面的情况,研究文章数量很多,但真正有深度和有创新的成果却为数甚少。以至如一位西方学者所指出的:"当时尚变得更为流行时,当它的新颖性逐渐消失时,当习惯与模仿削弱了付出真正的创造性努力以让它变得可行的需要时,它就已经度完它的有用生命,

文学史的写作困境与现代性迷雾

而变得越来越有害，因为它生产出供人鹦鹉学舌的一套行话，并鼓励固执和遵从。"[1] 知识的时尚化倾向，研究论题的时尚化在学界表现得相当普遍，现代性的讨论尤其如此，现代性本身似乎正成为一套可随意调用对接的流行话语，不管有价值与否，不管有无重要或直接关涉，言必称"现代性"的现象并不少见，在这种情况下，对"现代性"的误读和误置则在所难免。

第二，研究中对现代性的误读与误置。

现代性本身无疑是人类关于理性、自由和进步的宏大叙事，在人类文明进程中意义重大而深远。正因为如此，学界也将创新与超越的理想投注于现代性之上，没有了现代性似乎就要失去未来的指向。许多新的对重估和转型的思考与阐释都置于现代性的框架或视野下，似乎现代性无所不能、无所不包。从某种意义上说，现代性本身的确将目标指向未来，蕴含着自我否定的因素，标举更新变迁进取，但它依然有一些大致的界限或者说存在着它的范围和视野之外的东西。虽然说现代性的确难以把握和定义，但对其作泛化理解和运用也势必产生范畴所指的空洞化以及误读和误置。

就笔者读到的一些重要的研究成果，笔者发现了一个较为共性的问题或错误理解，就是对现代性的本质特征和规定性没有准确地把握和理解。尽管现代性是开放性的和富于变化的，有的学者甚至将之称为"流动的现代性"（鲍曼语），但现代性还存在一个根本特征或深层结构，即二元对立的思维方式或称逻各斯中心主义，这也是现代性遭到后现代性最猛烈攻讦的地方，是后现代消解中心化和"向总体性开战"的目标所指，因此在某种程度上可以说，没有二元对立或逻各斯中心主义的特征，就没有现代或现代性。在研究中可以看到，在"中国文学现代转型与文学史重构"的主张下，学人们对中国文学现代转

---

[1] ［美］马泰·卡林内斯库：《现代性的五副面孔》，顾爱彬、李瑞华译，商务印书馆2000年版，第360页。

第二辑 作为文化现象的文学与文学史

型与重写文学史的命题的提出激动不已,并将"中国文学现代转型"与"对二元对立的模式进行解构"之类的后现代式话语实行对接①,而没有顾及二元对立恰恰是属于现代范畴的特质。虽然说从哲学发展脉络这一学理角度讲,不乏论者将后现代性也视为现代性的一种,即"一种新的现代性",但在目前中国的文化语境中,现代性与后现代性还是被分离开的,还是河水与井水般分明。不可否认上述命题有着为文学转型寻求出路的良好愿望,但其中出现的常识性话语错误让人没法无视。

一些研究性文章亦存在将现代与后现代理论混同的现象,如将后现代阵营中十分犀利的分支理论之一的后殖民主义亦纳入现代理论的大框架和大的范畴内,将用"民族国家"理论来批判和否定鲁迅改造国民性贡献的批评实践置于"重估现代性"的论题之下并划入现代性范围给予评断。② 现代性的内核无疑是以西方为楷模的普世主义精神,它将西方文化视为"普世文明"和普遍的价值标准。而从"民族国家"视角出发,旨在揭露和抵抗"西方文化霸权"的理论从归属上看无疑属于后殖民批判理论,而后殖民理论挑战的恰好是发源于西方的现代性理论。这不能不说是研究者头脑中的理论误置。

此外,研究中还存在着对现代性的僵硬理解和僵化套用。

由于对现代性的过热追逐和理解上的浅尝辄止,有的研究试图将一切文学现象都塞挤入现代性之列,仿佛现代性无所不包,无所不容。比如近代的各种通俗文学作品、旧体诗等。应该说不能完全否认上述文学现象无一丝现代性特征,但总的来说,牵强大于必须,这样做也缺乏价值与意义,将之称作对审美现代性的误读误用也许并不为过。

---

① 施战军、刘方政:《"中国文学现代转型与文学史重构学术讨论会"综述》,《文学评论》2002年第5期。
② 参见李怡《"重估现代性"思潮与中国现代文学传统的再认识》,《文学评论》2002年第4期。

文学史的写作困境与现代性迷雾

三

现代性伴随现代文明的势不可当穿越着时空在全球广泛传播，其自身所具有的反思与批判特征在人类文明演进中依然显示着存在的意义。然而现代性并非完美无缺，对它的过分自负与自身难以克服的局限必须给予足够的认识和应有的评价，否则势必造成自我困境。套用一位古希腊哲人所言，面对现代性，我们不要在眺望其星辉时却忘记了脚下的陷阱。

总而言之，现代性在深层结构所具有的自负与局限主要表现为，它将西方的文化与生活方式看作唯一优越的所在，甚至是"阐释历史之终极目的的基准"。正如西方学者鲍曼所指出的："各种互相竞争着的现代性理论，总是与一种历史理论联系在一起，这一点上，它们的立场是共同的：都把在西方世界的各个领域中发展起来的生活形式，看作在二元对立中'直接出现的'、'无特征的'一方，世界的其他地方和其他的历史时代相对而言则成为有问题的、'特殊的'一方，后者之所以能够被理解，不过是因为它们不同于被认为是常态的西方模式。这里，差异首先被认为是一系列的缺乏——缺乏作为进入最先进时代的必不可少的那些特征。"[①] 对现代性的此种傲慢与自我中心的特征（有时是无意识的），英国的马克思主义批评家特里·伊格尔顿从另一角度也作了直截了当的批判："有这样一种西方白人男性，他们以为自己所特有的那种版本的人性应该应用于每一个其他人……这当然是若干兜售普遍性观念的主要方式中的一种，在这方面后现代对它的拒绝是完全正确的。"[②] 不难看出，以二元论为底蕴和深层逻辑依据的现代性无疑有着根深蒂固的自我中心主义特征，其二元化的价值判断中有着鲜明的等级化思维取向。自我优越演化为人类中心主义以及

---

① [英]齐格蒙·鲍曼：《立法者与阐释者》，洪涛译，上海人民出版社2000年版，第148页。

② [英]特里·伊格尔顿：《后现代主义幻象》，华明译，商务印书馆2000年版，第132页。

第二辑 作为文化现象的文学与文学史

由此造成的灾难和即将到来的恶果使哲人们对现代性产生了无尽的忧思,并对其充满了爱恨交织的复杂情绪。鲍曼对其批判道:"精神方面的疾病和神经疾病的更趋频繁是现代性的代价,文明播种了反对自己的种子,在个人与社会之间造成永恒的(潜在或公开的)冲突。"① 特里·伊格尔顿亦激愤地指责说:"无疑,在人自己的文化偏见应该统治全球这个糟糕的意义上说,普遍人性的观念,是历史已经提供了的践踏他者之他性的最粗暴的方法之一。它已经在一种有害的,有时是纳粹灭绝主义的意识形态中扮演了一种中心角色,因此,对它的惊惶失措的后现代反应是一种可以原谅的错误。"② 以二元论作为深层基础导致的等级化价值判断所产生的弊害必须有清楚的认识,所谓"善恶对立寓言"(法侬语)正是现代性的自负与自大性支配下产生的话语模式。(中国现代文学史的"启蒙与救亡"就是出自这种"善恶对立寓言"的结构模式,这种启蒙/救亡二元对立框架给文学史研究带来过极大的启示性,但所造成的局限也越来越多地为人们所意识到,对超越之路的探索也势在必行。)由于现代性的自负和自我优越感,使其不免产生自我膨胀和异化现象,对此,许多西方现当代哲学家和思想家都在检省与批判,力图为现代性的发展纠偏。

如果对现代性在世界文明中为何有如此雄厚和长久的优越感进行追问的话,那么其中的一个重要前提和支撑,不能不说是西方物质文明的强大,在一定程度上,正是西方强大的物质文明支撑了现代性的自信与自负。对此,美国学者塞缪尔·亨廷顿有着自己独到的分析。他认为,文化与权力总是相伴而行的,其中这里权力又分为"硬权力"和"软权力","硬权力"主要指经济和军事力量,"软权力"主要指文化与意识形态。正如他论述的那样:"文化在世界上的分布反映了权力

---

① [英]齐格蒙·鲍曼:《立法者与阐释者》,洪涛译,上海人民出版社2000年版,第148页。

② [英]特里·伊格尔顿:《后现代主义幻象》,华明译,商务印书馆2000年版,第59页。

文学史的写作困境与现代性迷雾

的分布。贸易可能会、也可能不会跟着国旗走,但文化几乎总是追随着权力。""然而是什么使文化和意识形态具有吸引力呢?当它们被看作是根植于物质上的胜利与影响时,它们就是有吸引力的。"① 同时,亨廷顿还指出:"在过去的一些世纪里,西方世界经常出现对来自中国文化或印度文化的各种物品的渴慕热潮。19 世纪,在中国和印度,来自西方的文化变得流行起来,它们似乎反映了西方的实力。"② 亨廷顿的分析显然是从现实性的层面出发,有很强的政治分析色彩,但总的看来还是具有相当的合理性和批判力,因为现代性问题分析并不能出离尘世,无论如何现代性不能排除政治的内蕴。这也许是中国文学研究者所不愿或不屑触及的,但这毕竟是一种真实的存在。对现代性的认识越多越全面一些,我们就会越少一些制约与束缚,在研究自己的问题时就会有更多的思考与选择的自由。

为现代性祛魅并不意味着反对现代性,绝对拒斥现代性。在当今中国社会转型期,无论是世俗层面还是审美层面,无论是物质层面还是精神层面,现代性还远未发育成熟,对中国文学的现代性研究亦远不够细致深入,要做的工作无疑堪称庞大的工程,需要一代甚至几代学人的共同努力。

对中国文学进行现代性建构的意义自不待言,须强调的是现代性是建构中国文学新框架、新视野的一个极重要的价值尺度,但不能独自担当价值与意义的评判者,即不能成为唯一的文学"立法者"。尽管现代性具有无限的向未来开放的特性,也不乏自我反思与超越的维度,是一个尚未完成的计划,但它毕竟有它的局限,有它的限度,有它的未尽之处。对此,有西方学者指出:"我们现在生活在一个单一的全球文明中",它"不过是一块薄板","覆盖或掩藏了各种各样的文化、民族、宗教、历史传统和历史上形成的态度,所有这些在某种意义上说

---

① [美]塞缪尔·亨廷顿:《文明的冲突与世界秩序的重建》,周琪等译,新华出版社 2002 年版,第 88 页。
② 同上书,第 45 页。

第二辑 作为文化现象的文学与文学史

都存在于它'之下'"①。全球的大文化圈存在着文化的多样性与多元性，中国作为全球文明的重要组成部分，同样有着丰富复杂的文化与文学现实。如果仅执单一的现代性价值尺度，那么很多在文学史上有文化意义、有独创性、有艺术魅力的作家作品似乎都会背上反现代性的价值判定。仅以周作人与沈从文为例。作为文学史的经典作家，二者在某种程度上有相似之处，即在文本中表现出面对现代性时的矛盾甚至是抵制心理。以往的研究中，不乏研究者将以周、沈二人所代表的对传统生活方式及乡村田园文化的反顾与留恋，对都市文明与近现代商业文化拒斥的倾向，指认为审美层面上的现代性或从美学的角度对现代化的批判。笔者认为这里存在着严重的、本质的误解。从文本中可以看出他们对现代都市文化与生活方式及虚伪人性的明确反感与格格不入，对近现代商业化因素侵害和冲击古老的民间艺术的苦心与焦虑的无法释怀。从表象来看，他们的确对现代文明的负面性表现有所呈示和批判，但从本质上看，他们的批判并不是真正意义上的审美现代性。真正意义上的审美现代性，它一方面是批判现代性的（主要针对现代文明与科技理性对人的压抑与操纵），但另一方面它的价值元点仍是落在现代二字上，它并不是从根本上抛弃现代立场，它是在现代性之内反现代性，而不是要回归前现代性与传统。正如一位西方学者所指出的："美学现代性应被理解成一个包含三重辩证对立的危机概念——对立于传统；对立于资产阶级文明（及其理性、功利、进步理想）的现代性；对立于它自身……"② 且不管现代性有多少内在的悖论性结构，它与传统的、前现代的对立都是毋庸置疑的。回过头来再看周作人与沈从文，对现代性批判的出发点，沈从文秉持的是鲜明的"乡下人的视角"，他文本中的"希腊小庙"的人性理想亦是以古典的

---

① [美] 塞缪尔·亨廷顿：《文明的冲突与世界秩序的重建》，周琪等译，新华出版社 2002 年版，第 44 页。

② [美] 马泰·卡林内斯库：《现代性的五副面孔》，顾爱彬、李瑞华译，商务印书馆 2000 年版，第 360 页。

文学史的写作困境与现代性迷雾

前现代人性模式为内核的（且不说这种建基于前现代让人性理想有多少因长久远离故乡湘西而产生的幻美）。周作人所沉湎的"安适而丰腴"的生活方式的理想，其中有着浓郁的古典情怀与怀旧情调，尽管文本中也传达了当时面对文化转型时周作人的矛盾心态，但透过矛盾的内心还是能看到他对前现代文化与生活方面的青睐与怀想，而难以向现代性生活方式迈出自己的脚步。周、沈二人文本的思想意蕴如果仅用现代性框架来阐释，那无疑只会遭到贬抑的，甚至是全盘否定性的评价。因为他所沉湎和向往的是传统东方社会的前现代式生活方式和田园文明，但用现代的价值目光来对其所向往的文明理想的本质进行评判则会得出这样的结论："这些田园风味的农村公社不管看起来怎样祥和无害，却始终是东方专制制度的牢固基础，它们使人的头脑局限在极小的范围内，成为迷信的驯服工具，成为传统规则的奴隶，表现不出任何伟大的作为和历史首创精神。"① 这是从精神层面上以现代性尺度来衡量会得出的结果。另外从美学取向上看，现代性与前现代性的对立还表现在，现代性反对那种和谐严整的古典美与古典文化，反对稳定而宁静的传统情调。由此推之，许多类似的文学文本都会得不到有效的阐释，其存在的意义与价值也会受到极大削弱，其在文学史上的应有贡献与地位也得不到确立。文学文本的丰富性远胜于理论的概括力和包容性，这是我们必须意识到的。

结　语

很显然，中国文学研究和文学史写作不能仅仅关注和框定在现代性视域内。当下中国文化呈现着三元结构（前现代、现代与后现代）之间的冲突与碰撞，在这一重大的文化历史的社会时空中，如何实现三元结构的有机整合和建构，是文学研究和文学史写作面对的最沉重

---

① ［德］马克思：《不列颠在印度的统治》，《马克思恩格斯选集》（第1卷），人民出版社1995年版，第765页。

第二辑 作为文化现象的文学与文学史

和最艰巨的问题和困难所在。如果只抓住现代性,而不顾传统复杂性,无视后现代的消解质疑性,那么文学史的写作势必会出现偏颇和遗漏,或衍生出单一性的话语霸权。

最后重申,现代性之于文学与文学史的意义是巨大的,它可能是任何思潮所无法比拟的。如果一定要对现代性之于文学研究与文学史写作的意义与价值进行定位的话,那么简言之,现代性是文学史写作的一种极为重要的思想资源,是一种极为重要的理论视角,一个极为重要的批判维度。但我们更要铭记,现代性并不只有一种,现代性亦不应只是模仿的,不应只标举西方版的现代性,正如研究者所指出的:"人们不应只谈论一种现代性,一种现代化方式或模式,一个统一的现代性概念——它内在的是普遍主义的,并预设独立于时间与地理坐标的普遍一致标准。"[①] 的确,现代性不受时间与地域的局限与框定。如果说它有普遍一致的标准的话,那么,"在此意义上,现代性只是又一个用来表述更新与革新相结合这种观念的词"[②]。对于现代性,我们不是只能被动地接受既有认识,我们完全有创造自己的现代性的自由。在对中国复杂文化结构进行全面思考与整合的基础上,建构适合中国文化实际的现代性,显然是中国一代甚至几代学人的责任与使命。现代性之上的确迷雾重重,难以准确描述与把握,但只要有正确的思考和定位,相信我们不会长久地困守在迷雾中,进而尽早走出文学史写作的困境。

---

① [美] 马泰·卡林内斯库:《现代性的五副面孔》,顾爱彬、李瑞华译,商务印书馆 2000 年版,第 16 页。
② 同上书,第 17 页。

文学史写作的后现代之思

后现代主义理论主张自诞生以来,就对整个人类知识体系形成了强劲的颠覆和拆解效应,后现代如炬的目光和咄咄逼人的挑战姿态,不仅招致争议与攻讦,也令知识界与理论界无法忽视它的存在。它的影响力几乎已渗透扩展至所有知识领域。正如一位美国学者所描述的那样:"后现代主义像幽灵一样时常缠绕着当今的社会科学。"[1]"种种迹象表明,人们对运用于社会科学的后现代方法的兴趣正在浓厚起来。"[2] 后现代主义在史学领域影响巨大,历史哲学的后现代主义流派对历史的重新解释和另类视角已对很多领域实施了影响。文学书写较早也较敏感地在对历史表现中装备着后现代视角。但文学史写作中依然主要秉持历史主义和现代主义的价值取向和阐释原则,文学史研究与写作中更多的是以建设现代范式来构筑文学史的总体框架和总的精神取向,但历史主义与现代主义亦并非完美,后现代理论正是在反对和质疑它们对历史走向和意义的预设时出现的。后现代因其对意义的过分解构而使其在整个文学史写作中难以拥有主导地位,成为总体原则,但它的某些主张和视角会在某些方面为文学史写作提供很好的启示或参照乃至修正,从而使文学史写作能在更高层次上超越可能有的

---

[1] [美]波林·罗斯诺:《后现代主义与社会科学》,张国清译,上海译文出版社1998年版,第1页。

[2] 同上书,第2页。

第二辑 作为文化现象的文学与文学史

局限和狭隘。因此,文学史写作显然不能完全没有后现代的维度。

一

文学史从本质上看,无疑是对过去已发生和存在的文学文本、文学现象、文学事件等文学实践的叙述和阐释。文学史相较于其他学科似乎具有更强的诠释学或解释学性质,因此文学史研究总是处于活跃和开放状态。但任何与史学有关联的学科,其构成模式一般主要由表象事件(包括文本、现象、事件)和深层结构共同构成,而事件加上结构即两者的相互作用导致意义的生成。文学史亦是如此。深层结构也可称为元叙事,所谓元叙事即指支配文学史写作的深层文化精神。前提性的预设,是文学史写作最深层的思想根据和宏大的精神框架,它直接指导和引领着文学史的叙述和诠释。综观中国现当代文学史文本,其深层结构属于二元论模式,具体来说其精神框架和深层价值趋向表现为传统与现代、启蒙与救亡、审美与政治、精神与物质、精英与大众、真理与游戏等双重对立模式。从总体上看这种文学史的深层结构潜隐着现代的元叙事结构,它追寻的是现代性的文化精神和人文理想,是关于自由、进步与人的解放的宏大叙事。致力于对人的文化启蒙,对中国以往文以载道观念制约下的政治性和功利化的文学倾向和主张十分拒斥,启蒙/救亡论正是这种元叙事结构宰制下出现的对中国现代文学的深度阐释话语。它一度震撼文坛,极富深度意义和阐释力,对旧有的文学研究的话语模式产生了颠覆以至终结的效应。

二元论属整体主义哲学范畴,这种整体主义哲学主要表现出几个倾向,即"在思维方式上,体现为'瓦解现实生活世界';在真理论上,体现为'绝对主义的真理意义';在道德观上,体现为'极端超越的理想主义';在人的自我意识上,体现为忽视人具体性的'神圣人性论'"[①]。这种颇显极端和偏执的价值判断早已显露出危机,也越来越

---

① 贺来:《后现代主义哲学与中国现代性的建构》,《吉林大学学报》1998 年第 2 期。

文学史写作的后现代之思

多地受到质疑与修正。联系中国现代文学史,以二元论为深层结构生成的启蒙/救亡论,随着学术研究和理论认识的深化,其自身的局限性也逐渐显露。研究者已越来越认识到它的理论容纳力和阐释力的有限性,以及价值判断的生硬性,这种局限性根源于二元论深层结构的局限,归根结底在于现代性的深层危机。

应该说,在社会科学诸领域中,文学研究对现代性危机的感受和认识是相对滞后的,或者说,尽管意识到现代性面临危机,却对现代性依然执着。从近年来文学研究界的"现代性"热即可略见一斑。正如一位美国学者指出的那样:"但文学批评之外,在诸多领域(包括哲学、科学史与科学哲学、社会学)里有着日益众多的思想家与学者,他们相信现代性已走到尽头,或正在经历一次深刻的认同危机(identity crsis)。"① 但不管承认与否,现代性的危机(包括叙事危机、表征危机、合法化危机)的确已显现,且不说在大的方面对人类文明的冲击(如人的异化、技术理性膨胀及意义的失落等),单说在文学史研究中由二元论深层模式制导下的启蒙/救亡、精神/肉身、精英/大众、雅/俗等意义框架也正遭遇着挑战。二元论的二元对立思维建构的是一种有等级取向的价值体系,二元并不对等。正如德里达所尖锐指出的那样:"在传统的哲学对立中,并没有对立双方的和平共处,而只有一种暴力的等级制度。其中,一方(在价值上、逻辑上,等等)统治着另一方,占据着支配地位。"② 二元论这种内在逻辑导致二元之间的坚硬对峙和绝对的中心化。以二元论为底蕴的文学史在精神取向上的确昭示着深度的存在意义,彰显着鲜明的精英立场,但在面对丰富复杂的文化与文学现象时,文本也往往不免有简单化的判定,甚至有话语霸权之嫌,有时则陷入价值的困惑与意义的尴尬之中。

对二元论结构模式的局限,后现代军团给予了犀利的批判,并致

---

① [美]马泰·卡林内斯库:《现代性的五副面孔》,顾爱彬、李瑞华译,商务印书馆2002年版,第286页。

② J. Derrida, *Positions*, Paris: Minuit, 1972, pp. 56 – 57.

第二辑 作为文化现象的文学与文学史

力于对僵硬的二元对立进行消解和解构。它反对二元论中的等级取向，意欲重写现代性，修正现代性的偏执与局限。后现代强调差异，提倡多元，标举边缘与非主流，以此来破解中心化和同一性意识形态，倾听代表着差异的、沉默的声音。著名后现代哲学家德里达就根据语言学原理（即语言与现实无涉）强调存在与意义永远存在"原始的差异"，并提出消除中心、本原，凸显差异、边缘、特殊性。对现代性的偏颇与局限给予毫不留情的批判的后现代本身其实也不无偏执与灰色之处，但是在其解构与颠覆的主张中，它关注的是现代性本身存在的问题，它虽不是向人们说出真理，但它志在排除通向真理的障碍，以驱散笼盖在现代主义之上的幻象与雾障。正因为如此，我们在文学史写作中应适当引入后现代之维，以使我们保持对思考和研究的前提性的质询与反思，同时也使原本的文学史认识结构富有张力和弹性。从解构一词的词源看，解构并不是 destruction（摧毁），而是 deconstruction（解构），具体来说，"解构的涵义是指对某种结构进行解构，以使其封闭的骨架显现出来，排除其中心，消除二元对立，显现差异，使一切因素自由组合、相互交叉、重叠，从而产生具有无限可能性的意义网络"[①]。显然后现代批判现代性的宗旨并非否定，而是完善。

从具体情况看，文学史二元论深层结构亦不是完美的，它虽有鲜明的意义指认和追求，但面对当下具体文本与现象时有些并不能完全游刃有余，传统与现代、启蒙与救亡、精英与大众等诸多对范畴所生发的往往是对立与悖论的逻辑指向，往往形成先行的优劣判断。对急剧变化和快速飞转的文化与文学现实难以一下子做出恰当的判定，充满了指认的痛苦，甚至陷入指认的困境，使很多文化的文学文本与现象难以及时在文学史文本中得到应有评价。而后现代消除僵硬的二元对立和标举差异的视角以及具有无限可能性的意义生成等特点，无疑在对复杂的文学文化现象与文本的应变能力上会显示出一定的优越性。

[①] 于文秀：《"文化研究"思潮导论》，人民出版社 2002 年版，第 115 页。

文学史写作的后现代之思

文学史深层的思想框架依然要保持现代性的文化精神追求，仍需致力于文化启蒙、关注人的自由与解放以及对存在的诗性沉思与憧憬，但对于二元论模式显现的危机之处亦应有清醒的认识和找寻弥补的路径与策略，那么后现代不失为一个重要的选择。因为从理论源脉上看，后现代性是一种新的现代性，它对现代性的反思与超越是在现代性内部进行的，正如美国后现代学者霍伊所说的那样："……最好不要把后现代理解为是乡愁的枯竭，而应看作前瞻性的欢呼，这种欢呼以不可预料的方式设法重新结合和操作现代性的要素。"[1]

二

后现代历史哲学研究表明，所谓的历史或过去实际上并无一个"过去"或"历史"本身与之相对应。历史只是历史学家的宣传，因此对历史的理解和书写可以构造世界图景，谁编撰历史，谁就在创造意义，谁就拥有历史的话语权。而当人们在解释历史时，又会有意无意地将自己的意志、视角、追求、理想投射到对历史的书写中，因此，历史研究中绝对超然、中立和客观是不存在的。正像一位西方学者所指出的那样："就算全然没有存心要把历史歪曲，也不容易把它讲的正确无误。"[2] 后现代理论认为，所有的知识都是人后天建构的，建构都不能完全避开人的主观性因素。文学史不同于纯粹的历史，它在结论与看法上相对而言有更大的自由性和自主性。它见仁见智的自由精神使人的主观性获得了更广阔的空间。但这并不等于说它全然无视结论的正确性和普遍接受性。从某种意义上说，对结论的颠扑不破性的迷恋是所有理论的根本诉求。文学研究和文学史写作亦是如此，为使研究的结论和见解更有学理性和普适性，对史料、实事的采用和选择应

---

[1] [美] D.C. 霍伊：《后现代主义：一种可供选择的哲学》，王治河译，《国外社会科学》1998年第4期。

[2] [美] 乔伊斯·阿普尔比、林恩·亨特：《历史的真相》，刘北成、薛绚译，中央编译出版社1999年版，第292页。

第二辑 作为文化现象的文学与文学史

有先行的前提反思和审视的意识，后现代主义对所有知识和理论的神圣性和神秘性解魅的做法，无疑为我们提示了这种视角与意义。

文学史写作是一项宏大的叙述工程，它不仅需要确立一个总体性的意义指向，阐发写作者对有重要性、特殊性、普遍性的文学现象和文学文本具有高度的认识和富有深度的见地，而且也需要有为其观点和见解作支撑的事实与史料。文学史写作本身其实是一种文学经典化的过程与实践。重写文学史的过程也是不断逼近历史真实和文本的本真意义的过程。对于经典化的问题，目前以至以后亦难以形成统一标准，经典本身也具有相对性和动态化特征。后现代主义对经典问题表现出了强烈的解构冲动，意欲消除人们对经典的崇奉与膜拜。后现代主义者对经典的颠覆往往是以游戏的形式表现出来的，如常常采用戏拟、反讽、改写、拆解、拼贴等策略。显然这些方式由于过于激进和偏执，结果走向了另一个极端，使经典一词成为空洞的能指（导致一种"糊涂的清醒"或"无方向感的清醒"）。对于后现代的这些策略不妨保持距离，但后现代对经典的质疑和考问的精神，我们则应借鉴。

首先，对既往文学史文本应保持一种超越的追求。这里的超越并不意味着全盘否定和断裂，也包括继承。对"继承"一词后现代理论家也有新的阐述，德里达就指出："'继承'并不是'接受'，继承是解释，选择。对任何遗产都是如此。并不只是启蒙时期的遗产，还包括更远古的遗产。"[①] 这里的继承与超越都蕴含了批判的维度。批判的维度不仅针对既有的文学史文本，而且还包括对以往的文学史本身。从大的方面看，批判性是历史科学一个极其重要的特性。黑格尔说，世界的历史就是末日的审判。文德尔班也认为，没有批判就没有历史，没有史学。"一个历史学家是否成熟，其依据就在于他是否明确这种批判观点；因为如果不是这样，在选材和描述细节时他就只能按本能从

---

① ［法］德里达：《大学、人文学科与民主》，《读书》2001年第12期。

文学史写作的后现代之思

事而无明确的标准。"① 历史学家应首先是一个思想家、哲学家，文学史家也应该如此，没有深邃思想的内在支撑和统摄，那么历史或文学史不过是无意义的资料堆砌。

其次，在保持批判与超越的同时，还应正确看待和认识文学史写作中的主观性问题，这种批判既不应诉诸个人的任意性，亦不能为客观性、科学性而完全抹杀自我。

后现代主义者对于现代主义所标举的排除神话、宗教及迷信等非客观因素的客观真实性并不看好，他们秉承尼采的"没有事实，只有解释"的格言式主张并继续发扬光大，进而认为所谓客观真实性根本就是神话，历史本身与其说是科学，不如说是人的文化建构或是文字和符号的编码形式，海登·怀特甚至认为历史不过是意识形态的制作或语言的虚构，所谓的客观性、学术性不过是历史学家的招牌和幌子。后现代历史理论的确在某些方面击中了现代历史编纂学的要害，但过于极端，毫无底线的看法也并不完全可取，因为后现代如此否定历史客观真实性的结果意味着史学学科的终结与消亡。人类世界的属人特征决定了人为宇宙和自我立法，人是价值元点，因此社会科学理论都无法消除人的主观性因素。后现代主义意欲消解和抹掉人的主观性痕迹是做不到的，全视野的历史与文学史的阐释是虚妄的。正如一位学者指出的："在所有的历史研究中都不可避免地引进大量主观成分。选择什么事实，赋予这些事实什么意义，在很大程度上取决于我们提出的是什么问题和我们进行研究的前提假设是什么，而这些问题与假设又反映了在某一特定时期我们心中最关切的事物是什么。"② 海登·怀特也认为："我们的话语总是倾向于从我们的资料滑向我们用以试图把握它们的意识结构。"③ 诚然，后现代主义关于客观真实性的极端化主

---

① [德] 文德尔班：《哲学史教程》（上卷），商务印书馆1987年版，第28页。
② [美] 柯文：《在中国发现历史——中国中心观在美国的兴起》，林同奇译，中华书局1989年版，"前言"第1页。
③ 转引自韩震主编《20世纪西方历史哲学》，北京师范大学出版社2003年版，第105页。

第二辑 作为文化现象的文学与文学史

张过于咄咄逼人,但细思起来并非一无是处。它也给文学史的研究者和撰写者以有益的启示和提醒。文学史的学术创新性要求研究者应充分彰显个性化与独特性见解,从而超越前人,但也要注意避免绝对个人化的主观随意性和任意性的评价和判断。目前文学文本和文学史的所谓创新和颠覆不无虚假的成分,人为制造很多伪问题来发出所谓自己的声音。这种由于研究主体的视野局限有时甚至是非正常的学术性追求,往往会使文学史实变形,不仅不能澄明历史,反而形成阴影和遮蔽,这正是后现代所极力抨击的主观性泛滥的表现之一。后现代理论无疑给文学史写作中对主观性观照和辨析提供了新的思考范式。

近半个世纪以来,后现代主义的崛起、流布一直毁誉参半、争论不休,知识界、学术界对其爱恨交织,心态复杂。但无论如何,后现代是现代性的延续,在对知识理论的批判、反思、追问的基因传承上表现出鲜明的"家族相似性",并且将现代主义的批判精神发扬光大。美国学者马泰·卡林内斯库就认为后现代主义是现代性的诸面孔之一,并形象说明了后现代主义的特征:"……在现代性的诸副面孔中,后现代主义也许是最好探询的:自我怀疑却好奇,不相信却求索,友善却冷嘲。"[①] 后现代主义在思想发展史上的确有着不容否认的贡献,即它强化了人类的自我批判视角和维度,深化了人类的自我认识,为研究和探索提供新的话语资源,对此,有学者论述道:"后现代主义在人文科学和社会科学中的出现不仅仅标志着另一种新颖的学术范式的诞生,更确切地说,一场崭新的全然不同的文化运动正在对我们如何体验和解释周围世界的问题进行广泛的重新思考。"[②] 文学史的研究与重写应有意识地引入后现代的维度,尤其在对文学史深层思想结构和精神框架的设定上,在文学经典化问题和实事史料(包括文学现象和文本)

---

① [美]马泰·卡林内斯库:《现代性的五副面孔》,顾爱彬、李瑞华译,商务印书馆2002年版,第299页。
② [美]波林·罗斯诺:《后现代主义与社会科学》,张国清译,上海译文出版社1998年版,第2—3页。

的选择上都应有预先的前提性考问和自我反思的维度，即给思想和结论一个预警机制，以免出现同一性意识形态的简单化判定和过于随意的主观化行为的产生。当然，后现代主义也有致命的局限，即它有潜在的相对主义和虚无主义倾向，这也是它备受攻讦的主要原因所在，也正因为如此，后现代主义并不标志着理论的尽善尽美，它在解构了现代性的局限与悖论后并未最终解决问题，正如特里·伊格尔顿所言："……后现代主义是处于问题的最后部分而不是解决办法的最后部分。"[①] 因此，要认清后现代的负面性因素，不要让过深的怀疑和过分的解构阻滞了研究与探索的进取脚步。

文学史研究中现代性与后现代性相互缠绕，似乎是注定的命运。现代性提供的是意义的永恒寻求与追索，而后现代则是对意义自身的前提性反思与考问。在两者的相互厮杀中，文学史才会越发炉火纯青，越发具有经典的品质。

---

① ［英］特里·伊格尔顿：《后现代主义的幻象》，华明译，商务印书馆2000年版，第152页。

实然与应然:对文学史[①]中
萧红书写的考察

近年来,学界对萧红及其作品关注较多,在中国现代女作家中关于萧红的研究成果从数量上看高于丁玲,仅次于张爱玲。[②] 自新时期以来萧红研究一直较热,著述颇丰。回顾萧红研究80余年的历史,总体来说呈现先抑后扬的轨迹,而对已有的文学史写作[③]中的萧红进行考察,二者情况大抵相同。具体而言,随着时代语境变换,文学史写作中的萧红书写大体经历了两个大的历史时期,文学史成果的区域分布包括大陆和港台[④]。第一个阶段是20世纪50年代到新时期初期即20世纪80年代中期之前,受制于文学为新民主主义革命一部分的文学史观影响,此时期的萧红书写基本注重从文学救亡视角,对以《生死场》为主的前期创作重点解读,对其他代表性作品关注不够且批评多于肯定,没有完全呈现和诠释萧红创作的文学内涵与价值。第二个

---

① 本文对萧红文学史评价的考察范围划定在有代表性的专门的文学史教材,即主要指20世纪40年代后出版的中国新文学史、中国现代文学史等诸如此类的文学史,原则上不包括专门史。

② 据查阅中国知网历年资料的统计结果。

③ 对萧红创作评论随着作品问世即已出现,将萧红写入正规出版的文学史是在20世纪50年代以后,因此萧红研究有80余年的历史,写入文学史有60余年的历史。

④ 海外关于中国现代文学史的著述较有代表性的是夏志清的《中国现代小说史》和顾彬的《二十世纪中国文学史》,夏志清的著作属小说的专门史,顾彬的著作影响较小,故皆不在本文讨论之列。

实然与应然：对文学史中萧红书写的考察

阶段是 20 世纪 80 年代中期直到当下，萧红的文学史书写洗尽政治的铅华，回归文学，在现代性与文化启蒙视域来分析和阐释萧红的创作及文学史意义。总体看来，萧红的文学史书写经历了先抑后扬的演进轨迹，从中也反映了文学史话语范式的发展变化，但实然与应然之间还存在一定的问题。本文将就文学史中萧红书写的演变过程进行考察和梳理，对存在的问题进行回溯和检视，从而使文学史中的萧红书写尽可能消除实然与应然之间的距离。

一 20 世纪 50 年代到 80 年代中期文学史中的萧红书写

20 世纪 50 年代萧红被正式写入文学史，在 20 世纪 50 年代的文学史中，萧红作为左翼青年作家和萧军一道，在鲁迅扶持下在文坛崛起，虽然稚嫩、不乏弱点，却勇于在国难当头之际愤怒书写民族苦难和抗战，文学史对萧红的这种书写和定位一直延续到 20 世纪 80 年代初期。值得一提的是除个别情况之外[①]，这种走势在大陆和港台乃至海外的文学史中大体一致。还有一个非常明显的事实是，萧红和萧军在中国现代文学史中几乎是独有的情侣作家，他们曾是现实生活中的情侣，是同时期并肩崛起的东北作家，在中国现代文学史书写中几乎也是形影不离。在第一个大的阶段的文学史中，二萧大多是同时出场，顺序是萧军在前，篇幅一般也多于萧红，而且对萧军的评价也要高于萧红。在第二个大的时期的文学史中对二萧书写出现大调换，萧红在文学史中的评价不仅越来越高，内容越来越丰富，而且她的出场顺序已在萧军之前，且有单出头的个别情况，而萧军在文学史中的书写却越来越萎缩。[②]

[①] 此处指司马长风的《中国新文学史》中的观点与同时期的文学史评价不同，文中会谈到。

[②] 《三十年》的 1987 年版中萧军所占的篇幅略少于萧红。1998 年版中萧红的篇幅较 1987 年版增加约一半，但 1998 年版中萧军的篇幅没有增加，反而减少几十字。朱栋霖、朱晓进、龙泉明主编的《中国现代文学史》中萧军的篇幅只有萧红篇幅的约三分之一。丁帆主编的《中国新文学史》中萧军的篇幅是萧红的约二分之一。

第二辑　作为文化现象的文学与文学史

　　大体来看，在 1949 年之前的文学史写作中几乎找不到萧红的影子①，20 世纪 50 年代后萧红开始出现在正式出版的文学史中。在 50 年代号称"三部半"的文学史中②除张毕来的文学史外，其他三部皆有对萧红、萧军的书写，并且基本处于相同的章节结构中，即第二次国内革命战争时期（或者左联成立前后十年），1927—1937 年这一时段，这样的章节安排在 60 余年的文学史中变化不大。（这样的章节安排依循《〈中国新文学史〉教学大纲》而定，这部大纲 1951 年由中央教育部设立的"中国语文系小组"指派老舍、蔡仪、王瑶、李何林起草、拟定，奠定了当时乃至后来的文学史的写作纲要和框架。）其实 20 世纪 50 年代还有两部文学史著作，李何林等的《中国新文学史研究》（新建设杂志出版社 1951 年版）和蔡仪的《中国新文学史讲话》（新文艺出版社 1952 年版），蔡仪本注重写文艺思潮和文艺运动，没有谈及二萧，李何林只点到二人名字，未作任何介绍和评价。③

　　受制于现代文学学科初建时受政治"提携"的学科特点④、时代政治要求语境及文学史写作者主观的政治真诚，20 世纪 50 年代的文学史皆将中国新文学史看成中国新民主主义革命的一个组成部分，正如王瑶在《史稿》绪论中开宗明义指出的新文学的定位和属性，即新民主主义革命在文艺方面的"斗争和表现"，是新民主主义革命史的一

---

　　① 李一鸣的《中国新文学史讲话》（世界书局 1947 年版），这部 20 世纪 40 年代为数不多的，甚至是首屈一指的文学史中，只提到一句萧军："萧军是北方人，他以《八月的乡村》一本小说一举成名的。"没有关于萧红的文字。
　　② "三部半"文学史即王瑶的《中国新文学史稿》（上下册，上册于 1951 年由开明书店出版，下册于 1953 年在新文艺出版社出版；新文艺出版社 1955 年版，是在 1951 年初版之上的修订版）、丁易的《中国现代文学史略》（以下简称《史略》），（作家出版社 1955 年版）、刘绶松的《中国新文学史初稿》（作家出版社 1956 年版）和张毕来的《新文学史纲》（作家出版社 1955 年版）的第一部。
　　③ 李何林等的《中国新文学史研究》中，在"左联成立前后十年的新文学"这一由李何林亲自执笔写作的章节中，只在"第三讲 十年间的创作"开头部分提到一句"'九一八'后，出现了一批东北作家，如萧军、萧红、舒群、罗烽、端木蕻良、李辉英、黑丁等"。对二萧仅点到名字。
　　④ 温儒敏：《王瑶的〈中国新文学史稿〉与现代文学学科的建立》，《文学评论》2003 年第 1 期。

实然与应然:对文学史中萧红书写的考察

部分,着重表现新民主主义的政治斗争。因此 20 世纪 50 年代出版的文学史都在此指导思想下完成,注重运用"社会主义现实主义"的标准来衡量作家作品,用阶级分析方法考察文学历史现象,有浓厚的政治色彩,对萧红的创作多作政治化的解读,都重点关注她的成名作《生死场》及其中的抗战内涵,在肯定其抗战意义和价值的同时又对其思想和情绪弱点进行批评,对其他体现萧红创作特色及贡献的文学文本很少提及。王瑶的《中国新文学史稿》(以下简称《史稿》)堪称第一部比较完整的新文学史著述,开创了文体分类的写作体例,而且在新文学史中王瑶的《史稿》第一次写到了萧红。王瑶的文学史涉及萧红的作品虽然有限,重点介绍了《生死场》,未论及《呼兰河传》,但较有亮点的是率先注意到了萧红作品艺术上呈现的特点和不足:"文笔细致是女作家的长处。全篇组织略嫌散漫,缺少紧张集中的力量;人物写得也不够凸出,但严肃而动人的情感是从头一直贯彻在作品中。"[1] 王瑶的文学史受到蔡仪的尖锐批评,认为它有政治话语与学术话语的交织倾向,要求文学史向政治倾斜。[2] 蔡仪的主张影响了同时代的丁易、刘绶松等人。丁易、刘绶松的文学史过多甚至牵强地对萧红的创作进行过度革命化、政治化的阐释和要求,对其作品的文学性、艺术性维度几乎未涉及。受"苏联模式"的影响,丁易的《史略》基本贯穿了"社会主义现实主义主流论"这一红线,故几乎所有的文学史实和作品都统摄在这一主线之下,论述了它在抗战方面的现实意义和鼓舞人民抗战的价值后,随即指出《生死场》没有突出中国共产党在东北所起的领导作用,只是写了人民自发的斗争。同时还批评萧红"继《生死场》之后写出的《马伯乐》和《呼兰河传》,似乎是在走下坡路了。个人的悒郁代替了战斗的气息……那种不健康的小资产阶级思想感情又经常把她拖进苦闷深渊的原故"[3]。正如研究者指出的,留

---

[1] 王瑶:《中国新文学史稿》,新文艺出版社 1955 年版,第 253 页。
[2] 蔡仪:《〈中国新文学史稿〉(上册)座谈会记录》,《文艺报》1951 年第 20 号。
[3] 丁易:《中国现代文学史略》,作家出版社 1955 年版,第 322 页。

第二辑 作为文化现象的文学与文学史

学过苏联的丁易为了彰显政治倾向的进步性而套用"社会主义现实主义"这个理论来整合新文学，以致把理论产生的时间提前了，不顾新文学历史发展的基本事实。"这种思维方式的简化症后来在刘绶松的《中国新文学史初稿》中发展成一套可以更熟练操作的程序"，把文学史作为阶级斗争的工具，已经很难见到"文学"①。

1976年10月后大陆文学史写作②重见天日，再次出现热潮，本文只列举20世纪80年代中期前出版的比较有代表性的文学史，按出版时间有田仲济、孙昌熙主编的《中国现代文学史》（山东人民出版社1979年版），"九院校"编写③的《中国现代文学史》（江苏人民出版社1979年版），林志浩主编的《中国现代文学史》（上、下）（中国人民大学出版社1979年版上册，1980年版下册），唐弢主编的《中国现代文学史》（一、二卷，人民文学出版社1979年版，第三卷唐弢、严家炎合编，1980年版），后来还有孙中田等主编的《中国现代文学史》（辽宁人民出版社1984年版），黄修己的《中国现代文学简史》（中国青年出版社1984年版），等等。较之20世纪50年代的文学史，这些文学史对萧红（包括萧军）的书写状况，变化不大，重点作品依然是《生死场》，评价基调基本相似，对《呼兰河传》几乎都以批评为主，只在个别作品的提及上稍有不同，总体变动很小。

唐弢主编的《中国现代文学史》作为新时期初期权威的文学史，从出版时间看似乎算不上最先出版，但实际上早在1961年教育部统一组织编写文科教材会议之后就开始编写，到1979年接近年末才出版，

---

① 参见温儒敏《"苏联模式"与1950年代的现代文学史写作》，《北京大学学报》2003年第1期。

② "十七年"反右尤其是"文化大革命"期间，20世纪50年代产生的文学史著作几乎无一例外被插上资产阶级的白旗，1958年后产生的中国现代文学史几乎皆是集体编写，极少正式出版，新时期到来之前极左情绪严重，将文学的政治化推向极致，如将20世纪30年代左翼文学定为"修正主义文学"，故不在本文学术考察之列。

③ "九院校"编写《中国现代文学史》是指由北京大学、南京大学、厦门大学、安徽师范大学、南京师范大学、扬州师范学院、徐州师范学院、延边大学、安徽大学9所院校成立的编写组编写，江苏人民出版社1979年版，在文学史编撰史上也曾有一定影响。

实然与应然:对文学史中萧红书写的考察

此间社会环境已天翻地覆,本文试图吸收新思想、新成果,但新旧掺杂,正如学者指出的那样:"既有老干,又有新枝……正因为如此,'唐弢本'出版后,既成为新文学史著中水平最高的一部,又让人觉得新鲜感不足。"[①] 这句话同样适用于表达对唐弢本文学史萧红书写的感觉。唐本的文学史主要还是对《生死场》进行了重点评介,结论是"真实地写出了东北人民在帝国主义、封建主义双重压迫下的深重灾难"。对萧红代表作《呼兰河传》的评价则是"在过去生活的回忆里表现了作者对于旧世界的愤怒,但也流露出由于个人生活天地狭小而产生的孤寂的情怀"。较之王瑶的《史稿》中没有涉及《呼兰河传》,唐本有所涉及。较之丁易的《史略》论调大同小异,都对其作品因个人处境和生活的狭隘而出现的忧郁、孤寂情绪做了批评。

20世纪50—80年代港台地区出版了林莽[②]编著的《中国新文学廿年》(香港世界出版社1957年版)、李辉英的《中国现代文学史》(香港东亚书局1970年初版,1972年再版)、司马长风的《中国新文学史》(上、中、下,九龙昭明出版社1976—1978年版)、周锦的《中国新文学简史》(台北成文出版社1980年版)四部有代表性的文学史。前两部由于皆由一人编写,内容基本相同,对二萧介绍相当概略且评价不高,认为《生死场》不够修炼,结构散漫,强调"端木蕻良的文学才具,是驾乎其他的东北作家之上的"[③]。

香港的司马长风的《中国新文学史》20世纪70年代中后期陆续

[①] 黄修己、刘卫国主编:《中国现代文学研究史》(下册),广东人民出版社2008年版,第937页。

[②] 林莽是东北作家群重要一员李辉英(1911—1991)的笔名之一。李辉英于1932年发表在《北斗杂志》上的《最后一课》,是最早以东北为背景的抗战题材作品,1933年他又应丁玲之约写了反映东北抗战的长篇小说《万宝山》,比萧军的《八月的乡村》早问世两年,与张天翼的《齿轮》、阳翰笙的《义勇军》一起,被列为"抗战创作丛书",1933年由上海湖风书局出版。李辉英的创作曾被写入王瑶的《中国新文学史稿》,后在20世纪50年代修订时被删除,原因是他1950年后定居香港,在当时看来政治上有问题。[王瑶:"李辉英原曾有所叙述,今已删(政治上有问题)。"参见《王瑶文集》(第7卷),北岳文艺出版社1995年版,第602页。]

[③] 林莽编著:《中国新文学廿年》,香港世界出版社1957年版,第115页。

第二辑　作为文化现象的文学与文学史

出版，相比港台地域学者的文学史还是首屈一指且有分量的。这部文学史写了四年多，边写边出版，虽有争议，但在海内外产生了一定影响，尤其是他对萧红及萧军的评价在同一时期的大陆、香港、澳门、台湾地区的文学史中自成一家。他基于"打碎一切政治枷锁，干干净净以文学为基点写的文学史"[1]的写作理念，认为《生死场》是"一部平常的作品"，并认同从纯文学观点看这本小说"相当平庸"的论断，以此逻辑对《呼兰河传》赞赏有加，认为它是"她早已放弃一切束缚文学的教条，找到自己、舒心惬意的写作"[2]。他认为，"正因为创作的心灵自由了，一切类型化、观念化的要求退隐了，《呼兰河传》才透出了鲜烈的个性，成为战时长篇小说的重大收获"。他将《呼兰河传》的成就和魅力比之鲁迅和沈从文、老舍之上，认为萧红有一支"点铁成金的笔"，"书中的二伯，比鲁迅笔下的阿Q更有血色活气，小团圆媳妇可与沈从文笔下的萧萧争辉；冯嘴子可与老舍笔下的骆驼祥子媲美"[3]。这种评价不是完全没有道理的，但结论还是轻率了些，不乏个人的情感偏好，经不起推敲，也与实际情况有较大出入，难以服众。司马长风在文学史中没有将二萧放在一起来写，而是分放在中、下卷中，之所以如此，主要是因为他认为《呼兰河传》的成就大，是长篇，且萧红与萧军不同，她与政治联系不紧密。但从实际情况看，司马对萧军的评价相对来说也是很高的，虽然对《八月的乡村》评价较低，是"典型的幼稚的政治"，但他认为萧军是"粗犷型的天才，可是却在《八月的乡村》中浪费了他的天才"[4]。简单归纳，司马的文学史有如下特点：一是对二萧前期作品皆评价不高；二是正如拔高了萧红的成就，也高看了萧军的才华；三是与大陆的抗战救亡等时代化、政治化的视角不同，它从文学和审美视角出发来评价二萧的作品，尤

---

[1] 司马长风：《答复夏志清的批评》，《现代文学》复刊1977年第2期。
[2] 司马长风：《中国新文学史》（下），九龙昭明出版社1978年版，第84页。
[3] 同上书，第85页。
[4] 司马长风：《中国新文学史》（中），九龙昭明出版社1976年版，第55页。

其是萧红的作品，显然较为超前，虽不是严格遵循了"论从史出"的原则，但与大陆20世纪50年代到80年代中期的文学史相比，有超前感，读来很清新。

相比司马长风，台湾周锦著述的《中国新文学简史》规模篇幅不大，时间跨度却不小，对从1917年到1979年之间的大陆和台湾60余年的文学史做一概览。此本文学史受大陆文学史编著模式的影响较大，可谓一脉相承，论调相似。虽三处写到萧红，即在"新文学第二期的小说创作""新文学第三期的小说创作"和"新文学第三期的散文创作"，但总体看内容上无甚新意，评价观点上亦较陈旧，且对萧红小说批评多于肯定。只有一点值得一提，它将萧红的散文创作写入文学史，并且认为她的散文创作水平在小说之上，虽字数很少，点到为止，但在当时的两岸文学史中应该是首次。[1]

总的看来，20世纪50—80年代，除司马长风的文学史外，大陆和港台地区的文学史中的萧红书写变化不大，缺少质变，特点几乎是共同的：一是几乎皆列入左联新人新作（或成长期）；二是主要肯定和评介《生死场》，顺带提及《呼兰河传》，且是批评性的文字多；三是"大约占五百字的篇幅"[2]。

二 20世纪80年代中期之后文学史中的萧红

20世纪80年代中期后，在反思、重写文学史的呼声越来越高的情势下，文学史写作迎来了第三次高潮，统编和自行编写的文学史著作不计其数，本文只列举几部在时间和内容上有代表性的文学史，对其关于萧红的书写进行考察，主要有钱理群、吴福辉、温儒敏、王超冰四人著，王瑶为顾问的《中国现代文学三十年》（上海文艺出版社1987年版，北京大学出版社1998年出版修订本，下文简称《三十

---

[1] 参见周锦《中国新文学简史》，台北成文出版社1980年版，第229页。
[2] 参见王观泉《探讨文学史编写的一个问题——萧红研究得失谈》，哈尔滨师范大学北方论丛编辑部编《萧红研究》，1983年内部印行，第234页。

第二辑　作为文化现象的文学与文学史

年》)、冯光廉、刘增人主编的《中国新文学发展史》(人民文学出版社1991年版)、程光炜等主编的《中国现代文学史》(中国人民大学出版社2000年版)、朱栋霖、朱晓进、龙泉明主编的《中国现代文学史》(北京大学出版社2007年版)、丁帆主编的《中国新文学史》(高等教育出版社2013年版)等。随着《中国现代文学三十年》的问世，萧红的文学史书写出现陡转，一反以往三十余年不变的状况，定位和评价迅速提升，达至前所未有的高度，甚至不乏过分拔高之嫌，使萧红在文学史中呈现了先抑后扬的书写走势。

《三十年》作为中国现代文学史著作中特色鲜明、在当前影响最大的一种，其创新的勇气和探索具有里程碑意义，是"新出的新文学史著中最有当代性的"[①]。本文仅就萧红的书写而言，不论是1987年的初版本，还是1998年的修订版，在萧红的文学史出场顺序、作品的阐释、文学史地位和贡献评价皆出现大胆而全新的变化，一改以往肯定中有批评，甚至批评多于赞扬的状况，对萧红评介由抑到扬，甚至采用极致化的评价语言，将文学史中的萧红及其作品推至前所未有的高度。

在目前所见的文学史里，无论大陆还是港台及海外文学史中，1987年版的《三十年》是第一次将萧红列在东北作家群之首，这不仅表现在介绍东北作家群构成上，"……从东北流亡到上海及关内各地的一批青年作者，如萧红、萧军、端木蕻良、舒群、骆宾基、罗烽、白郎、李辉英等人，习惯上被称为'东北作家群'"，而且章节中也将萧红放在萧军和端木蕻良之前（此版二萧的篇幅相差无几），在对萧红的具体介绍中，开始便肯定她"是一个极富才情的女作家"，这也是文学史写作中第一次对萧红给予如此高的评价。1987年版本中对《生死场》的阐释也一反以往牵强挖掘抗日主题的单一模式，还原作品本色，认为《生死场》并非正面写抗日斗争，而是"写出北中国农村生活的

[①] 黄修己、刘卫国主编：《中国现代文学研究史》（下册），广东人民出版社2008年版，第948页。

实然与应然:对文学史中萧红书写的考察

封建性的沉滞、闭塞,以及由此造成的对民族活力的窒息",首次挖掘了《生死场》的文化批判和文化启蒙方面的主题。对在分期上并不属于第二个十年(1928—1937)的萧红代表作《呼兰河传》和《小城三月》也作了简单评介,指出《呼兰河传》所蕴含的国民性批判和旧文化反思的主题意蕴。尤为可喜的是,一改批评萧红作品结构松散、人物不突出等缺陷,首肯其小说的艺术特质,认为"萧红创造出一种介于小说与散文诗之间的新型小说样式"。

在1998年的修订版《三十年》中,对萧红的书写创新幅度非常之大,不仅在篇幅上有了较大扩展(增加了近一半的篇幅,由1987年版的约530字增加到1998年版约980字),而且评价上进一步提升:其一,由1987年版的"极富才情的女作家",到1998年版本中进一步提升为"文学创造力特出的天才的女作家",在此已将萧红拔高成了天才的女作家。1987年版和1998年版的《三十年》中对其他女作家的评价都没有高出这个定位。比如对丁玲的评价是"'五四'以后第二代善写女性并始终持女性立场的作家"[①](1987年版对丁玲的评价与1998年版一致);对冰心评价更是不高,"属于以旧文学为根基的早期新文学作家"[②]。对张爱玲的评价,1987年版受政治立场和意识形态束缚,显然尚未放开手脚,因此对张爱玲的评价是"这个女作家有很好的艺术素质,却被她的政治立场所蔽"[③],所给篇幅也短,与萧红相差不多。1998年版中不仅篇幅扩展,多于萧红,评价也高了:"张爱玲40年代的小说成就,有她本人的天才成分和独特的生活条件,也是中国20世纪文学发展到这个时期的一个飞跃。"[④] 显然对萧红的评价与对张爱玲的评价是相似的,都用了相同的字眼,即"天才"。但笔者认为张爱玲的确有些天才的成分,这从创作中和生活行为怪僻皆有反映,而

---

① 钱理群、吴福辉、温儒敏:《中国现代文学三十年》,北京大学出版社1998年版,第299页。
② 同上书,第153页。
③ 钱理群、吴福辉、温儒敏:《中国现代文学三十年》,上海文艺出版社1987年版,第586页。
④ 钱理群、吴福辉、温儒敏:《中国现代文学三十年》,北京大学出版社1998年版,第516页。

第二辑　作为文化现象的文学与文学史

萧红则是有些天分的、有别致风格的女作家,"天才"则评价过高。其二,1998年版的《三十年》对萧红作品的内涵阐释有所深化,对艺术创新则又有一定的提升和进一步的定位,指出"从创造小说文体的角度看,萧红深具冲破已有格局的魄力",认为其小说文体有创造性的突破,打开了小说与非小说之间的壁垒,"创造出一种介于小说与散文及诗之间的新型小说样式","她的文体是中国诗化小说的精品"[①]。

1998年版对萧红的评价呈现出前所未有的大胆和魄力,用的是近于极致化的语言——"天才""创造",而不是"天分""创新"这样有弹性的语汇。这在文学史写作中对萧红的评价是巅峰性的。不仅相较于以往文学史是巨大的质的飞跃,评价之高连后来的文学史恐也难以超越。仅就萧红书写来看,《三十年》的确立论新颖,思想深刻,不乏洞见,吸收了当代最新的研究成果,敢于表达写作者个人的见解,令其在众多文学史中脱颖而出,给文学史带来新气象。但如果从史论结合的标准看,《三十年》中关于萧红的书写,不能不说论的主观色彩较浓,史的客观性不足,在一定程度上有以论带史的倾向,既有文学史的性质,也有文学评论的色彩。正像有的学者指出的那样,《三十年》修订版有些地方用的是"论"而不是"史"的写法。所以《三十年》中的萧红书写依然不能作为终极版,依然有待考量和省思。

20世纪80年代中期后的其他文学史,在对萧红个人才气的定位、作品内涵的解读及艺术贡献等关键性评价语汇方面,大多是按《三十年》的评价口吻和路径进行的,只不过有的是原样承续,如说"萧红是位历经坎坷、英年早逝的天才作家"[②],有的则进行比较适度的微调,如说萧红"是个有特殊文学天分的女作家"[③]。当然,20世纪90年代以来也有将二萧放在整个东北作家群或东北文学发展流脉中去书写和评价的文学史著述,而不是单独列出章节评介,如程光炜等主编

[①]　钱理群、吴福辉、温儒敏:《中国现代文学三十年》,北京大学出版社1998年版,第310页。
[②]　丁帆主编:《中国新文学史》,高等教育出版社2013年版,第327页。
[③]　朱栋霖、朱晓进、龙泉明主编:《中国现代文学史》,北京大学出版社2007年版,第51页。

的《中国现代文学史》、许道明著的《中国新文学史》（上海古籍出版社 2005 年版）等，它们的优长的史实的提供比较丰富突出。

至 1987 年版《三十年》的问世，大陆对萧红的评价可谓穿过一直以来山重水复的政治化评判和取向，迎来了柳暗花明、还原本真的文学化评断，即从文学文本的原旨和价值去展开评述和阐释，结束了 20 世纪 50 年代以来文学史书写的以"政治—进化型"话语为主导的强势支配范式，实现了以强调文学的本体性为主导的"文化—审美型"话语范式的转型，终于从"政治—进化型"话语宰制下的"政治斗争编年史"和"作家政治履历"两个参照系统松绑①，轻装上阵直接进入文学史的书写与评说。

三　反思实然与探索应然

从 1951 年正式出现一直到当下，萧红被写入文学史已经有 60 余年了，两个阶段的文学史经历了较大的变化，但从实际情况看，实然与应然之间仍未统一，一些深层次问题仍需考量和辨析。例如两个时期尤其是对 20 世纪 50—80 年代中期萧红的文学史书写产生最主要影响的话语资源是什么、对萧红创作的内涵解读牵强与偏离问题、文学史中萧红被放置的时期即章节的安排是否妥当问题、如何将萧红从政治化的分期与归属中松绑并回归应有的文学审美属性与定位，以及如何在文学史写作中客观真实地呈现萧红创作全貌，等等。希望通过对这些问题的探讨尽可能地还原萧红文学史应有的面目与地位，得其所有，实至名归。

应该说萧红能够在 20 世纪 30 年代文坛崛起并得到推重，在文学史中获得地位，与三位大家撰文推介和评论是分不开的，而且这三位大家的观点一直或显或隐成为文学史萧红书写的话语资源。他们就是

---

① 参见朱德发、贾振勇《评判与建构：中国现代文学史学》，山东大学出版社 2002 年版，第 267 页。

第二辑　作为文化现象的文学与文学史

鲁迅、胡风、茅盾，历史地看，他们分别撰写的三篇文章对文学史中萧红的书写影响最大，他们的观点和评价深深地左右着文学史。这三篇文章就是鲁迅的《萧红作〈生死场〉序》①、胡风的《〈生死场〉读后记》②、茅盾的《〈呼兰河传〉序》③。鲁迅对二萧的提携推介不遗余力，对于萧红的成名作《生死场》充满了文学长者和前辈的包容，在为其作序时尽力发掘和褒扬优点，讳避不足，对鲁迅关于《生死场》褒扬话语的引用成为文学史萧红书写的非常普遍的模式。如王瑶的《史稿》，在萧红评介的有限篇幅中有近一半的字数是引鲁迅的序文："这本稿子到了我的桌子上，已是今年的春天……但却看见了五年以前，以及更早的哈尔滨。这自然还不过是略图，叙事和写景，胜于人物的描写，然而北方人民的对于生活（鲁迅原文中没有'活'字，此为误。——笔者注）的坚强，对于死的挣扎，却往往已经力透纸背；女性作家的细致的观察和越轨的笔致，又增加了不少明丽和新鲜。精神是健全的，就是深恶和功利有关的人，如果看起来，他不幸得很，他也难免不能毫无所得。"④ 后来的文学史几乎都或多或少引用了鲁迅此篇文章的观点。

胡风的文章是在鲁迅嘱咐之下完成的⑤，也被文学史直接或间接地引用，尤其在对萧红创作的艺术特点方面进行评价时，不足之处、女性的特点的指出都可以看到胡风观点的痕迹。胡风肯定了萧红《生死场》中体现了"女性的纤细的感觉"，也指出了她的弱点，"题材的组织力不够，全篇现得是一些散漫的素描，感不到向着中心的发展，

---

① 此文写于1935年11月14日夜，最初印入1935年上海容光书局出版的《生死场》，后收入鲁迅的杂文集《且介亭杂文二集》。
② 此文载《生死场》，上海容光书局1935年版。
③ 此文初载《文艺生活》1946年新10期，后收入1947年寰星书店出版的《呼兰河传》。
④ 王瑶：《中国新文学史稿》，新文艺出版社1955年版，第253页。
⑤ 参见胡风《悼萧红》中："后来她将她的中篇小说给我看了，还告诉我它没有名字，又希望我能写序，我当时辞谢了，要他们仍请鲁迅先生写。但是鲁迅先生和我闲谈时，也叫我写，说他一人写两本书的序不太好，也实在没什么好说的，你来一篇吧。我就答应了写一篇读后记。"载《艺谭》1982年第4期。

实然与应然:对文学史中萧红书写的考察

不能使读者得到应该能够得到的紧张的迫力","人物的性格都不凸出","修辞的锤炼不够",等等。对此,王瑶的《史稿》在指出《生死场》艺术上的不足时显然也借鉴了胡风的观点:"文笔细致是女作家的长处。全篇组织略嫌散漫,缺少紧张集中的力量;人物写得也不够凸出,但严肃而动人的情感是从头一直贯彻在作品中。"[1] 其他文学史,包括港台著述的文学史都有胡风影响的痕迹。

晚于鲁迅和胡风文章十一年的茅盾的《〈呼兰河传〉序》在萧红的研究和评论史上也有重大影响,鲁迅、胡风影响的是文学史对《生死场》的评价,茅盾影响的是《呼兰河传》。茅盾结合当时自己失去爱女的"感伤的心情"含蓄地写出了与萧红身世的共鸣,文章不仅篇幅长,而且情感投入,因此对萧红的作品解读更有深度,其观点诗意审美,更体现了文学评论的本体论特征,影响更为深远。例如冯光廉、刘增人主编的《中国新文学发展史》中关于萧红《呼兰河传》的评价定调基本上承续了茅盾的精神和论调,"萧红以优美的富于才情的笔调,叙述着一个寂寞的小城那和历史一样古旧的现状,展现的都是作为民族精神、民族心灵之一角的北国风俗画,正如茅盾所说:'它是一篇叙事诗,一幅多彩的风俗画,一串凄婉的歌谣。'"[2] 茅盾的文章对第二阶段文学史的萧红书写乃至整个萧红研究影响更大。

从平生遭际和人生短暂角度看,萧红是不幸的,但从作品的评论史角度看,萧红又是非常幸运的,中国现代文学史上三位顶级大家亲力亲为地对其作品进行如此大力的推介与用情评释,在现代作家尤其是女作家中似乎很难再找出如此幸运者。

得也然,失亦然。鲁迅和胡风为《生死场》所作的序和跋,出于作家和知识分子的时代责任感,也是为二萧作品的顺利出版,偏重和放大了抗战内涵和意义的阐释和发掘,这不乏权宜之计的推介,却奠

---

[1] 王瑶:《中国新文学史稿》,新文艺出版社1955年版,第253页。
[2] 冯光廉、刘增人主编:《中国新文学发展史》,人民文学出版社1991年版,第231页。

第二辑　作为文化现象的文学与文学史

定了几十年对萧红作品的文学史评说。对《生死场》的主题集中进行抗战解读的情况在现代文学史尤其是文学史关于萧红书写的第一阶段几乎千篇一律。对于《生死场》真正的主题应该是什么，它是否是真正意义上的抗战小说，这种质疑在20世纪80年代中期就已出现，后来也偶有文章谈及此问题。最早出现且论据充分的是葛浩文的质疑，他在1985年出版的《萧红传》再版中指出，《生死场》是中途转变主题的小说，它在结束前的约三分之一篇幅写到了日本侵略和国人抗日。《生死场》的确起到了抗战作用，但它并非严格意义上的抗战小说。它不仅是在篇幅上涉及抗战的占很小部分，而且从未正面写个体对抗，也没有双方的硝烟战火。甚至小说中写到的有关抗战内容也是道听途说的，不是亲身经历的，此方面的积累严重不足。[①] 的确，从《生死场》问世一直到20世纪80年代中期前，文学史对其主题思想的抗战论观点与实际主题有出入，有偏离，这不能不说是存在误读。这种误读在当时有其历史的可然性，这不仅因为二萧逃离东北流亡南方与东北沦陷有关，这种身世背景加之作品的部分内容也涉及抗战书写，做抗战论解读也在情理之中。加上"奴隶丛书"的冠名更容易使人望文生义产生抗战意义的联想。还有鲁迅和胡风等的权威导读，应该说在鲁迅、胡风二人的解读中，胡风的文章不仅篇幅较长，而且也着重进行抗战意义的发掘，胡风认为"这本不但写出了愚夫愚妇底悲欢苦恼而且写出了蓝空下的血迹模糊的大地和流在那模糊的血土上的铁一样重的战斗意志的书"，在当时国族危难的语境下，救亡是时代统一的主题与使命，即时代的共鸣状态使然，是知识分子主动自觉的选择。事实上《生死场》1935年发表，而真正传播、推广并产生影响是在抗战爆发后。抗战主题的解读和论断被认为是理所当然正确的，并引导着文学史的写作。任何观点和论说都离不开历史的语境制约，但我们在历史地、同情地理解的同时，还需要还原性的反思和澄清。历史的天

---

① 葛浩文：《萧红评传》，北方文艺出版社1985年版，第54页。

实然与应然:对文学史中萧红书写的考察

空变换了布景,人们的思维也回归到冷静和理性,以往的"抗战说"单一主题阐释显得勉强,萧红显然更多地是对人与文化的启蒙和批判,作品的重心无疑是"对着人类的愚昧",在对恶劣蛮荒的自然条件下北方农村人们的低等次的生与死看似原生态的书写,实际上文化批判意味强烈。正如葛浩文所说的:"作者的原意只是想将她个人日常观察和生活体验中的素材——她家乡的农民生活以及他们在生死边缘挣扎的情况,以生动的笔调写出。"[①] 可喜的是在萧红的文学史书写的第二阶段已经突破第一阶段抗战论的单一格局,基本客观理性还原了《生死场》启蒙兼及救亡的思想蕴含,在肯定"阶级性、民族性等因素的考量虽然有一定的合理性"的同时,强调其最有价值处在于"超越时代的对人的精神状态与生命意志的关注"[②]。《生死场》最动人之处是她对农民与农作物的特有情感,"萧红能把握住农业社会的特征和农人所崇奉的道德价值观念,这些都是《生死场》最成功的地方……"[③]

正因为将《生死场》解读为抗日小说,才有将萧红放在左翼文学板块和分期的理由和逻辑。现有的文学史几乎都将萧红放在中国现代文学的第二个十年中的左联作家群中,之所以放在这个时段和板块,主要是因为二萧皆在此时期崛起于文坛并发表成名作,加之1951年教育部组织起草的《中国新文学史教学大纲》作为国家标准和指令将二萧写入"第三编'左联'成立前后十年"这一章节。这样的安排和编写体例受制于意识形态和时代氛围,并非完美和可以成为终极版的文学史写作依据。事实证明,这样的文学史章节安排对于萧红是不妥的,无法合理恰当地包蕴萧红的全部创作,更影响对萧红的文学史的准确定位和精准阐释。

萧红创作的重头戏即代表作恰恰不在她被文学史安排的那个时段,而是1940年以后发表的《呼兰河传》(1940年)、《马伯乐》(1941

---

① 葛浩文:《萧红评传》,北方文艺出版社1985年版,第53页。
② 丁帆主编:《中国新文学史》,高等教育出版社2013年版,第327页。
③ 葛浩文:《萧红评传》,北方文艺出版社1985年版,第56页。

第二辑　作为文化现象的文学与文学史

年)、《小城三月》(1941 年) 等，检视文学史，不难发现，萧红被放在 1927—1937 年间的文学史章节中，她的所有创作皆蹩脚地处在其间，不仅令文题不相扣，而且有削足适履之感。20 世纪 50—80 年代中期前的文学史看重萧红前期的创作，对后来的创作基本忽略或者一带而过，点到为止，20 世纪 80 年代中期以来则基本相反，注重后期代表作的评介、解读，但萧红的文学史所在时段和章节的位置无大改变，如《三十年》就把萧红依然放在现代文学第二个十年 (1928—1937)，但也将萧红不在此时段创作发表的后期代表作《呼兰河传》和《小城三月》放在此节作了评介，肯定《呼兰河传》所蕴含的国民性批判和旧文化反思的主题。1987 年版和 1998 年版的《三十年》皆有在相应章节设年表的体例，但在萧红相关章节没有萧红 1937 年以后的创作记录，而把萧红 1937 年以后的作品附在第三编的第三个十年中，即没有萧红出现的相关章节之后。[①] 这种章节内容与年表内容的不完全匹配，体现的正是萧红被放置章节和时段的不妥帖甚至不合理。还有由于萧红后期创作既不属于解放区，也不属于国统区，因此大多数文学史都将萧红的创作全部放在 30 年代的小说创作中去评介，即使是在 20 世纪 80 年代中期以来的文学史都在写作体例和分期方面寻求创新，尽量淡化政治化分期影响的情势下，但实际上难以做到真正去政治化，皆有若隐若现的痕迹，在章节标题和具体内容上都多少有"国统区""沦陷区""解放区"等直接或类似的字眼，萧红在文学史中的位置依然尴尬。例如朱栋霖等主编的《中国现代文学史》，表面看是按年代区划了三个十年中的思潮、作家和作品，但内在的逻辑依然有政治分期的较浓重的印迹，它将第三个十年的文学思潮与创作明确分为国统区、解放区，因此 20 世纪 40 年代的萧红创作无法在这一时期体现，不得不将萧红所有创作在 20 世纪 40 年代的小说一股脑地评价解读完毕，和《三十年》(1998 年版) 一样，把萧红放在"三十年代小说 (一)"

---

① 分别见 1987 年版《三十年》的第 489 页和 1998 年版《三十年》的第 534 页。

实然与应然:对文学史中萧红书写的考察

的章节中,关于萧红论述的一半以上的篇幅却是关于1940年后《呼兰河传》等创作。

现有文学史一般多将20世纪三四十年代的文学分为国统区和解放区的文学史,按此划分,结合萧红创作的文学实际,既不属于国统区,也不属于解放区,故按此逻辑她将难以恰当安放。由于萧红被文学史安置在左联的麾下太久,以致见怪不怪,加上萧红是抗战时期东北作家群一员,故很少有人对此反思、质疑,即使是学界提出"重写文学史"后,对于萧红也没有达到真正的全面重写。

通过潜心细致地考察,不难发现,文学史两个阶段60余年的萧红书写,尽管不断丰富完善,日趋向好,但尚有继续完善的空间,尤其在萧红的文学史时段处理上还有明显的问题,要处理好这一问题,需要调整的是分期的内在逻辑和范式,将萧红从政治化分期和归属中松绑,回归文学本体,全面、完整、独立地考量和分析萧红的创作,将萧红创作全景式还原呈现,既有小说,还有散文和诗歌,后两者所占比重也不能小视,更不能无视。从总体看,萧红应该分属乡土作家,她的创作应该归于乡土文学范畴。她的作品皆在回首故土乡人、反思风俗文化中写就,承继了五四以来的乡土文学传统,在情感的眷恋与理性的剖析中生发出了文采别致、蕴蓄丰厚、历久弥新的文学文本。在对萧红的文学分属归类中,冯光廉、刘增人主编的《中国新文学发展史》做出较为成功的探索,这部文学史"试图以文学主题现象为中心线索",又有思潮、流派、社团及文体的综合考量,将萧红放置在了"乡土文学:乡恋乡愁情怀的寄托和民俗美感的多重意蕴"这一章节中,认为"东北作家群中最富于诗人气质的才女萧红,继鲁迅和20年代抒情型乡土作家之后,把这一文学推向了新的高峰"[①]。

对作家文学定位的妥当,带来的是阐释和解读的顺畅,处理好文学史这些关键问题,对文学史能否成立和流传起决定性作用。建构恰

---

① 冯光廉、刘增人主编:《中国新文学发展史》,人民文学出版社1991年版,第229—230页。

第二辑 作为文化现象的文学与文学史

切而有涵容性的文学分期短时间内还难以做到,但不能因此放弃思考和努力。中国现代文学史真正百年在即,应是对百年文学史中作家作品进行理性回望和反思之时了,萧红现象也许并非孤立。因为文学史的最终目的是缩短或消除实然与应然,尽可能实现二者的统一。

第三辑

当代西方文化思潮热点若干

阿尔都塞的意识形态理论及其当代影响

在西方马克思主义理论家中，路易·阿尔都塞是一位有特别影响和贡献的人，自第二次世界大战后任教巴黎高师之日起，他的思想对1945—1960年的青年思想家产生了广泛影响。其影响几乎体现在各个领域，英、法等国涌现出许多追随阿尔都塞的阿尔都塞派理论家，对此西方学者曾指出："阿尔都塞的结构马克思主义为新的哲学时代奠定了基础，但是所有的知识领域都在1965年经历了严重的震荡。阿尔都塞的模型充分利用了结构主义的时尚，成了转化人文科学的其他努力的发射台。"[①] 在阿尔都塞的思想中，他的意识形态理论尤为引人注目，西方理论界普遍认为这是他思想中最新锐和最具创新性的所在，对许多理论家和文化思潮产生重要影响。本文着重就阿尔都塞的意识形态理论及其在西方马克思主义阵营尤其是政治哲学和文化批评等领域所产生的当代影响，选取有代表性的理论家和思潮加以论述，主要包括西方马克思主义的政治哲学家尼科斯·普兰查斯、佩里·安德森，文学美学领域的皮埃尔·马歇雷和特里·伊格尔顿，以及以伯明翰学派为中心的文化研究思潮等。它们不同程度地吸收和阐扬阿尔都塞意识形态思想的精华，同时也检省其问题与局限，并在此基础上展开自己

---

① ［法］弗朗索瓦·多斯：《从结构到解构——法国20世纪思想主潮》（上卷），季广茂译，中央编译出版社2004年版，第413—414页。

第三辑 当代西方文化思潮热点若干

的理论历程。由此昭示了阿尔都塞的思想的当代意义与回响。

一

西方马克思主义有一个共同取向,即将研究聚焦于社会—文化,尤其是文化之上,但直到20世纪70年代才将文化作为意识形态来分析,推动这种变化的一个关键人物是路易·阿尔都塞。作为西方马克思主义流派中的结构主义马克思主义者,阿尔都塞也沿袭了马克思的意识形态批判理论,并将其做了扩大的结构主义化和精神分析式的思考与理解,从而提出了"人生来就是意识形态动物"[1],创立了自己独特的意识形态理论。阿尔都塞的意识形态学说的开拓与创新在西方世界产生了巨大反响,J.拉雷指出:"在最近的二十年里,阿尔都塞对意识形态作了最有影响的探讨。"[2]

在阿尔都塞的理论体系中,"多元决定论"占有十分重要的地位,它不仅是对马克思主义的一种独特论释,也是阿尔都塞的意识形态理论的一个大前提。阿尔都塞既反对对马克思的经济基础和上层建筑关系原理的机械性的解释,也反对黑格尔关于社会总体性的观点。阿尔都塞认为,马克思的辩证法与黑格尔的辩证法存在根本区别:与黑格尔是矛盾一元决定论者不同,马克思是矛盾多元决定论者。马克思主义的整体统一性,"是由某种复杂性构成、被构成的整体的统一性,因而包含着人们所说的不同的和'相对独立'的层次。这些层次按照各种特殊的、最终由经济层次决定的规定,相互联系,共同存在于这种复杂的、构成的统一性中"[3]。他坚持提出一种社会构成论,在不否定经济基础的最终决定因素的基础上,提出社会形态由三种实践活动构成,即经济、政治和意识形态。他说:"在每个社会形态内部,不平衡

---

[1] [法]阿尔都塞:《意识形态和意识形态国家机器》,李迅译,《外国电影理论文选》,上海文艺出版社1995年版,第653页。

[2] 转引自俞吾金《意识形态论》,上海人民出版社1993年版,第286页。

[3] [法]阿尔都塞:《读〈资本论〉》,李其庆、冯文光译,中央编译出版社2001年版,第107—108页。

阿尔都塞的意识形态理论及其当代影响

不仅以简单的外在形式而出现（经济基础和上层建筑的相互作用），而且以社会总体的每个因素、每个矛盾的有机内在形式而出现……由经济所起的决定作用在真实的历史中恰恰是通过经济、政治、理论等交替起第一位作用而实现的。"[①] 因此正是在这种意义上，阿尔都塞提出了"多元决定论"的主张，他说，"我更喜欢用一个较短的词：多元决定"[②]。阿尔都塞认为，社会形态是由经济、政治和意识形态三种要素构成，"在任何社会中，尽管表现形式可以变化万端，但始终有一种基本的经济活动、一种政治组织和一些意识形态形式（宗教、伦理、哲学等等）。意识形态因此是一切社会总体的有机组成部分"[③]。虽然他从没忘记在以上观点后附上经济的最终决定作用，但从未对此作出足够令人信服的阐释。无论如何，阿尔都塞的社会形态"多元决定论"为他的意识形态理论的喷薄而出，提供了足够的思想平台和理论空间。

阿尔都塞意识形态理论的提出，一方面得力于对马克思理论的继承和重新阐释，另一个很重要的原因在于当时结构主义符号学和精神分析学的长足发展。他的意识形态理论显然是采用了经典的结构主义的立场和理论模式，同时借用了弗洛伊德的无意识理论、拉康的"镜像理论"（或"误识理论"）及其对"想象界"和"象征界"的区分，以此阐发了他所认识到的意识形态的独特规定性和询唤主体的问题。他认为，"意识形态是一种'表象'，在这种表象中，个体与其实际生存状况的关系是一种想象关系"[④]。应该说，这一定义的提出的确是颇具新意的，但与以往的成果绝不是断裂性关系。翻阅一下《意识形态和意识形态国家机器》一文，便很容易得出这样的结论，即阿尔都塞关于意识形态的定义及规定性的观念，显然是在对马克思的《德意志

---

① [法]阿尔都塞：《保卫马克思》，顾良译，商务印书馆1984年版，第184页。
② 同上书，第181页。
③ 同上书，第201页。
④ [法]阿尔都塞：《意识形态和意识形态国家机器》，李迅译，《外国电影理论文选》，上海文艺出版社1995年版，第645页。

意识形态》进行认真解释和阐发的基础上得出来的。正如他指出的,"在《1844年经济学—哲学手稿》之后,《德意志意识形态》实际上的确为我们提供了一个明晰的意识形态理论……"①他认为马克思对意识形态有这样的理解:意识形态是支配个人和社会心理的观念和表象体系,"对马克思来说,意识形态是一种想象的拼合物(bricolage),一个纯粹的梦,空虚而无实义"②。

与马克思对"虚假意识"的批判最终得出"意识形态的消灭或终结"不同,阿尔都塞认为"意识形态没有历史"(Idelogy has no history),它是永恒的。意识形态是人类体验自身同其生存状况的关系的方式,"意识形态再现了个体与其实际生存状况的想象关系"③。阿尔都塞认为,人类从某种意义上看,存在着两类关系:一是人类与自己生存状态的真实关系;二是人类对前一种关系的体验关系。而意识形态无疑属于后一种关系。这是"因为意识形态所反映的不是人类同自己生存条件的关系,而是他们体验这种关系的方式;这就等于说,既存在真实的关系,又存在'体验的'和'想象的'关系"④。正是在这个意义上,阿尔都塞把意识形态称作"关系的关系""第二层的关系",并直截了当地推出了这样的公式:"意识形态=幻象/引喻"⑤。阿尔都塞认为,意识形态是"想象性的倒置",与科学相对立,在意识形态中,人们是以一种想象的形式来再现他们实际的生存状况的。因而人们在意识形态中所"再现"的东西并不是他们的实际生存状况,即他们的现实世界,所有意识形态在其必然的想象性畸变中并未再现人们真实的生存状况,而是再现了个体与他们身处其中的现实关系的想象关系。

---

① [法]阿尔都塞:《意识形态和意识形态国家机器》,李迅译,《外国电影理论文选》,上海文艺出版社1995年版,第642页。
② 同上书,第644页。
③ 同上书,第646页。
④ [法]阿尔都塞:《保卫马克思》,顾良译,商务印书馆1984年版,第203页。
⑤ [法]阿尔都塞:《意识形态和意识形态国家机器》,李迅译,《外国电影理论文选》,上海文艺出版社1995年版,第646页。

阿尔都塞的意识形态理论及其当代影响

阿尔都塞关于意识形态的论说是具有原创性的，这主要表现在他揭示了意识形态的无意识特征，创造性地提出人是意识形态的动物这样具有经典意义的论断，从而首次表征了意识形态对人具有某种本质性的意义；同时，他从结构主义的角度，指出意识形态对主体的询唤模塑功能以及人在意识形态控制下浑然不觉的状态等，都前所未有地深化了人类对意识形态本质属性的理解，这种穿透性的认识为人对自身的认识审视提供了一个新视角，达到了一个新的深度。从这个层面看，阿尔都塞的意识形态理论，为作为人学的哲学所做的贡献是具有里程碑意义的。但正像许多卓越的思想和理论一样，它们之所以卓越是因为它们的独创与深刻，而独创与深刻常常与偏执携手同行。正如结构主义纠正存在主义对主体性的过分自信，认为存在主义只说出了一半真理一样，而结构主义则反其道而行，即只将目光锁定在结构框架内，只说出了真理的另一半。因为在阿尔都塞的视野里，主体是"稻草人"，人完全成了意识形态牢笼中的无望囚徒，是活着的意识形态的僵尸。虽然阿尔都塞被称为结构主义马克思主义者，但他对马克思关于人的能动性论述却置若罔闻，这导致他只看到意识形态对人的塑造作用，疏忽了人创造意识形态、改造意识形态的一面。意识形态托起了他在哲学上的成就和辉煌，同时，也使他掉进了意识形态的汪洋中难以自拔。一位西方学者对此提出强烈的批评，认为阿尔都塞的理论"用一种结构性的陈词滥调取代了辩证法，进而使马克思主义成为结构主义的变体"[1]。

阿尔都塞的理论一直伴随着较为激烈的论争，但并未阻止其思想的渗透和远播。"阿尔都塞给国家意识形态结构所下的定义，催生了许多特定的研究领域，这些领域可以更为广泛地阐明社会现实。"[2] 由此

---

[1] ［法］皮埃尔·富热罗拉：《反对列维-斯特劳斯、拉康与阿尔都塞》，转引自［法］弗朗索瓦·多斯《从结构到解构——法国20世纪思想主潮》（上卷），季广茂译，中央编译出版社2004年版，第249页。

[2] 同上书，第227页。

昭示了阿尔都塞的思想的当代意义与回响。

二

阿尔都塞意识形态理论的影响在20世纪70年代处于巅峰状态，"在70年代初的一段时期，他是红极一时的文化英雄。他力图振兴法国共产党，同时他有足够敏锐的思想吸引知识分子"①。当时他拥有众多追随者，以致"70年代可以被看作是阿尔都塞思想剧烈膨胀的时代"②。的确，20世纪70年代以来，阿尔都塞的旗帜在很多领域被举起，出现了"语言中的阿尔都塞主义""人类学中的阿尔都塞主义""经济学中的阿尔都塞主义""阿尔都塞式的认识论""阿尔都塞式的社会学"等。1968年"五月风暴"后，阿尔都塞的思想吸引了许多马克思主义的政治学家和左派政治批评家，其中尼科斯·普兰查斯和英国新马克思主义者佩里·安德森较有代表性。他们在马克思主义和新马克思主义的大的框架下，以各自不同的角度借鉴和吸收了阿尔都塞的理论精髓，用以阐释当代的国家和阶级社会历史中的有关问题。

有着"正统的阿尔都塞派学者"之称的普兰查斯，既是一位政治社会学家，也是一位政治哲学家，他是西方结构主义的马克思主义阵营里的一个重要人物。1968年，他从希腊来到巴黎后立即被阿尔都塞式的结构主义的马克思主义所吸引，并成为这一派的核心成员。他的思想深得阿尔都塞式的理论精髓，撰写了《政治权力与社会阶级》《当代资本主义的阶级》等重要论著。他从阿尔都塞的"多元决定论"和意识形态理论出发来分析当代的国家和阶级的有关问题。

普兰查斯沿袭阿尔都塞的理论，也把马克思主义概括为多元决定论。从结构主义的立场出发，普兰查斯认为，一种生产方式中包括经

---

① [美]罗兰·斯特龙伯格：《西方现代思想史》，刘北成、赵国新译，中央编译出版社2005年版，第555页。
② [英]弗兰西斯·姆恩：《英国文学研究中的阿尔都塞》，孟登迎译，《外国文学》2002年第2期。

阿尔都塞的意识形态理论及其当代影响

济、政治、意识形态和理论等多个环节和方面,"构成每个层次方面的那些关系并不是简单的,而是受到其他层次方面关系多重影响即多元决定作用的（overdetermined）"①。普兰查斯认为,整个结构决定于经济这个事实,"并不意味着经济在这个结构中总是起着统治作用。由占统治地位的结构构成的统一体意味着每种生产方式都有一个占统治地位的方面或环节；但事实上经济之所以起着决定性作用,是因为经济让某一个环节起统治作用,而由经济掌握着起决定作用的环节的转换,这种转换是由于各个环节分散活动的结果"②。不同社会和时代,各个环节起作用的程度和地位并不是等量齐观、完全一致的。例如,他认为,在人类社会不同时期与社会形态中,不同环节和方面所起的作用不同：古代的生产方式中,居于统治地位的应该是经济环节；封建的生产方式中,起决定作用的是宗教的意识形态；在自由资本主义社会中,起统治作用的则是经济环节；而垄断资本主义时期,政治法律意识形态重新发挥统治功能。这些生产方式的变化归根到底是由经济发展的要求决定的。

普兰查斯的贡献在于,在阿尔都塞思想的影响之下,他提出了自己的阶级和国家理论,同时概括了当代资本主义社会的政治与意识形态的具有现实性意义的理论,原创性地确立了国家机器的相对自主性与国家权力的阶级统一之间的循环关系。从总体看,与阿尔都塞的不同在于,如果说阿尔都塞的意识形态理论偏重于精神分析,即精神分析色彩稍浓,那么普兰查斯主要沿袭了阿尔都塞的多元决定论,用更纯粹的结构主义方法来研究国家和意识形态。同时,不可否认的是,普兰查斯的理论的缺陷是"过于政治化",他对政治因素的过分强调使他招致"政治至上主义"的批评,因为他在研究意识形态方面过于执着于阶级的视角,认为意识形态取决于不同的人生经验,不同阶级的

---

① [希腊] 波朗查斯:《政治权力与社会阶级》,叶林等译,中国社会科学出版社1982年版,第5页。
② 同上书,第4—5页。

第三辑　当代西方文化思潮热点若干

人生经验往往不同，这必然导致意识形态的不同，故只有从阶级斗争出发才能把握特定社会中存在的各种意识形态。继阿尔都塞之后，普兰查斯虽力图着眼于"阶级立场"和"阶级决定"等概念，以抵制阶级划分的纯粹经济标准，但依然有阶级还原论之嫌。尽管如此，普兰查斯的理论依然被后来的马克思主义所传扬，以致一位西方学者说，后马克思主义的所有主题在普兰查斯这里都以萌芽的形式出现了。

英国新马克思主义代表人物之一佩里·安德森，作为英国承上启下的马克思主义者，他的思想犀利而激进，力求为20世纪五六十年代较为沉寂守旧的英国的马克思主义研究开风气之先，他主编的《新左派评论》自20世纪40年代以来一直引领着欧美左派的政治批评和理论批判，他不仅在这本刊物上大力介绍欧洲大陆"西方马克思主义"文献，同时在1976年出版了《西方马克思主义探讨》这一西方马克思主义研究力作，由此他不仅被视为"当代最杰出的马克思主义思想家之一"（Payne Michael），还被伊格尔顿誉为"英国最出色的知识分子"。安德森在对西方马克思主义哲学家的引进借鉴中曾一度对阿尔都塞结构主义的马克思主义情有独钟，正像他所说的："阿尔都塞体系的新颖及独创性本身是不可否认的……他的体系的新颖和独创性很快对法国左派产生了影响并获得巨大的声誉，取代了先前诸理论流派……实际上完全塑造了年轻一代的马克思主义者。"[①] 安德森因此也被称为英国结构主义学派的代表，虽然他自己并不认同，实际上他的理论也并不局限于结构主义理论范式。他一直探究将英国本土的经验主义文化与法国的理性主义文化尤其是结构主义相结合，希图用结构主义来弥补经验主义的不足。

与普兰查斯这位正统的阿尔都塞派学者不同，安德森对阿尔都塞的理论既有借鉴吸收，又有扬弃改造。尤其对意识形态范畴的相关问题，如主体和上层建筑等方面与阿尔都塞既有倾心和认同，又有差异

---

① ［英］佩里·安德森：《当代西方马克思主义》，余文烈译，东方出版社1989年版，第45页。

阿尔都塞的意识形态理论及其当代影响

和批判。他认为，历史主义有着重事实轻理论、强调事物的过程，却缺乏整体性把握和深层次的结构分析等致命的缺陷。在此前提下，安德森看到了结构主义恰恰与之相反的优势，并将其引入，指出"我们应该把整个马克思主义文化中编史工作和理论之间不恰当的被忽略关系问题提出来"①，从而探索英国的新马克思主义的创新之路，开创英国新马克思主义的崭新格局。但佩里·安德森对阿尔都塞的结构主义有着清醒的认知，对于偶然多变而又凌乱无序的社会历史来说，结构主义方法便于寻找其普遍规律和进行有序解读，能够提供一个多层次又有主导性的客观结构，并能进行一定程度的预测。但和历史主义一样，安德森认为结构主义也有其缺陷，对结构主义要在实践中持批判态度的运用。他尤其对主体和上层建筑等问题，在吸收阿尔都塞理论的基础上提出自己的见地。他并不完全认同阿尔都塞的主体理论。他认为，结构与主体的关系问题一向"是解释人类文明发展的历史唯物主义之最重要和最基本的问题之一"②，在他看来，阿尔都塞观照历史与社会问题的单一结构主义视点的最大缺陷就是忽视主体，只强调生产关系的结构，过于强调主体被意识形态结构的塑造和询唤，这种对主体自身作用的忽视将导致极端的结构主义，而这种极端结构主义的最终结果无疑就是极端主观主义。正如他指出的："如果结构单独在一个超越所有主体的世界中得到公认，那么什么能确保它们的客观性呢？极端的结构主义也绝不会比所宣告的人类毁灭再刺耳了。"③ 像阿尔都塞强调意识形态之于社会历史发展的巨大功能一样，安德森也摒弃经济决定论的一元化思想，在社会历史的考察中十分重视上层建筑，他反对将经济基础与上层建筑截然分开，他认识到，"以前其他所有的剥削方式都是通过超过经济制裁——亲缘、习俗、宗教、法律或政

---

① [英]佩里·安德森：《西方马克思主义探讨》，高铦等译，人民出版社 1981 年版，第 138 页。
② [英]佩里·安德森：《当代西方马克思主义》，余文烈译，东方出版社 1989 年版，第 39 页。
③ 同上书，第 68 页。

治——来运作的。因此在原则上始终不可能脱离这种经济关系来辨识它们。亲缘关系、宗教、法律或国家等'上层建筑'必然会参与前资本主义社会形态的生产方式的要素结构"①。由此可以看出，他对阶级和阶级意识问题等上层建筑和意识形态问题给予了充分关注。针对安德森的新马克思主义理论也伴随着种种质疑和批评，尤其被指责有明显的结构功能主义痕迹，甚至有的研究者认为他后来也曾有向经济一元论回归的迹象，本文暂不涉及。

三

阿尔都塞在文学批评和美学方面的影响主要体现在法国的皮埃尔·马歇雷和英国的特里·伊格尔顿的论著中。从大体看，三位理论家的理论呈纵向延伸关系，从阿尔都塞到马歇雷再到伊格尔顿，我们可以看到其中明显的继承和发展，从一定意义上也见证了西方马克思主义意识形态理论演进的清晰脉络。它们所建构的文化政治批评学派对当代的哲学、美学、文化及文艺批评等领域，已经产生和正在产生着深远影响，在某种程度上是其他流派难以媲美的。

皮埃尔·马歇雷被视为"阿尔都塞学派的第一位批评家"（伊格尔顿语），其理论的哲学基础来源于阿尔都塞的结构主义理论。阿尔都塞关于意识形态与艺术的关系的论述直接影响了马歇雷的理论建构。阿尔都塞认为，艺术属于意识形态，但又有别于一般的意识形态，艺术在意识形态内部建立了一种"内在的距离"，艺术能使人看出它所"暗指现实的东西"。马歇雷的名著《文学创作理论》（1978年）的核心即论述了意识形态与文学艺术的关系，他受阿尔都塞意识形态理论影响，认为一切实践都笼罩在意识形态的网络之下，文学作为一种生产实践也不例外，在其中他将阿尔都塞的意识形态学说直接用于对文学文本

---

① ［英］佩里·安德森：《绝对主义国家的谱系》，刘北成、龚晓庄译，上海人民出版社2001年版，第433页。

阿尔都塞的意识形态理论及其当代影响

的分析。他认为，文学作为一种意识形态出现在写作和阅读的历史当中，所有的故事都包含着一个意识形态课题，即它们都承诺要告诉人们关于某件事的"真相"，但我们最终总会发现，意识形态语言时刻隐藏在作品的边缘，因此批评要挖掘文本背后的东西，即文本没有说出的东西。深层透视就会发现，作品中没有说出来的东西才是重要的东西，因此他主张文学文本是"非中心化的（decentred）"，因为所有的文本都由好几层话语构成：明确的、含蓄的、缄默的和在隐的等，而这些话语之间往往是相互冲突的，评论实践的任务就是提示文本中所隐含的差别性话语。

马歇雷还将自己由受阿尔都塞的意识形态原理启示所生发的文学理论，用于分析具体作品，如他对法国著名科幻小说家儒勒·凡尔纳的《八十天环绕地球》《神秘岛》《格兰特船长的女儿》等小说进行了解析，在他看来，这些小说的明确表意话语层面，在于展现了法国人科幻探险历程，这是法国帝国主义的意识形态所赋予的一种想象性关系，而隐在的意义结构却描述了殖民侵略的历史。因而凡尔纳的作品"要沿着与其想要表达的含义相反的方向去阅读"，它赋予帝国主义意识形态以小说的形式。马歇雷认为，不是哲学而是文学展示了一个时代的自我意识，正因为如此，海德格尔才在卢梭、荷尔德林等人的文本里听到别人难以听到的潜隐之音，因为在那些声音里，海德格尔感受到一个即将到来的世界正在"语言的途中"。所以，马歇雷认为，真正科学的批评不是关注文本表象话语，而是透过文本聆听那沉默之音，即破解意识形态的秘密，"就像行星围绕看不见的恒星运转，意识形态由那些不能提及的事物构成：它存在是因为有些事物不能说出。正是在这个意义上，列宁才说'托尔斯泰的沉默意味深长'"[1]。

佩里·安德森对马歇雷的批评理论给予高度评价，认为马歇雷的

---

[1] Pierre Macherey, *A Theory of Literary Production*, trans. Geoffrey Wall London, Henley and Boston: Routledge & Kegan paul, 1978, p.132.

第三辑　当代西方文化思潮热点若干

《文学生产理论》是"在哲学本身的范围之外运用其思想、并有其个人特色的唯一作品"[①]。尽管马歇雷理论生涯后期有了新的发展变化，甚至对先前的主张有所放弃，尝试"开始从历史的角度来评价文学作品"[②]，但他在批评思想史上得以被铭记和凸显则取决于他深受阿尔都塞意识形态学说而生发的文学生产理论。英国文化批评家特里·伊格尔顿的文学与美学理论即深受马歇雷文学生产理论的影响。

与马歇雷相比，有着英国新左派"第二代"领军人物之称的特里·伊格尔顿，受阿尔都塞影响的程度稍弱，主要体现在早期，他的《批评与意识形态》一书被称为"英语文学研究界在阿尔都塞理论支持下取得的第一个创造性成果"，阿尔都塞的"理论实践模式明显表现在伊格尔顿的探索形态当中"[③]。伊格尔顿在总体上肯定了阿尔都塞思想的地位与贡献，同时又有自己的批评和拓进。意识形态一词几乎在他每部著述中皆有提及，他被西方视为西方马克思主义阵营中继葛兰西、阿尔都塞后，对意识形态研究和阐释最有影响力的学者。

伊格尔顿在评述西马意识形态理论时提及对阿尔都塞意识形态理论的总体认识和评价，他指出："正是由于葛兰西，才实现了从作为'思想体系'的意识形态到作为被体验的、惯常的社会实践的意识形态的关键性转变，这种实践因而也许既包括社会经验无意识的、不能言喻的向度，又包括形式上的机构运作。路易·阿尔都塞将要继承这两方面的强调，在他看来，意识形态主要是无意识的，并且永远是制度性的；作为一种被体验的政治统治过程的霸权，在其某些方面接近于雷蒙·威廉斯所谓的'情感结构'。"[④] 受阿尔都塞意识形态思想的启

[①] ［英］佩里·安德森：《西方马克思主义探讨》，高铦等译，人民出版社1981年版，第99页。
[②] ［英］T.伊格尔顿：《马歇雷与马克思主义文学理论》，戴侃译，《国外社会科学》1983年第1期。
[③] ［英］弗兰西斯·姆恩：《英国文学研究中的阿尔都塞》，孟登迎译，《外国文学》2002年第2期。
[④] ［斯洛文尼亚］齐泽克、［德］阿多诺等：《图绘意识形态》，方杰译，南京大学出版社2002年版，第187页。

阿尔都塞的意识形态理论及其当代影响

示,伊格尔顿在《马克思主义与文学批评》中写道:"首先,意识形态不是一套教义,而是指人们在阶级社会中完成自己的角色的方式,即把他们束缚在他们的社会职能之上并因此阻碍他们真正地理解整体社会的那些价值、观念和形象。"[①] 在他看来,意识形态作为价值、观念和形象,能够帮助人们在无意识中完成主体的构建,并将人们束缚于固定的社会位置和生存体验中,使人们不能真正了解他们所处的社会关系,在虚假的想象性的生存体验中过活。伊格尔顿高度肯定阿尔都塞的理论,认为"阿尔都塞对意识形态的解释,代表了马克思主义思想在主体问题上的重大突破之一"[②],尤其是《意识形态与意识形态国家机器》一文"改变了我们当今关于意识形态的思考进程"。[③]

阿尔都塞对艺术和意识形态的复杂关系的论述受到伊格尔顿的推崇,认为以往有关艺术与意识形态的论述过于简单绝对,阿尔都塞的论述则"更为细致"[④]。伊格尔顿认为,文学也具有意识形态国家机器的功能,也起着意识形态的引领和模塑的作用,文学也是一种"支配性的意识形态"。同时阿尔都塞对意识形态和文艺的关系的看法,艺术"既是美学的又是意识形态的意图产生出来的"[⑤]的观点,以及他对"个人的体验"与意识形态关系的强调[⑥],都成为了伊格尔顿的"意识形态生产""审美意识形态"等理论的重要思想资源。

值得一提的是,伊格尔顿受到阿尔都塞和马歇雷的双重影响,马歇雷的文学生产理论一度被伊格尔顿所推崇,他不仅认为,"一切艺术

---

① [英]特里·伊格尔顿:《马克思主义与文学批评》,文宝译,人民文学出版社1986年版,第20页。
② Eagleton, Terry: *Ideology: An Introduction*, Verso, 1998, p.148.
③ [英]特里·伊格尔顿:《二十世纪西方文学理论》,伍晓明译,陕西师范大学出版社1986年版,第216页。
④ 同上书,第21页。
⑤ 陆梅林主编:《西方马克思主义美学文选》,漓江出版社1988年版,第537页。
⑥ 同上书,第521页。

第三辑 当代西方文化思潮热点若干

都产生于某种关于世界的意识形态观念"①,而且也认同"批评的任务就是分析生产文本的这些结构的复杂的历史联系"②。但对阿尔都塞和马歇雷的理论并不完全服膺,伊格尔顿指出,"在一些关键的地方,阿尔都塞和马歇雷两人的说明是含混不清的"③。伊格尔顿力图在前辈的理论基础上寻求创新与突破,尤其在主体问题和审美活动上有新的发展和探索。在文学生产的问题上,伊格尔顿有独特性和超越性,他对文本与意识形态关系的考察不局限于文本生产本身,而是扩展到一般生产方式的社会语境即从最基础的社会生产层面来考察文学。同时他还认为文本与意识形态是一种复杂的建构性关系,而不是阿尔都塞和马歇雷等所主张的对立性关系。

伊格尔顿并不完全认同阿尔都塞关于主体的理论,认为阿氏的主体思想过于灰暗和僵硬,试图做出修正与补充,不同程度凸显主体的感性和能动性,他认为个体经验是任何意识形态的基础,强调马克思的实践的主体是感性的人,认为实践和审美在本质上是和谐的,着力主张恢复"身体"话语的地位,试图重建唯物主义美学。他认为,人的存在的最高境界是审美化生存,这种非异化的生存只有在共产主义时期才能实现。

伊格尔顿是在马克思、阿尔都塞等哲学家已有的精神遗产和框架之上,开始意识形态的研究之旅,尤其在阿尔都塞和马歇雷等现有思想成果之上,建构了更生动鲜活且辩证而有针对性的、适合当下发达资本主义社会现实状况的意识形态理论。其观点不乏理想主义色彩和理论局限,但他对意识形态的大规模的、系统性的研究,对意识形态的概念、特征、构成、作用等的思考与论析,对马克思主义乃至西方马克思主义的意识形态理论的贡献,在 20 世纪 80 年代以来的理论家中可谓首屈一指,并承前启后,对后现代文化思潮产生很大影响。他

---

① [英]特里·伊格尔顿:《马克思主义与文学批评》,文宝译,人民文学出版社 1986 年版,第 20 页。
② Terry Eagleton, *Criticism and Ideology*, London: Verso, 1976, pp. 44-45.
③ [英]特里·伊格尔顿:《马克思主义与文学批评》,文宝译,人民文学出版社 1986 年版,第 23 页。

阿尔都塞的意识形态理论及其当代影响

的理论的强烈现实干预性和文化政治批评性在全球范围内不断产生冲击和回响，自20世纪80年代初传入中国以来也对中国当今的哲学尤其是美学、文化与文学领域产生了深广的影响，带来了丰厚的理论资源和话语活力。

四

阿尔都塞对20世纪70年代的文化理论和"文化研究"（Cultural Study）思潮产生了巨大影响，"在整个70年代，阿尔都塞一直是英国文学研究的一种精神参照。伯明翰当代文化研究中心日益强劲的影响，也有他的一份功劳"。"意识形态是阿尔都塞在激进的文学与文化研究中得以闻名的主题……"[①] 不仅如此，在英国，"60年代末至70年代早期，整个人文学科都经受了阿尔都塞马克思主义的介入，并随后与后结构主义交汇，广泛影响到电影、文化研究、历史写作、艺术史、音乐学和文学等方面"[②]。这从当时的主要期刊的内容中便可略见一斑。当时的主要文化期刊《文化研究论文集》《银幕》《新左翼评论》等全都登载了与阿尔都塞思想和理论相关的文章。正如斯图尔特·霍尔所评论的那样："阿尔都塞的介入及其后的发展对文化研究领域起到了巨大的促进作用。"[③]

首先，阿尔都塞的理论为"文化研究"思潮提供了新的研究范式。在结构主义范式进入"文化研究"以前，英国文化新左派的文化主义话语范式一统天下，强调文化的解放力量和人的主观意识的能动作用。但人们很快就发现文化主义者只看到了来自主体性的力量，而没有充分认识到文化亦是结构的产物，忽视了文化被构造的一面。"文化研究

[①] ［英］弗兰西斯·姆恩：《英国文学研究中的阿尔都塞》，孟登迎译，《外国文学》2002年第2期。

[②] 参见孟登迎《英语世界的阿尔都塞研究概述》，《国外理论动态》2003年第1期。

[③] 转引自［英］约翰·斯道雷《文化理论与通俗文化导论》，杨竹山译，南京大学出版社2001年版，第3页。

第三辑　当代西方文化思潮热点若干

中'文化主义'的线索，随着'结构主义'知识景观的出现被打断了。"① 阿尔都塞的理论被引进到英国，文化主义的疏漏和不足被补正，"文化研究"者不再把文化当作生活经验、能动性等直接表现，同时文化还是前提和基础。

其次，阿尔都塞的意识形态理论为"文化研究"对主体性与意识问题的研究提供了新思路。主体性和意识问题是"文化研究"关注的焦点问题之一。理查德·约翰生在《究竟什么是文化研究》一文中指出："文化研究是关于意识或主体性的历史形态的。"② "文化研究"思潮接受阿尔都塞关于主体是由文化或意识形态询唤和建构的观念，认为人生就处于一种语言、文化、种族、阶级和性别政治的环境中，人在其中被表征、被塑造。文化或意识形态结构本身无疑隐含着权力，由它们所生发的各种民族、种族、阶级及性别理论无疑也构成了一种权力话语，这种权力话语往往或隐或显地对身处其中的主体形成一种规范、压抑，并往往内化为主体的意识，将非真实视为真实，将镜像当作本质。阿尔都塞的理论无疑为超越此种情境提供了慧眼，使得"文化研究"识破了权力话语的迷雾。

20世纪70年代中叶后，阿尔都塞对"文化研究"思潮的影响渐渐消隐，但他的意识形态理论的魅力依然不减，正如霍尔所说："尽管作为自足形式，结构主义和文化主义都将不复使用，但它们对文化研究领域有至关重要意义，这是其他所有争论者所缺乏的。"③

目前，英美学术界似乎越发重视阿尔都塞思想在现代与后现代思想转型方面的重要意义，更加重视阿氏思想的历史影响和开辟未来的思想活力。一本书的编者甚至认为，"后现代主义、后结构主义和解构主义许多关键问题，都曾经预示在阿尔都塞的著作和马克思主义的传

---

① 罗纲、刘象愚主编：《文化研究读本》，中国社会科学出版社2000年版，第57页。
② 同上书，第10页。
③ 同上书，第57页。

阿尔都塞的意识形态理论及其当代影响

统当中"①。还有西方学者指出:"……在这个对马克思主义日益漠视甚至非常无知的时代,阿尔都塞的名字却依然能够被继续唤起。这是因为,正是他提出的相对自足的概念审慎地开启了向社会理论转换的道路,使后者不再被建基于经济决定论之上的封闭的总体性教条所束缚。正是他的意识形态理论(一旦消除他的功能主义困窘),将文化分析重新集中到主体和主体的建构问题之上。正是他助成并抚育了理论间的对话,并使这种对话走向完备。"②

尽管阿尔都塞思想传播流散的显性高峰期早已经过去,但他的影响并未终结,他的思想对各种马克思主义与非马克思主义的理论依然保持着活力与诱惑力,近年来阿尔都塞的精神遗产正在与后现代的思想和学术进行着深层次的对话。

---

① 参见孟登迎《英语世界的阿尔都塞研究概述》,《国外理论动态》2003年第1期。
② [英] 弗兰西斯·姆恩:《英国文学研究中的阿尔都塞》,孟登迎译,《外国文学》2002年第2期。

葛兰西哲学与当代批判理论的文化转向

安东尼奥·葛兰西（Antonio Gramsci, 1891—1937）作为西方马克思主义的早期主要代表人物之一，被公认为共产国际的重要活动家和"意大利第一位马克思主义者"。葛兰西因领导意大利共产党（以下简称意共）从事反法西斯斗争而被捕入狱，病逝狱中。即使他身陷囹圄也未停止过思考，他虽生命短暂，但著述丰富，他的著述大都在他逝世后出版。20世纪40年代末，《狱中札记》（Prison Notebooks）在都灵分六卷陆续出版，分别是《历史唯物主义和克罗齐的哲学》《知识分子和文化组织》《民族复兴运动》《关于马基雅维利、政治与现代国家的笔记》《文学和民族生活》及《过去和现在》。1954年以后，葛兰西的其他早期著作如《新秩序》（The New Order）、《社会主义和法西斯主义》（Socialists and Fascists）和《意大利共产党的建构》（The Construction of the Italian Communist Party）也先后出版。20世纪60年代，西方开始出现"葛兰西热"，但葛兰西真正受到广泛推崇是在20世纪80年代以后。葛兰西受到广泛推崇的原因在于，他在继承马克思主义传统的基础上，能够与时俱进地结合时代的发展，强调马克思主义哲学的文化功能，注重从社会文化政治结构的内在经纬入手，进行卓有建树的文化政治分析，尤其是他的市民社会、霸权和有机知识分子等理论，产生了深远的影响，无论是西方马克思主义主将之一

葛兰西哲学与当代批判理论的文化转向

的阿尔都塞（Louis Althusser，1918—1990），还是作为其主力的法兰克福学派，无论是伯明翰学派（Birmingham School）的文化研究，还是后殖民文化理论，都受到葛兰西的影响，它们将其政治文化和哲学思想作为研究范式。应该说葛兰西哲学理论和研究范式对当代批判理论的文化转向起了重要的引领作用，以致形成新葛兰西学派。正如墨菲（Chantal Mouffe，1943— ）《葛兰西和马克思主义理论》中所说的那样："如果说 1960 年代的马克思主义理论的历史可以描述为'结构主义'的时代的话，那么今天，毫无疑问，我们进入到了一个新的时代：'葛兰西主义'的时代。"[1]

一 葛兰西哲学的马克思主义传统

安东尼奥·葛兰西作为 20 世纪以来意大利最著名的马克思主义理论家，他的哲学理论的思想来源既有意大利本土的思想家和哲学家的优秀思想传承，同时更有马克思主义的传统，如同其他共产国际国家的马克思主义理论家和革命领导人一样，他也是在无产阶级革命实践中丰富和发展马克思主义理论的。正像学者指出的那样："除俄国革命家之外，葛兰西是最近五十年最有独创性的马克思主义理论家。他的贡献……涉及马克思主义政治学的整个领域。"[2]

葛兰西注重对马克思主义所蕴含的文化哲学维度的发掘，应该说在发展马克思主义的文化与意识形态理论方面，葛兰西是首当其冲的理论家之一，"与阿尔都塞一样，葛兰西关注从马克思主义理论中根除经济决定论，而且关注发展它对各种上层建筑机构的解释力量"[3]。葛兰西的理论被认为是"同马克思主义理论中的经济主义和决定论战斗；

---

[1] Chantal Mouffe, "Introduction: Gramsci today", in *Gramsci and Marxist Theory*, ed. By Chantal Mouffe, London, 1979, p.1.

[2] ［英］麦克米伦：《马克思以后的马克思主义》，余其铨译，中国社会科学出版社 1987 年版，第 262 页。

[3] ［英］多米尼克·斯特里纳蒂：《通俗文化理论导论》，阎嘉译，商务印书馆 2001 年版，第 181 页。

第三辑 当代西方文化思潮热点若干

提出一种认识了文化和意识形态的自主性、独立性、重要性的上层建筑理论"①。

葛兰西认为,一般地,哲学是文化的最高表现,他将马克思主义哲学称为实践哲学,他特别注重发掘马克思主义哲学的文化特质和文化功能,在《狱中札记》中强调说:"实践哲学是现代文化的一个'要素'。它在一定程度上决定了或丰富了某些文化思潮。然而,所谓的正统派却忽视了或者根本不知道要研究这一事实的重要性和意义。"② 的确,无论是东方还是西方,研究界对马克思理论中所深蕴的文化哲学思想的挖掘和阐扬都是远远不够的,还没有完全突破这样一种认识,即"马克思的研究在社会科学、艺术和人文学科中具有广泛的影响。他没有就文化本身进行很多研究,但是马克思主义文化批评家已发展了他和他的合作者恩格斯的关于异化、意识形态、历史和价值等方面的很多思想"③。

其实,马克思的学说和思想之所以拥有不竭的生命力和时代精神,是因为马克思学说的深层本质精神,具体来说就是马克思学说从宏阔的历史视野将哲学的理论批判与人类的存在方式统一起来,从而形成一种实践性的、批判性的理论精神,由于它立足于人的实践活动的理性批判和反思活动,因而体现了一种深刻的文化批判精神。他的实践理论与异化理论包含着对人类不断超越给定的存在的自在性、异己性,不断扬弃异化和物化的执着追求。马克思学说的批判锋芒不仅直指前现代人类自在自发的生存状态和自然主义文化精神,而且从实际看同时又包含着对工业文明的社会机制和理性精神的深刻批判,构成20世纪现代主义尤其是西方马克思主义文化批判理论的重要思想启示和理

---

① [英]多米尼克·斯特里纳蒂:《通俗文化理论导论》,阎嘉译,商务印书馆2001年版,第183页。
② [意]安东尼奥·葛兰西:《狱中札记》,曹雷雨等译,中国社会科学出版社2000年版,第300页。
③ [英]阿雷恩·鲍尔德温等:《文化研究导论》,陶东风等译,高等教育出版社2004年版,第100页。

葛兰西哲学与当代批判理论的文化转向

论资源。① 正因为如此,法国马克思主义学者乔治·拉比卡（Georges Labica，1930—2009）在1987年第50届法语哲学大会上道出了具有共识性质的见解：马克思主义已经成为一种文化现象，即广泛意义的文明现象，因为它改变了人们的思维方式。②

在马克思的思想中，最具核心性的两个哲学范畴是"实践"和"异化"，它们构成了马克思哲学最深层的根脉和最内在的理论元点，构成马克思学说表层的许多具体结论与革命构想都可追根溯源至"实践"与"异化"这两个核心范畴。

当代西方马克思主义和新左派等所进行的政治批判、意识形态批判、技术理性批判、文化批判都直接以马克思的实践哲学和异化理论为深层根据。对此，葛兰西指出："实践哲学不但没有把'普通人'滞留在常识的原始哲学的水平上的倾向，相反地，倒是把他们引导向更高的生活概念。如果说它肯定知识分子和普通人之间接触的必要性的话，那么，这不是简单地为了限制科学活动并在群众的低水平上保持统一，而恰恰是为了建造一个能够使广大群众而不只是知识分子小集体获得进步成为可能的智识—道德集团。"③

葛兰西强调实践哲学所具有的文化与政治的双重性特征，葛兰西认为，从历史上看，"实践哲学是以过去的一切文化为前提的：文艺复兴和宗教改革，德国哲学和法国革命，加尔文教和英国古典经济学，世俗的自由主义和作为整个现代人生观基础的历史主义。实践哲学使大众文化与精英文化的对立辩证化，是这一切思想、道德改革运动的结果。实践哲学与下面这种结合相符：新教改革加法国革命——这是哲学也是政治，这是政治也是哲学"④。

---

① 参见衣俊卿《马克思思想：人之存在的文化精神》，《中国社会科学》2001年第3期。
② 曾枝盛：《当代西方"马克思主义批评学派评介"》，《教学与研究》1997年第7期。
③ ［意］安东尼奥·葛兰西：《狱中札记》，曹雷雨等译，中国社会科学出版社2000年版，第243页。
④ Gramsci, *Materialismo storico e la filosofia di Benedetto Croce*, Editori Riuniti, 1977, pp. 98–99.

第三辑 当代西方文化思潮热点若干

与其他共产国际理论家不同,葛兰西一方面肯定了恩格斯、列宁对马克思主义理论发展所做的重大贡献,但同时他强调"回归马克思",强调阐述实践哲学应该以马克思本人的论述为主。对于马克思和恩格斯的关系和贡献,葛兰西是较早提出一致与差异同在的正确看法的,正如葛兰西本人所说的:"在研究原则性的思想或者在研究新颖的思想时,其他人在这种思想文献记载过程中所做的贡献往往不能引起人们的重视。……不必低估第二位〔恩格斯〕的贡献,但也不必把第二位和第一位〔把恩格斯和马克思〕等同起来,……问题在于〔恩格斯〕并不是〔马克思〕,而如果人们要知道〔马克思〕,就必须首先在他的真正著作中,在那些由他直接负责发表的著作中去寻找。""的确,〔恩格斯〕的阐释(其中有些是相对地系统的)现在已被提升到作为一种真正的源泉、而且是唯一真正的源泉的首位……"[①]

他还反对任何对马克思主义的形而上学的教条主义的理解,反对对马克思主义做出简单的经济决定论解释,"经济主义迷信成为实践哲学最远播的形式,使实践哲学在高级知识分子中间丧失了相当的文化影响力"[②]。他认为,实证主义抑或机械论的做法都未能彰显马克思主义批判性和革命性的精髓,为此他倡导"实践哲学",意在重启一种具有革命性、创造性的新哲学观,以批判形而上学唯物主义"物质一元论"与唯心主义"精神一元论"。他批判第二国际正统派对马克思主义的机械而片面的理解,指出危害在于"没有正确地考虑马克思思想的'根源'问题:详细研究他的哲学文化(以及他直接和间接地在其中形成一般的哲学环境)肯定是必要的"[③],对于其后果,葛兰西清醒地认识到:"与这些宿命论的信念并存的还有'其后'不加选择、盲目依赖武装斗争可以调节的倾向。"葛兰西的哲学思考是在十月革命后欧洲各

---

① 〔意〕安东尼奥·葛兰西:《狱中札记》,曹雷雨等译,中国社会科学出版社 2000 年版,第 297、298 页。
② 同上书,第 127 页。
③ 同上书,第 299 页。

葛兰西哲学与当代批判理论的文化转向

国无产阶级革命相继失败、法西斯主义上台以及国际共产主义运动遭受挫折的背景下进行的,葛兰西认为无产阶级革命失败的重要原因就在于工人运动在抵抗资产阶级意识形态领导权渗透方面的无能为力。同时他在分析法国大革命失败教训时也认为,不能低估在这样的革命中观念和文化的重要性,更不应低估资产阶级观念和文化在阻止革命发生中的重要性。他强调革命中文化维度的重要性,而这种观念和文化的作用就是霸权的显现,它由知识分子的活动为媒介产生作用,并直接注入阶级斗争和政治革命中。难怪英国学者佩里·安德森(Perry Anderson,1938—)认为,在所有西方马克思主义者中,"只有在他身上体现了理论和实践的革命统一"[①]。

二 葛兰西哲学的文化内蕴

葛兰西在狱中冷静而理性地总结了欧洲革命的失败与教训,他从东西方社会结构的差别入手,分析失败的症结所在。回顾西方革命走过的艰难历程,葛兰西意识到,就西方国家而言,取得霸权的重要性甚于政治领导权,而霸权的获得不是一个短暂的暴力过程,而是一个缓慢的理性化进程,葛兰西创造性地提出西方革命理论,即实践哲学或者是意识形态文化理论。在他的新的哲学中,市民社会和霸权概念是两个核心范畴,也是葛兰西最有影响的理论范畴,它们在学术界和理论界引发了长久的关注和探讨,也产生了深远的影响。在葛兰西的哲学理论中,市民社会、霸权和知识分子问题是相互关联的,它们共同构成了葛兰西实践哲学的主体,体现其哲学的深厚文化内蕴。

葛兰西发展马克思主义的实践哲学理论,更加强调或重视上层建筑的作用,用市民社会理论来承载意识形态的批判。他提出"国家＝政治社会＋市民社会",他解释说:"一个社会集团的霸权地位表现在

[①] [英]佩里·安德森:《西方马克思主义探讨》,高铦等译,人民出版社1981年版,第61页。

第三辑 当代西方文化思潮热点若干

以下两个方面,即'统治'和'智识与道德的领导权'。一个社会集团统治着它往往会'清除'或者甚至以武力来制服的敌对集团,他领导着同类的和结盟的集团。一个社会集团能够也必须在赢得政权之前开始行使'领导权'(这就是赢得政权的首要条件之一);当它行使政权的时候就最终成了统治者,但它即使是牢牢地掌握了政权,也必须继续以往的'领导'。"[①]葛兰西的贡献在于,他对市民社会的内涵和定位有新的认识,政治社会代表暴力和强制,是专政的工具;而市民社会则不再单纯代表传统的经济活动领域,而是代表着从经济领域中独立出来与政治领域并列的文化、伦理和意识形态领域,它既包括政党、工会、学校、教会等民间社会组织所代表的社会舆论领域,也包括报纸、杂志、新闻媒介、学术团体等所代表的意识形态领域。

从历史发展情势看,由于地理环境与文化政治传统的不同,市民社会在东西方社会的发育状况有着相当大的差异。东方社会没有形成独立的市民社会,国家就是一切,它构成了上层建筑的全部内涵。西方社会则有了独立的市民社会,资产阶级不但拥有政治上的领导权,而且还取得了文化或意识形态的领导权。而在这种市民社会取得相对发达形式的社会里,政治的强制性开始弱化,文化和意识形态的领导权开始突出,因此革命所针对的不仅是暴力功能,而且有它的同意基础,即市民社会的霸权。

霸权(hegemony)是指在市民社会中一个社会集团在文化、伦理、意识形态上的领导权。所谓"领导权",就是指统治阶级除了依赖暴力来维持社会的政治经济秩序之外,还必须具有意识形态中的领导权,以使被统治者在心理—观念上顺从和满足于现状。葛兰西指出,"霸权"的实质是要为某个统治阶级提供广泛的社会和群众基础及"合法性"因素,其中心环节是要争取被统治者的自发同意和拥护,其主

[①] [意]安东尼奥·葛兰西:《狱中札记》,曹雷雨等译,中国社会科学出版社2000年版,第38页。

葛兰西哲学与当代批判理论的文化转向

要手段是对全社会实行文化、精神、政治的领导，其方式是采取"弥漫式的""毛细血管式的"长期渗透和潜移默化，从而广泛播撒到日常生活的各个层面和各个角落。因此由文化、伦理和意识形态构筑的是"一道具有威力的防线"，正是在这个意义上，葛兰西将意识形态形象地比喻为"水泥"，他说："保持整个社会集团的意识形态的统一中，意识形态起了团结统一的水泥作用。"[①]

随着国际共产主义运动的形势变化，葛兰西清楚地认识到，文化和意识形态已是不同阶级竞相角逐的角斗场，是看不见硝烟的争夺阵地，因此，在被捕入狱后，葛兰西痛定思痛，提出阵地战思想，即夺取无产阶级革命的霸权，由谁来担任阵地战的领导者和组织者呢？葛兰西由此提出了知识分子的问题。

知识分子及其社会功能的理论是葛兰西霸权理论的一个重要组成部分，知识分子与市民社会、霸权概念是紧密相关的。葛兰西的知识分子理论深受克罗齐的影响，即高度重视历史发展中文化和精神的重要性，高度注意知识分子在市民社会和国家有机体中的功能，葛兰西在此基础上结合当时无产阶级具体革命情势，形成了自己的知识分子理论。他主张根据个人在社会中所执行的职能来确定是否是知识分子。他认为，智力活动并非某一社会集团的专利，体力劳动者同样可以参与智力活动。他还强调知识分子的阶级性，他认为每个阶级都有自己的知识分子。

在葛兰西看来，知识分子可分为两类：一是"传统知识分子"，二是"有机知识分子"。"传统知识分子"错误地认为自己独立于社会各阶级之外，具有一种超然物外的心态，并自认为不受统治力量的控制。葛兰西认为这种错误认识源于一种虚幻的"行会精神"。"有机知识分子"（又译"有组织的知识分子"）则与传统知识分子正好相反，他们

[①] 转引自尼科斯·波朗查斯《政治权力与社会阶级》，中国社会科学出版社1982年版，第218页。

第三辑 当代西方文化思潮热点若干

是指和社会各阶级密切相连并自觉地发挥组织和领导作用的知识分子。他的作用在于对社会公共事务和意识形态的介入与干预,是市民社会的组织者和霸权的行使者。

葛兰西把知识分子看作统治阶级的"管家",他认为:"要是没有知识分子,那就是没有组织者和领导者,也就是没有组织的。"[①] 知识分子的作用主要体现在上层建筑,他们是上层建筑领域的"活动家",是市民社会的领导主体,他们制定与传播统治阶级的意识形态,并由此投入文化意义的生产和拆解的历史过程中。因此,葛兰西提出:"实践哲学有两项工作要做:战胜形式精致的现代意识形态,以便组成自己独立的知识分子集团;教育在文化上还处于中世纪的人民大众。这第二项工作,是基本的工作,它规定着新哲学的性质,并不仅在数量上而且在质量上吸收它的全部力量。"[②] 马克思主义哲学的主要任务就是要依靠有机知识分子在市民社会战胜资产阶级,取得意识形态的霸权。无产阶级要取得革命的胜利,必须培养自己阶级的有机知识分子,具体途径即是加强政党的培养和组织功能,促进大众的文化启蒙和知识分子化。正如他所指出的:"要不断地提高人民中越来越广泛的阶层的智力水平,换言之,要赋予群众中无定向分子以个性。这意味着要努力培养出一种新型的知识分子的精英,这种精英直接从群众中产生出来,而且同群众保持着接触,可以说,变成女服胸衣上的鲸骨制品。"[③]

葛兰西的政治哲学在深层结构中有着浓厚的文化意蕴和文化哲学取向,葛兰西一再强调文化和意识形态等上层建筑在国家和阶级统治中的深厚作用,在葛兰西看来,文化具有复杂性,它无法脱离政治,"文化与政治之间的关系不仅是一种必不可少的实用性的关系,而且也

[①] [意] 安东尼奥·葛兰西:《实践哲学》,重庆出版社1993年版,第15页。

[②] [意] 安东尼奥·葛兰西:《狱中札记》,曹雷雨等译,中国社会科学出版社2000年版,第305页。

[③] [意] 安东尼奥·葛兰西:《实践哲学》,重庆出版社1993年版,第22页。

葛兰西哲学与当代批判理论的文化转向

是一种更为广泛的、更加细密的关系,因为政治作为改造现实社会及结构的一种手段,由于其自身构成的特殊性,它要求必须对文化的相互关系有一种极其强烈的意识"[1]。

葛兰西如此重视文化和意识形态等因素的重要作用,一方面是他深化和发展马克思哲学中对文化和意识形态等作用的思想所致,另一方面也是当时共产国际形势的需要,世界社会主义运动处于低潮,让葛兰西颇为不安,因而检省当时正统派对马克思思想的经济或物质决定论单一向度的狭隘、陈旧的定式理解,更加强调或重视上层建筑的作用。由于在著述中对马克思主义的经济学传统没有更多涉及,葛兰西的分析或论证因而被认为是有缺失的,他的市民社会理论饱受诟病,甚至遭到是否背离了马克思主义传统的质疑。这些看法是对葛兰西哲学理论的片面解读,甚至是误读。

从葛兰西的著述中不难看出,他是在宽广而纵深的蕴含上来阐释和使用着哲学、世界观乃至上层建筑及意识形态等有关范畴,这些范畴是在一个广义的内涵上使用的,例如在人们对意识形态一词的使用语境有褊狭之时,他明确指出,"必须是在世界观——它含蓄地表现于艺术、法律、经济活动和个人与集体生活的一切表现之中——的最高意义上使用此词"[2]。葛兰西认为,物质力量与意识形态之间的关系是相互依存、相互作用的,没有意识形态,"物质力量在历史上就会是不可设想的,而如果没有物质力量,意识形态就只会是个人的幻想"[3],所以葛兰西非常赞成马克思所说的,大众的信念往往具有物质性的力量。

可以看到,葛兰西并非从狭义的角度来定义和构建他的哲学理论,他的实践哲学不是仅有单一的精神和观念的层面,而是有着纵深的辐

---

[1] [意]保罗·巴尼奥利:《〈狱中来信〉与〈狱中札记〉》,萨尔沃·马斯泰罗内《一个未完成的政治思索:葛兰西的〈狱中札记〉》,社会科学文献出版社 2000 年版,第 76—77 页。

[2] [意]安东尼奥·葛兰西:《狱中札记》,曹雷雨等译,中国社会科学出版社 2000 年版,第 239 页。

[3] 同上书,第 292 页。

射涵容和接合功能，不仅涵容精神观念的向度，还有物质经济的维度，是纵横交错、经纬交织的，既有理论指导意义，又有实践行动功用的集合性概念，正如雷蒙·威廉斯所说，葛兰西的霸权理论既包含又超越了意识形态。[1] 对此博比奥也指出："在葛兰西看来，市民社会所包括的不是'整个物质关系'，而是整个思想文化关系，不是'整个商业和工业关系'，而是整个知识和精神生活。"[2]

葛兰西的哲学理论在其实践哲学的文化内蕴上丰富和延展了马克思主义政治文化理论的范畴和宽度，正如学者指出的那样："霸权概念在许多方面超越了马克思主义的意识形态理论，它反对那种认为理念牢固地植根于阶级地位的观念，而是将理念看作'物质力量'——可以组织群体、建构交战和争论的阵地，界定进攻和防守的位置。霸权还有关于文化和意义的更深的观念，就是将它们视为所有社会关系形成过程的基础，而不是看作像经济蛋糕上的糖霜一样是后来'加上去的'。在这里，阶级既是从经济上被界定的也是从文化上被界定的。"[3]

葛兰西哲学理论中丰富的文化哲学内蕴使其具有了鲜明的现代性特征和当代价值，这也正是他被当代批判理论推崇和追随并引发当代理论的文化转向的深层缘由所在。

三 葛兰西哲学与批判理论的文化转向

葛兰西文化哲学核心思想，概而言之即是，统治阶级在市民社会具有一种文化或意识形态的领导权，因此，它的文化或意识形态理论往往作为一种权力话语在社会与大众中传播，大众往往将统治阶级思

---

[1] Raymond Williams, *Marxism and Literature*, Oxford: Oxford University Press, 1977, p.108.

[2] [意]萨尔沃·马斯泰罗内：《一个未完成的政治思索：葛兰西的〈狱中札记〉》，黄华光等译，社会科学文献出版社 2000 年版，第 49 页。

[3] 参见[英]阿雷恩·鲍尔德温等《文化研究导论》，陶东风等译，高等教育出版社 2004 年版，第 109—110 页。

葛兰西哲学与当代批判理论的文化转向

想当作自己的思想。统治阶级将自己的价值观信仰和意识形态普遍推行给社会各阶级的过程，是一个赢得价值共识的过程，也是领导权即霸权实现的过程，它不是凭借暴政和权力，而是通过大多数社会成员自愿认同来实现的。葛兰西哲学思想中的文化意蕴，成为后来整个西方马克思主义文化和意识形态批判理论的重要思想资源，可以说他的哲学开启了西方马克思主义的文化和意识形态批判的理论先河。正如西方学者佩里·安德森曾经指出的那样，西方马克思主义作为发达资本主义社会的深度批判，它"注意的焦点是文化"，"葛兰西像通常一样，在这一方面也代表了一种既有关联又有区别的情况。他在《狱中札记》一书中，以相当长的篇幅论述意大利文学，但是他的理论探索的主要目标并不是艺术领域而是文艺复兴以来欧洲政权体制中文化的整个结构和作用"[1]。

西方马克思主义作为马克思主义在当代的继承与创新，它根据新的世界变迁，针对20世纪人类的文化状况，适时调整战略，放弃了阶级斗争和暴力革命的思路，同时反对经济决定论，拒斥单一的自然辩证法世界观，倡导文化辩证法，强调历史的主体意识及其实践活动，坚持总体性原则和立场的作用，侧重于对社会的文化与意识形态的批判。其中卢卡奇物化的阶级意识理论、葛兰西的霸权理论、法兰克福新派技术理性批判理论，以及阿尔都塞的意识形态理论都旨在对发达资本主义做文化和意识形态的批判，社会—文化批判理论成为在20世纪产生了重大影响的理论。

在西方马克思主义哲学家中，阿尔都塞是受到葛兰西影响最突出的个案之一。阿尔都塞的意识形态理论的影响力爆发于20世纪70年代，而葛兰西理论的影响开始于20世纪80年代，但实际上阿尔都塞的意识形态理论却受到葛兰西的很深影响，阿尔都塞非常推崇葛兰西，他的很多理论著述都引用葛兰西的著述，并论及葛兰西霸权和意识形

---

[1] [英]佩里·安德森：《西方马克思主义探讨》，人民出版社1981年版，第97—99页。

第三辑　当代西方文化思潮热点若干

态理论的贡献和影响。他们同为西方马克思主义的领袖型哲学家，同为马克思主义的丰富和发展做出了创造性的贡献。

阿尔都塞的意识形态理论从早期的在否定意义上认为意识形态与科学是对立的，到后来对意识形态是永恒的重新定义，这其中的变化不乏葛兰西哲学的直接影响。他认为，葛兰西在发展马克思主义的上层建筑思想上做出的贡献，较之其他的葛兰西同时代乃至之前的理论家和革命家，都是独树一帜，甚至无法企及的，正如他所说的："在马克思留给我们的所有著作中，论及他所谓'上层建筑'——意指法律、国家，和'意识形态的形式'——的地方微乎其微。在（其贡献仍属有限的）葛兰西之前，马克思主义传统并未对马克思留给我们的东西有所丰富。"[1] 因此，阿尔都塞在论著中常常将马克思、恩格斯、列宁、葛兰西相提并论，他认为马克思、恩格斯、列宁、葛兰西是一脉相承的。他说，马克思主义工人运动的历史，"早已通过实验证明了马克思、列宁和葛兰西的正确，……仿佛是马克思、列宁和葛兰西（由于他们极为模糊却又高度审慎的、直接的哲学干预，连同他们对于一种自己从未想要写下的哲学所做的连续不断的实践）早已暗示我们，马克思主义所需要的哲学绝不是被当作'哲学'来生产的哲学，而毋宁是一种新的哲学实践"[2]。

尽管他们对意识形态概念以及意识形态与科学关系等的理解不尽相同，但阿尔都塞的意识形态国家机器理论却对葛兰西市民社会和霸权理论有着借鉴和继承，"这就是我——追随葛兰西——称之为意识形态国家机器制度的东西，它指的是一整套意识形态的、宗教的、道德的、家庭的、法律的、政治的、审美的以及诸如此类的机构，掌握权力的阶级运用这些机构，在统一自身的同时，也成功地把它的特殊的

---

[1] ［法］阿尔都塞：《今日的马克思主义》，陈越编《哲学与政治：阿尔都塞读本》，吉林人民出版社2003年版，第258—259页。

[2] ［法］阿尔都塞：《哲学的改造》，陈越编《哲学与政治：阿尔都塞读本》，吉林人民出版社2003年版，第246页。

葛兰西哲学与当代批判理论的文化转向

意识形态强加给被剥削群众，使之成为后者自己的意识形态。一旦出现这种结果，沉迷于统治阶级意识形态真理的芸芸众生就会认可它的价值（从而赞同现存秩序），而必需的暴力要么可以节省下来，要么被留作杀手锏使用"①。正是在对葛兰西实践哲学尤其是文化和意识形态理论十分推重的基础上，阿尔都塞认为，葛兰西不仅是伟大的共产主义者，而且是历史唯物主义的革新者。

作为当代批判理论的重镇，西方马克思主义的核心力量，法兰克福学派在继承马克思主义的批判精神和立场的同时，也吸收了葛兰西关于市民社会与霸权的理论，对发达资本主义社会展开深层研究。其在意识形态批判理论中，通过运用马克思关于意识形态的原理等，揭示了在当代历史条件下，科学技术已蜕变为意识形态功能的体现者，在现代技术社会中，意识形态通过技术来达到对现代人的欺骗和操控，虚假的意识与需求替换了原应有的批判想象和否定能力，大众文化的异化统治和权力活动正是现代科技充当其物质架构和物质基础。正如霍克海默（M. Max Horkheimer，1895—1973）所说的："哲学的真正社会功能在于它对于流行的东西进行批判。……这种批判的主要目的在于，防止人类在现存社会组织慢慢灌输给它的成员的观点和行为中迷失方向。必须让人类看到他的行为与其结果间的联系，看到他的特殊的存在和一般社会生活间的联系。"② 霍克海默的表述中无疑闪烁着葛兰西哲学思想尤其是其霸权理论的智慧之光，也正是在这个意义上，学者们才认定"批判理论延续着葛兰西的研究，形成了西方（与受苏维埃影响的马克思主义相对）的主体部分"③。

从总体看，以伯明翰为中心的文化研究学派在内在精神和理论传承上与以往的批判理论有直接关系，被视为当代批判理论的又一劲旅。

---

① ［法］阿尔都塞：《哲学的改造》，陈越编《哲学与政治：阿尔都塞读本》，吉林人民出版社 2003 年版，第 239 页。
② ［德］霍克海默：《批判理论》，重庆出版社 1989 年版，第 250 页。
③ 参见［英］阿雷恩·鲍尔德温等《文化研究导论》，陶东风等译，高等教育出版社 2004 年版，第 112 页。

第三辑 当代西方文化思潮热点若干

1971年,葛兰西的《狱中札记》英译本首次出版,"文化研究"如获至宝,《狱中札记》中关于文化与意识形态尤其是霸权等理论为"文化研究"提供了新的话语资源,也成为"文化研究"超越文化主义和结构主义局限的一种新的研究范式,它们甚至被称为"新葛兰西主义"。"由于20世纪70年代那些伯明翰当代文化研究中心的研究人员通过特定的方式应用和重新阐释了葛兰西的思想,我们可以认为,是葛兰西的观念奠定了'文化政治学'观念的基础。"[1] 正如研究者已指出的那样,在整个20世纪70年代,对"文化研究"产生重大影响的思想家中,能与阿尔都塞抗衡的,可能只有葛兰西。

葛兰西的理论为文化研究学派的大众文化研究提供了新的启示和路径,"葛兰西所提出的理论将证明通俗文化研究最好的前进道路",他的理论"没有马克思主义其他变种的教条主义、决定论和经济主义,它似乎提供了一种具体历史现实而不是思辨的理论抽象为基础的方法的可能性"[2]。葛兰西反对"经济决定论"也影响了文化研究和当代文化批评的思维逻辑。"对文化研究而言,葛兰西是一个很重要的人物,因为他尝试推进对于阶级、文化和权力之间关系的理解,而又不把文化和意义问题还原为一个由经济基础所决定的上层建筑。"[3] 文化研究学派用葛兰西理论反对法兰克福学派的大众文化理论,"新葛兰西派文化研究仍然反对那种认为消费这些产品的'人们'是受人操纵的'文化傀儡'、是'一种改头换面的毒害人民的鸦片'的受害者的观点"[4]。在大众文化研究方面,文化霸权理论的提出,使得"文化研究"者们从以往运用"许多方法仍无法深入透彻地对通俗文化这一课题进行分

---

[1] [英]阿雷恩·鲍尔德温等:《文化研究导论》,陶东风等译,高等教育出版社2004年版,第40页。

[2] [英]多米尼克·斯特里纳蒂:《通俗文化理论导论》,阎嘉译,商务印书馆2001年版,第194页。

[3] [英]阿雷恩·鲍尔德温等:《文化研究导论》,陶东风等译,高等教育出版社2004年版,第40页。

[4] [英]约翰·斯道雷:《文化理论与通俗文化导论》,杨竹山等译,南京大学出版社2001年版,第175页。

葛兰西哲学与当代批判理论的文化转向

析的困境中解脱出来"。葛兰西霸权概念的引入使研究者看到，大众文化是一个矛盾的混合体，它既是自上而下又是自下而上产生的，它既是支配的又是抵抗的，它"是一个各种利益和价值观相互竞争的矛盾的混合体"①，由于大众文化被"重新定义、重新定型"②，对大众文化持这一新的观点的派别也因而被称为"新葛兰西派文化研究"或"新葛兰西主义文化研究"。

"文化研究"思潮中在如何看待知识分子作用的问题上，也深受葛兰西的影响，他们说："我们同意葛兰西关于用政治术语看待知识分子重要性的论述"，即知识分子不仅是文人，也不完全是思想的生产者与传输者。知识分子同时也是仲裁者、立法者、思想生产者和社会实践者。文化研究者指出："葛兰西的分析有助于我们确立文化研究的一个中心目标：创造我们所谓的'抵抗的知识分子'。"③ 的确，"文化研究响应了葛兰西呼唤激进的知识分子在新的历史集团周围建立联盟的号召"④。与之相比，"文化研究"的知识分子理论淡化了知识分子所被赋予的在阶级和政党中的组织作用和领导作用，突出了知识分子的批判特性和作用，"我们所指的'有机的'这个词不光指那些将工人阶级作为唯一革命能动力量的知识分子"⑤。他们认为，抵抗的知识分子应该活跃在许多公众领域，"而这些公众领域正是从不同的意识形态的相互冲突中发展而来的"，"知识分子将在对立的公众领域赋予个人与团体的权力中扮演重要角色"⑥。

"文化研究"已将葛兰西理论中关于政党和革命的激进因素滤除，但葛兰西关于文化、政治、意识形态、历史等因素之间复杂和互动性

---

① [英] 约翰·斯道雷：《文化理论与通俗文化导论》，杨竹山等译，南京大学出版社 2001 年版，第 172—173 页。
② 同上书，第 173 页。
③ [英] 亨利·吉罗等：《文化研究的必要性：抵抗的知识分子和对立的公众领域》，黄巧乐译，《文化研究读本》，中国社会科学出版社 2000 年版，第 85 页。
④ 同上书，第 87 页。
⑤ 同上书，第 85—86 页。
⑥ 同上书，第 87 页。

第三辑　当代西方文化思潮热点若干

关系的论述，依然为文化研究提供了异常活跃的思考空间。无论如何，葛兰西的影响依然明晰可见。葛兰西对文化研究的启示和引领作用，"文化研究"学者托尼·本内特曾作过较为全面并得到普遍认同的概括：一是它不再将文化仅仅视为某一阶级性体现，即拒绝文化的阶级本质论；二是它使大众文化研究既超越了完全否定的精英主义立场，又纠正了照单全收的民粹主义立场；三是它强调"文化实践的政治和意识形态阐述"的多种可能性，提示了文化、意识形态、历史之间的多元互动关系；四是由于摒弃阶级一元论，葛兰西认为差异和矛盾是文化和意识形态存在的基本方式。这样性别、种族、年龄等新鲜视角纷至沓来，由此文化研究的视角得到了丰富和开拓。[①]

葛兰西的哲学理论也给后殖民理论带来极为重要的启示，赛义德（Edward Said，1935—　）旨在揭露西方对东方存在文化霸权的"东方学"正是受福柯和葛兰西理论的双重启示而触发的，正如赛义德所说的："……要理解工业化西方的文化生活，霸权这一概念是必不可少的。正是霸权，或者说文化霸权，赋予东方学以我一直在谈论的那种持久的耐力和力量。"[②] 有的学者还指出，"正是这种对'市民范围'的强调基本上保证了赛义德对福柯和葛兰西的综合"[③]。后殖民女性主义理论家斯皮瓦克（Gayatri Chakravorty Spivak，1942—　）亦受到了葛兰西的影响，受到他的市民社会和霸权理论的启示，斯皮瓦克提出了"属下"阶级的范畴和理论。"属下"一词直接源自葛兰西的《狱中札记》，在这本书中，葛兰西用以指农村劳动力和无产阶级等，斯皮瓦克对此进行了扩展，用它称呼社会地位更低下的第三世界或前殖民地的社会群体，在《属下能说话吗？》一文中，斯皮瓦克认为"属下"

[①] ［澳］格雷姆·特纳：《英国文化研究导论》，唐维敏译，亚太图书出版社2000年版，第211页。

[②] ［巴勒斯坦］爱德华·W. 萨义德：《东方学》，王宇根译，生活·读书·新知三联书店1999年版，第10页。

[③] ［英］巴特·穆尔-吉尔伯特：《后殖民理论——语境·实践·政治》，陈仲丹译，南京大学出版社2001年版，第43页。

葛兰西哲学与当代批判理论的文化转向

阶级最大的特征就是没有自己的话语权或不能表达自己的文化群体。应该说,后殖民批判理论在具体分析考察话语霸权如何形成和如何表现方面,多归功于福柯(Michel Foucault,1926—1984)的权力话语理论,而在研究范式的确立和关键性范畴的使用上,则直接得益于葛兰西政治文化理论的启迪。

葛兰西强调实践哲学具有文化与政治的双重性特征,其理论的贡献在于一方面引进了赞同和舆论的因素,同时他把霸权和压制(专政)清楚地分开,丰富和发展了马克思主义理论。霸权概念的普遍性意义和蕴含:"霸权概念可以用来分析广泛的社会斗争。在葛兰西手里,这个概念虽然常用于阶级斗争,但它也可以随意使用,因为它能够用于其他冲突的场合,并在一种较普遍的分析中使很多不同类型的斗争联系在一起。"[1]

葛兰西的贡献还在于,葛兰西思想的追随者已经在不同领域形成新葛兰西学派,它们借用葛兰西的市民社会及霸权等概念做探讨霸权与世界秩序的关系、各种霸权机制以及反霸权的潜在可能性等政治实践问题,同时,哲学和方法论上更为关注边缘文化和边缘族群的问题,虽然这些追随者有被指责"极度轻视如物质生产领域这样的经济因素的意义、以及过分注意文化和更为一般的上层建筑"[2],但葛兰西理论依然能够继续为我们提供理解当代世界秩序的有效的启发和解释的依据。

葛兰西与整个西方马克思主义的关注主题一样,即将理论重心集中于文化和上层建筑,特别是意识形态上,他在《狱中札记》中提出的市民社会、霸权和知识分子等理论以其鲜明的独创性和切实有效性在西方获得广泛赞誉,他的市民社会、领导权、阵地战及有机知识分子等理论范畴和核心概念是对马克思主义上层建筑和社会革命理论的

---

[1] [英]多米尼克·斯特里纳蒂:《通俗文化理论导论》,阎嘉译,商务印书馆2001年版,第193页。

[2] 同上书,第194页。

第三辑　当代西方文化思潮热点若干

重大发展，他的理论为当代批判理论所青睐，葛兰西的理论的核心范畴和观念，奠定了当代文化政治学的基础，为当代批判理论的文化政治批判和意识形态批评提供了新锐的视角与理论武器。正如英国的一位学者所指出的："葛兰西为文化研究留下的遗产是一套在他生命的最后11年在墨索里尼的监狱所熬过的漫长岁月里所写下的谜一样的笔记。这些为逃避当时法西斯的监狱审查而用隐秘语言写就的日记，现在有多种版本的翻译。不管怎样，他们仍为发达资本主义社会的文化与权力理论归结提供了与主流意识形态论题不同的途径。"[1]

---

[1] ［英］吉姆·麦克盖根：《文化民粹主义》，桂万先译，南京大学出版社2001年版，第71—72页。

第三种大众文化理论：波德里亚的大众文化批判理论

让·波德里亚（1929—2007）被誉为迄今为止立场最为鲜明、言辞最为犀利、表述方式也最为独特的后现代理论家之一，"他是一位有着高度争议性的思想家，他有一批狂热的支持者，但是也有热情的批评者"[1]。他为后现代世界贡献了非常极端也极有冲击性的后现代理论，"他的理论深刻地影响了文化理论以及有关当代媒体、艺术和社会的话语"[2]，他早期和中期的著作尤其是他对大众媒介的批判理论颇具开拓与创新意义。笔者认为，波德里亚的大众文化理论介于经典大众文化批判理论与积极性大众文化理论之间，属第三种大众文化理论。

一

波德里亚曾师从列斐伏尔，并同罗兰·巴尔特过往甚密，这使他在当代社会研究中尤其注重文化、意识形态和符号在社会生活和日常生活中的作用，并积极倡导彻底的文化革命，这些思想主要体现在他早期的

---

[1] ［美］道格拉斯·凯尔纳编：《波德里亚：一个批判性读本》，陈维振等译，江苏人民出版社2008年版，第2页。
[2] ［美］斯蒂文·贝斯特、道格拉斯·凯尔纳：《后现代理论——批判性的质疑》，张志斌译，中央编译出版社1999年版，第143页。

第三辑　当代西方文化思潮热点若干

著作《客体系统》《消费社会》和《符号政治经济学批判》之中。

在早期著述中，波德里亚借用马克思的政治经济学理论，并在他认为是加以补充的前提下，推出了他关于社会经济、政治以至文化的符号学理论。他在研究中试图将马克思主义的政治经济学与符号学理论进行整合，认为客体即是符号，客体世界就是一个有组织的符号和意义系统。他试图描绘这一系统的轮廓和主要结构，并阐明它如何制约和构建了人们的需求、想象和行为，旨在揭示一种新的社会秩序、新的文化秩序的奥秘。早年的波德里亚并不只想在书斋里摆弄符号的社会批判理论，而是旨在对资本主义的价值与逻辑进行批判，并曾将希望寄托于文化革命。

波德里亚认为，20世纪70年代中期后，现代性社会模式已消失，现代性理论也已解构，一种新的社会境况和理论已将其取代。70年代末80年代以后，波德里亚很快放弃了先前对社会进行的政治经济学范式的研究，进入了一个后现代理论创造的鼎盛时期，他声称自己的理论是"20世纪后现代性二次革命的一部分"[1]。他的理论框架由最著名三个范畴构成，即仿真、内爆及超现实，它们被称为波德里亚后现代理论中"神圣的三位一体"。正是这样的辉煌使他声名大震，并进入后现代理论大师的行列。

尽管波德里亚本人并不承认自己是后现代主义者，他表示"说我是后现代主义的大祭司并不恰当"[2]，甚至异常反感这个称谓和对他理论的这种定位。他认为自己与后现代没有任何关系，并希望同那些后现代理论的倡导者和学派保持距离，正如他自己所言："没有什么后现代主义之类的东西。如果你以这种方式来理解它，那么显然我没有主张过这种无聊的东西……它与我没有任何关系……我不承认在这方面

---

[1] ［美］道格拉斯·凯尔纳编：《波德里亚：一个批判性读本》，陈维振等译，江苏人民出版社2008年版，第17页。

[2] 参见 M. Jane Baudrillard, *Live Selected interviews*, London, New York Routledge, 1993, p.21。

第三种大众文化理论:波德里亚的大众文化批判理论

对我所做的所有论述。"① 应该说,波德里亚不是现代主义者,亦不是典型的后现代主义者,在某种意义上说,他是超后现代主义者或后后现代主义者。他一生的思想是多变的,并且他的思想构境中不断汲取和融会了多种他性理论,② 但无论如何,显然不能说他与后现代主义是完全无关的,他所提出的仿真、符码及媒介理论,的确是针对现代主义时代之后出现的时代社会文化现象,而且他在20世纪80年代的几篇著述中还用后现代的话语描述自己的著作,③ 故有学者不免感叹道:"……要想约束布希亚显然是困难的。后现代主义者?社会学家?理论家?科幻作家?诗人?布希亚既是所有这些又一个也不是。多么后现代!"④

波德里亚的后现代理论思考是沿着政治经济学的路径切入的,他认为,马克思等的传统政治经济学体系并不健全,而是有着维度的缺失,不适于对消费社会的存在本质的揭示,必须引进符号政治经济学。⑤ 他自认为,他是在马克思的政治经济学批判理论的基础上,同时借鉴了索绪尔的语言学,构建了自己的带有后结构主义色彩的关于社会与文化的符号学理论。由《符号政治经济学批判》的开拓性探索,中经《生产之镜》与传统哲学告别,借鉴当代法国更多文化的符号精神分析等理论思潮,整合并丰富,到《象征交换与死亡》时已经幻化成熟,他的理论构造也比较完整地脱颖而出,呈现于理论世界。

二

波德里亚认为,以往政治经济学批判理论遵循的是异化的消除

---

① 转引自[美]乔治·瑞泽尔《后现代社会理论》,谢立中等译,华夏出版社2003年版,第104页。
② 参见张一兵《反波德里亚——一个后现代学术神话的祛魅》,《学术月刊》2009年第4期。
③ 参见[美]道格拉斯·凯尔纳编《波德里亚:一个批判性读本》,陈维振等译,江苏人民出版社2008年版,第20页。
④ [美]乔治·瑞泽尔:《后现代社会理论》,谢立中等译,华夏出版社2003年版,第108页。
⑤ 参见Jean Baudrillard, *For a Critique of the Political Economy of the Sign*, MO. Telos Press, 1972。

第三辑 当代西方文化思潮热点若干

（使用价值的解放）和现实的原则，"今天，全部系统都跌入不确定性，任何现实都被代码和仿真的超级现实吸收了，以后，仿真的原则将代替过去的现实原则来管理我们。目的性消失了，我们将由各种模式生成，不再有意识形态，只有一些仿像"[1]。正是在这个意义上，他指出："革命结束了价值的这种'古典'经济学，价值本身的革命超越了它的商品形式，达到了它的激进形式。"[2]

波德里亚认为，现代性与后现代性之间有着彻底的脱离和断裂，存在着"客体的决定性突变和环境的决定性突变"。后现代是一个仿真时代，它是由模型、符码等所支配的信息与符号时代。他认为模型和符码成了社会经验的首要决定因素，符号、模型本身拥有生命并主宰社会生活。正如他自己所说："在通向一个不再以真实和真理为经纬的空间时，所有的指涉物都被清除了，于是仿真的时代开始了。……这已不是模仿或重复的问题，甚至不是戏仿的问题，而是用关于真实的符号代替真实本身的问题……"[3] "冷酷的数码世界吸收了隐喻和换喻的世界，仿真原则战胜了现实原则和快乐原则。"[4]

在波德里亚看来，仿真不再是对某个实体和某种指涉物的模拟，它根本不要原物和实体，而是通过模型来生产真实，即一种超真实，"现在是用模型生成一种没有本源或现实的真实：超真实"[5]。他认为，超现实是一种以模型取代了真实的状态，随着超真实充斥世界时，仿真开始构造现实本身，"超现实代表的是一个远远更为先进的阶段，甚至真实与想象的矛盾也在这里消失了。非现实不再是梦想或幻觉的非现实，不再是彼岸或此岸的非现实，而是真实与自身的奇妙相似性的

---

[1] [法] 让·波德里亚：《象征交换与死亡》，车槿山译，译林出版社 2006 年版，第 3 页。
[2] 同上书，第 4 页。
[3] [法] 让-波德里亚：《仿真与拟象》，马海良译，汪民安等主编《后现代性的哲学话语》，浙江人民出版社 2000 年版，第 330 页。
[4] [法] 让·波德里亚：《象征交换与死亡》，车槿山译，译林出版社 2006 年版，第 110 页。
[5] [法] 让-波德里亚：《仿真与拟象》，马海良译，汪民安等主编《后现代性的哲学话语》，浙江人民出版社 2000 年版，第 329 页。

第三种大众文化理论:波德里亚的大众文化批判理论

非现实"①。

在仿真和超真实主宰的社会里,实在与超真实、仿真的界限已经被打破了,在这样的世界里,仿真模型变得比实际制度还要真实,不仅仿真与现实之间的区别越来越大,而且,"模型可以同时生成一个事实","仿真的特点是模型先行"②。正是在这个意义上,波德里亚引进了麦克卢汉的一个概念——"内爆"。波德里亚所谓的内爆即指各种界限的崩溃和消失。他认为现代性社会特征是"外爆",即商品生产、科学技术和资本及疆界等不断向外扩张,以及追求话语和价值普遍化、总体化;而后现代社会则是"内爆"特征,大到真实与仿象、超真实与日常生活,小到影像与政治、信息与娱乐等之间的界限均已打破,均告内爆。波德里亚由此得出了与福柯相反的结论,他认为,在媒体和信息社会里,权力已沦落为四处飘荡的符号的权力,后现代社会解构了它所有的一切,剩下的只有碎片。

三

在消费社会和媒介社会中,人们犹如置身于由形象、景观、拟像编织的扑朔迷离的游戏中,大众处于被媒介渗透甚至麻醉催眠的迷幻状态。波德里亚决意甚至是义无反顾地要"洞悉媒介的文化意蕴,也同样着迷于媒介给未来所带来的诸多可能"③。他对文化的符号学阐释及消费社会等的分析论述,已成为大众文化研究的经典所在。总体来说,波德里亚的大众文化研究最主要的贡献就在于他运用符号学理论对大众文化宰制的消费社会(或后现代社会)进行了有独创性的研究,从而从一个侧面揭示了大众文化及后现代社会的本质,即社会已消解或"内爆"为一些大众,阶级和种族的差异已消失,社会由一个巨大的、

---

① [法]让·波德里亚:《象征交换与死亡》,车槿山译,译林出版社 2006 年版,第 5 页。
② [法]让-波德里亚:《仿真与拟象》,马海良译,汪民安等主编《后现代性的哲学话语》,浙江人民出版社 2000 年版,第 337 页。
③ [美]马克·波斯特:《第二媒介时代》,范静哗译,南京大学出版社 2000 年版,第 19 页。

第三辑　当代西方文化思潮热点若干

无差别的大众构成，而大众生活在由符号和影像主宰的仿真时代，超现实代替了真正的真实而成为真实所在。而这一切的背后，都是由各种大众媒介所操控，因为各种大众传媒已成为把持和传播社会文化的霸权。

波德里亚对后现代社会文化的分析，是基于他的"三个序列"对近现代历史文化的划分理论，他认为，在不同时期有不同的主导支配图式。在他看来，第一序列是指从文艺复兴（或启蒙运动）到工业革命开端的"古典"时期，仿造即对原物的仿制是这一时期文化秩序的主要形式。这一序列受自然规律支配，其主导形象是戏剧和绘画。第二序列是工业时代，生产是工业时代的主要方式，此阶段受市场的价值规律支配，"支配形象"是照相和电影。第三序列是指第二次世界大战后至今的"目前历史阶段"，这个时代的特点是再生产，而不是工业时代的生产，此时期为符码所主宰，符码垄断一切，人们生活在"符码的黑箱之中"，主要方式是仿真，主要社会景观是大众传媒。这第三个序列是波德里亚的关注重点。

在波德里亚看来，后现代社会是大众媒介所主宰的社会，它的文化是一种符号文化，更是一种"仿真"文化。正如他所说的，社会和经济发展到现阶段，"不可能再把经济或生产领域同意识形态或文化领域分开来，因为各种文化人工制成品、形象、表征，甚至感情和心理结构已经成为经济世界的一部分"[1]，也就是说西方现代社会已经从一个以物品生产为基础的社会，历史性地转向一个以符号信息生产为基础的社会。这样的社会，传统意义的生产和劳动已经终结，替代它们的是仿真或复制，超现实不是被生产出来的，而"始终是被再生产出来的东西"，它比现实更为现实、比真实更加真实，"今天的现实本身已经成为超现实主义"。既然没有任何现实和真理，符号也就不代表任何东西，同样，当代社会通过媒体、信息网络、广告业、知识产业进

---

[1] 转引自约翰·斯道雷《文化理论与通俗文化导论》，杨竹山等译，南京大学出版社 2001 年版，第 255 页。

第三种大众文化理论:波德里亚的大众文化批判理论

行的再生产,已没有任何真实的所指,仿真与真实之间的界限已经内爆,超现实与日常生活的差异也已液化,现实和想象的界限已经被抹去,只有媒介与网络,只有屏幕与影像,只有连接与反馈,生产的历史阶段已经让位给大众媒体的时代,大众传媒不仅改变了经济、政治、文化和社会形态,而且深刻改变了社会生活空间和私人空间,甚至重新构造了人们的经验领域、感觉结构。

在波德里亚所谓的由仿真与超现实、传媒与信息等共同构筑的后现代社会里,大众媒介起着极其重要的作用,对大众传媒的作用与影响给予着重的关注和考察,是波德里亚后现代理论的重要组成部分。他认为,当代大众媒介所复制和传播的影像世界已构成一种"超现实",而且由媒介所制造的"超现实"要比"现实"更真实,因为"对真实的精细复制不是从真实本身开始的,而是从另一种复制性中介开始",所以"从中介到中介,真实化为乌有,变成死亡的讽喻"[1]。世界只有无限繁衍,没有本原和真实意义的拟象,即媒体所塑造的形象,这是形象的形象,复制品的复制品,终极之物已经消失,现在是模型生成我们。波德里亚以电视为例进行了说明,他认为电视作为最出色的大众媒介,制造了大量的符号和代码,在电视媒介中,非真实被制作成真实,被交流的是一套没有意义的意义,即被交流的是对交流的模仿,它比现实还要真实。"如今,现实本身正是超现实的。……如今,整个日常生活的现实——政治的、社会的、历史的以及经济的——都并入了超现实主义的模拟维度。我们已处处生活在现实的一种'审美'幻想之中。"[2] 他指出,电视广告"伪造了一种消费总体性",每一则广告"都强加给人一种一致性,即所有个体都可能被要求对它进行解码,就是说,通过对信息的解码而自动依附于那种它在其中被编码的编码规则"。因此,广告的作用就在于,它"让一个符号参

---

[1] [法]让·波德里亚:《象征交换与死亡》,车槿山译,译林出版社2006年版,第105页。
[2] [美]马克·波斯特:《信息方式》,范静哗译,商务印书馆2000年版,第89页。

第三辑 当代西方文化思潮热点若干

照另一个符号、一件物品参照另一件物品、一个消费者参照另一个消费者"①。意义已在传媒中内爆,从而导致真实的沉没和意义的沦丧,这是"现实在超现实主义中的崩溃"。

正因为大众传媒对真实的僭越和对超现实的型塑,所以它造成的直接结果是强化了大众的一体化和同质化,它使大众沉迷其中,难以自拔。正如波德里亚所指出的:"如今,媒介只不过是一种奇妙无比的工具,使现实(the real)与真实(the true)以及所有的历史或政治之真(truth)全都失去稳定性……我们沉迷于媒介,失去它们便难以为继……这一结果不是因为我们渴求文化、交流和信息,而是由于媒介的操作颠倒真伪、摧毁意义。"② 在波德里亚看来,当代社会中的读者、听众、观众,亦即社会学意义上的大众,他们实际上是由大众传媒所造成的,由于大众媒介制造的超现实遮蔽或取代了现实与真实,它从外部将其所制造的意识强加于大众,所以在它的操纵和模塑下,大众的思想观念和日常经验趋向一体化、同质化。大众媒介对大众的意识也形成了一种主宰和霸权,成为塑造大众日常生活和思维观念的权力话语所在。对此,波德里亚指出,"事实上,主宰整个指称过程的是媒体,亦即编辑、剪辑、质疑、诱惑以及媒体规则等方式"。他还认为传媒的作用不仅在日常生活层面,它的主宰作用还由日常生活传导到政治领域,因为在"仿真"时代,所谓的"公众意见"也只不过是编辑、剪辑和操纵的结果。③

波德里亚甚至将大众传媒视为"诲淫诲盗"的工具,认为传媒是淫秽的、透明的,"我们生活中最为亲密的过程可说是媒介的取之不竭的素材来源……"④ 大众传媒将私人空间的一切角落都"曝光",即外

---

① [法]波德里亚:《消费社会》,刘成富、全志钢译,南京大学出版社 2000 年版,第 134—135 页。

② 转引自[美]马克·波斯特《第二媒介时代》,范静哗译,南京大学出版社 2000 年版,第 20 页。

③ 转引自季桂保《让-波德里亚的后现代文化观》,《电影艺术》2000 年第 4 期。

④ 转引自[美]马克·波斯特《第二媒介时代》,范静哗译,南京大学出版社 2000 年版,第 19 页。

第三种大众文化理论:波德里亚的大众文化批判理论

在化、公众化,从而使内在性、主体性、私密性,在传媒时代不再成为一种合法性的存在。在一个仿真的超现实的世界,真实与影像,正确与错误都变得混淆不清,模糊一片了,正如一位文学理论家所批判的:"在一个完全本末倒置的世界上,正确只是错误的一次运动。"① 故,波德里亚将大众传媒时代称为"污秽"而又"苍白的"、冷酷的时代。

四

波德里亚对大众文化批评理论的独特性表现在,它既不同于法兰克福学派经典的大众文化批判理论,也不同于以费斯克为代表的积极性大众文化理论,而是开出第三种路径,使大众文化理论出现更为丰富的景观和多维视野。

波德里亚的大众文化理论与以法兰克福学派为代表的西方马克思主义大众文化理论有相近之处,同时又不完全相同,有着后现代主义的明显特征,正如有学者指出的那样:"波德里亚对媒体的思考,沿着一个从新马克思主义到后结构主义的路线。"② 的确如此,从上述波德里亚对大众媒介的霸权所进行的批判可以看出,他对大众文化所持的激烈的批评态度,显然与法兰克福学派十分相似,在对其所造成的社会文化负面效应的揭示上也有相同点,正如"文化研究"学者约翰·多克所指出的:"到20世纪90年代,现代主义大众文化的正统观念,即'左翼悲观主义'稳稳当当地发展几十年后,已经崩溃,已经失去了它作为必然真理的权威性,尽管它的许多立场和态度仍然输进了后现代主义时代,这主要体现在博德里亚尔和杰姆逊的作品中。"③

波德里亚对处在后现代仿真文化主宰和大众媒介笼罩中的大众

---

① [法] G. 德波:《景观社会》,转引自 [英] 阿列克斯·考林尼柯斯《商品拜物教之镜》,王昶译,《当代电影》1999年第2期。
② [美] 马克·波斯特:《信息方式》,范静哗译,商务印书馆2000年版,第80—81页。
③ [澳] 约翰·多克:《后现代主义与大众文化》,吴松江等译,辽宁教育出版社2001年版,第119页。

第三辑 当代西方文化思潮热点若干

有独特的认识和阐释,与法兰克福学派不同,他除了认为大众媒介对大众有宰制和模塑作用,还认为大众本身并非一潭死水,并不是被动地单向度地承领润泽。他认为,大众也具有权力和力量,这种权力和力量往往是通过沉默的方式表现出来。大众的沉默并不是他们异化的标志,而恰恰是权力的标志:"沉默是大众以退出的方式所作出的反应,沉默是一种策略……他们(大众)取消了意义。这是一种真正的权力……"① 当然,波德里亚也强调大众的这种权力和策略是宿命性的和惰性的:"不成调子、盲无目的、深不可测,他们行使着一种被动和晦暗不明的主权;他们什么也不说,但却精巧地、或许像那些愚钝冷淡的动物们一样(虽然大众'实质上'更是类似于荷尔蒙或激素——即抗体般的),抵消着全部的政治景观和话语。"② 他认为大众的行动也常常像乌龟一样缓慢,但"深藏的本能依然是对政治阶级的象征性谋杀"③。大众的反叛就像癌细胞之于身体,是不可控的、非辩证的、任性的和下意识的。

当然他不否认大众是有迷狂性的,是"对社会的迷狂,社会的迷狂形式",因此大众的革命不是马克思主义解放意义上的宏大叙事,正像有的学者指出的那样:"尽管布希亚在大众中看到了希望,但他还是拒绝那些预设了一种——推翻资本主义体制而告终的宏伟结局的马克思主义(以及其他)宏大叙事。"④ 在寻找拯救力量的路径上,他和法兰克福学派有相似点,即真正革命的力量和希望应该在"被排除在符码之外的那些人群",也就是潜藏于"旁侧、边缘、远离中心的地方"。如在《生产之镜》等著述中波德里亚将他的反抗理想寄托于边缘文化

---

① 参见 M. Jane Baudrillard, *Live Selected Interviews*, London, New York Routledge, 1993, pp. 87-88. [美] 乔治·瑞泽尔《后现代社会理论》,谢立中等译,华夏出版社 2003 年版,第 157 页。
② [美] 乔治·瑞泽尔:《后现代社会理论》,谢立中等译,华夏出版社 2003 年版,第 157 页。
③ 同上书,第 159 页。
④ 同上。

第三种大众文化理论:波德里亚的大众文化批判理论

和边缘群体,如黑人、妇女,甚至同性恋者等。他认为这些人在颠覆种族主义和性别差异的统治符码——话语霸权方面会产生更大的冲击力,因此他曾一度倡导差异和边缘政治,这一点上,波德里亚和福柯、德里达、德勒兹等的主张十分接近,即他们都倾向于把政治变革和激进的政治,定位在微观社会领域及日常生活之中,而不是在宏大政治理论所关注的阶级斗争、国家专政等大的政治载体上。

在揭示和批判大众文化所具有的强制性、一体化或齐一性等方面,波德里亚的观点与法兰克福学派的看法有一定的相似性,但他们也存在着明显的差别。

首先,法兰克福学派的大众文化批判理论在总体立场上是属于现代主义的,它以悲观的态度完全拒斥大众文化,并设想通过高雅艺术和现代主体的自律性,来达到文化的自救和救世的目的。波德里亚则是一个后现代主义的领军人物之一,他对社会的转型和未来走向总的来说是接受的,至少是"爱恨交加,矛盾重重"[1],他所运用的符号学则"承认通俗文化和消费文化具有一定时间的有效性"[2]。即他认为消费社会是资本主义发展的一个新阶段,这样的阶段出现了一种新的意义结构,即商品生产已经进入一个新阶段,它伴有一种新的符号结构、一个新的语言机器,他运用符号学,着重揭示了符号已成为一种结构、一种权力的象征。在揭示当代社会的文化特征的同时,他也对由符号即仿真系统主宰的大众传媒社会进行了犀利而独到的分析批判,但与法兰克福学派不同的是,他没有将艺术自律性这样的现代型观念强加于大众媒介之上。"在波德里亚看来,媒介将一种新型文化植入日常生活的中心,这是一种置于启蒙主义理智与非理性对立之外的新文化。"[3] 这是对大众文化的第三种态度。

---

[1] [英]约翰·斯道雷:《文化理论与通俗文化导论》,杨竹山等译,南京大学出版社2001年版,第216页。

[2] 转引自[美]马克·波斯特《第二媒介时代》,范静晔译,南京大学出版社2000年版,第147页。

[3] 同上书,第20页。

第三辑 当代西方文化思潮热点若干

其次,在对大众的态度和分析上,波德里亚与法兰克福学派的观点也有明显的差别。法兰克福学派认为,大众是完全异化的、丧失主体性的和无可救药的存在,甚至认为大众是"邪恶"的,波德里亚则认为,在媒介霸权社会,大众所有的是清醒而无奈的顺从,正如他所指出的:"大众知道她什么也不知道,也不想知道。大众知道她什么也做不了,也不想做成什么事。"[①] 对于波德里亚对当代社会的态度,"文化研究"学者劳伦斯·格罗斯伯格作了恰切的评价,"这是一种面对无法摆脱的必然性的褒扬,一种对虚无主义的接受,甘于听天由命,因为没有真正斗争的可能性"[②]。由此,可以看出,法兰克福学派的观点,与波德里亚的不同,显然法兰克福学派与大众、大众文化势不两立并因此悲观绝望,完全否定大众文化,而波德里亚则并不将自己与大众截然分开,并未自绝于大众社会,他只是一个"后现代冷嘲者"。正如波德里亚所说:"今天一切都发生了改变。我将不再以相同的方式解释大众媒介中的被迫沉默的大众。我将不再在其中关注被动的和异化的符号,而是相反,在挑战的形式中关注一种原初的策略、一种原初的应答。我向你提供一个视角,它不再是乐观或悲观的,而是嘲弄和对抗。"[③] 这是波德里亚考察媒介问题的一种新视点和策略。尽管他在后期时,思想有所转变,由激进走向悲观宿命,认为只有死亡才能摆脱符码和类象主宰的世界,这使他看起来与法兰克福学派的悲观有点相近,但这构不成他思想的最有价值的和最核心的部分。

此外,波德里亚和法兰克福学派虽然对大众文化在不同程度上都持批判态度,并都试图探索改造或抵制大众文化,但文化立场的分野,使他们各自的对策不同。

---

① 转引自〔英〕吉姆·麦克盖根《文化民粹主义》,桂万先译,南京大学出版社 2001 年版,第 244 页。
② 〔美〕劳伦斯·格罗斯伯格:《后现代主义与通俗文化:文化历史》,〔英〕约翰·斯道雷《文化理论与通俗文化导论》,南京大学出版社 2001 年版,第 261 页。
③ Mark Poster, *Jean Baudrillard: Selected Writtings*, ed., California: Stanford University Press, 2001, p. 211.

第三种大众文化理论:波德里亚的大众文化批判理论

法兰克福学派认为大众文化是法西斯式极权主义性质的,并从二元对立观出发唾弃大众文化,代之以高雅的、审美的文化,以恢复艺术的本真——自由与超越,这与法兰克福学派文化批判的主旨是相关的,这种对策无疑是完美主义的、理想主义的,同时也是悲壮的和难以实现的,永远像一个美丽而又苍凉的手势停留在半空中,可望而不可即。与之相比,波德里亚的对策则显得友好而消极,他认为,媒介生成的超现实世界是一个"无论是马克思主义的还是自由主义的理性批判都难以施效的拟仿世界"[1],因为这个超现实没有指涉对象、没有根据、没有来源,故此他主张要拒斥大众媒体的一体化和强制性最好的办法是不妨干脆保持沉默,在媒介势力泛滥的社会里,拒绝的意义是唯一可能的抵抗形式和颠覆途径,即大众只将媒介作为能指来接收,并不作任何回应,不问它的所指和意义,则就从根本上瓦解媒介所传播的符码,从而消解大众媒介的霸权。

显然,波德里亚对媒介权力的消解策略用一个比喻来说,就是无论媒介如何兴风作浪,我自岿然不动即可。与法兰克福学派对艺术充满崇高感的理想设定相比,波德里亚的对策无疑是肤浅的、无所作为的,由此也可以看出他们两方各自所追求的主义与立场的决定性作用。

五

如果说波德里亚与法兰克福学派在大众文化理论上更多的是差异与不同的话,那么相对来看,他与以费斯克为代表的积极性大众文化理论则更多了一层相近,但在具体的态度和肯定的力度上又多了一些谨慎并有所保留。相同处在于,他们在对大众文化的能动性、抵抗性都有发现和肯定,对大众的抵抗和反叛方式的定位与定性方面也有着非常相似之处。不同之处在于,波德里亚注重对大众文化的后现代转

---

[1] 转引自[美]马克·波斯特《第二媒介时代》,范静哗译,南京大学出版社2000年版,第154页。

第三辑 当代西方文化思潮热点若干

向的过程和本质的关注,费斯克等则不仅对相关理论范畴进行系统界定,而且对大众文化的内在结构和蕴含进行细致阐析。波德里亚更多的是理论的评说,费斯克则更多地在描述具体可感的实例中娓娓道来。总体来看,波德里亚的理论是批判的、悲观的,而费斯克的则是积极的、乐观的。

首先,波德里亚与费斯克等都反对将大众看作"文化瘾君子",反对将他们看成是被动无助、无分辨能力的,因而靠文化工业恩赐过活的群体,对大众的积极性、能动性都有肯定,只是程度不同,这一点迥异于法兰克福学派的单一否定性姿态。波德里亚并不完全否认大众的能动性,对大众的隐性的反叛对策有着较为明确的认识和估量。这一点与费斯克等不谋而合。波德里亚认为,大众的反叛不是以积极的方式进行,在某种程度上大众对大众文化(主要是大众媒介)往往是被动承受,甚至是沉默的,但他认为在大众的沉默中蕴含抵抗的因子,尽管这种反叛常常是惰性的和无序的,但是是不可控的、任性的、蔓延式的。

约翰·费斯克作为积极性大众理论最有代表性的人物,在接受了霍尔的编码/解码理论的基础上,又吸收了福柯的权力阐释、德塞都的日常生活实践及巴特的快感和巴赫金的狂欢等文化理论,进而提出了在大众文化的文本阅读中生产意义与快感的理论。在费斯克们看来,大众对大众文化文本解码时所具有的能动性是不言而喻的。他们将解码的能动性称为大众文化文本阅读中的意义与快感的生产,具体来说,主要有两种表现形式:一是逃避;二是抵制。逃避和抵制是相互关联的,二者互不可缺:"但规避更令人感到快乐而不是更有意义,而抵制则是在快乐之前,就创造了意义。"[①] 这也就是说,逃避和对立这二者都包含着快乐和意义的相互作用。逃避中快乐多于意义,对抗中则意义比快乐重要。

其次,波德里亚和费斯克等在揭示大众的反叛形式和性质上也有相

---

① [美]约翰·费斯克:《解读大众文化》,杨全强译,南京大学出版社2001年版,第3页。

第三种大众文化理论:波德里亚的大众文化批判理论

似点,即他们都认为反叛不是诉诸宏观层面的宏大革命,而是于或边缘处或微观领域的细部革命,在这方面费斯克对大众文化的能动性有更多的积极阐释,研究得更为具体生动。如他的《理解大众文化》《解读大众文化》都是如此。他认为大众文化包含进步的潜能和能动的积极性,但并没有将这种潜能和积极性无限夸大,而是对其作了限定,即这种潜能和积极性不会产生激进的、剧变式的革命,而是循序渐进,它不会一下子造成直接的社会后果,它总是在体制和秩序内进行,正如费斯克所指出的:"大众文本能够促成改变或者松动社会秩序的意义的生成,在这一点来说,它可以是进步的。但是,大众文本绝不会是激进的,因为它们永远不可能反对或者颠覆既存的社会秩序,大众体验总是在宰制结构的内部形成,大众文化所能做的是在这个结构内部生产并扩大大众空间。……大众文化正是这样的权力结构中具有大众性的。"[1]

由于大众文化总是在日常生活中展开意义与快感的生产,因此"大众文化的政治是日常生活的政治"[2]。这就意味着快感和意义的生产是在微观政治的层面而不是在宏观政治层面上进行的。尽管大众文化的政治性、能动性是属于微观层面的,但若要将其完全收编纳入同质化运动与结构中却要较之宏观政治难上加难,甚至是永远不可能的,它可能会永远处于差异性和开放性的过程中。

以费斯克为代表的积极性大众文化理论,不仅有对大众文化的理性表述,而且从媒体及日常生活的各个角落和细部寻找大众文化的快感与意义生产的踪迹,并进行潜在政治潜能的阐释,从故意将牛仔裤弄破到流行歌曲,从家庭主妇订阅言情小说到影视剧的解读,从摔跤比赛到拳击运动,"文化研究"者们都能发掘出潜在的快感与意义,即对权力话语的"符号学意义上的抵抗"[3]。

---

[1] [美]约翰·费斯克:《理解大众文化》,王晓珏、宋伟杰译,中央编译出版社 2001 年版,第 68 页。

[2] 同上书,第 159 页。

[3] 同上书,第 68 页。

第三辑　当代西方文化思潮热点若干

　　费斯克等人积极性的大众文化理论，洋溢着明显的乐观情绪，在扬弃悲观性大众文化理论的基础上开创了与之完全不同的积极性的解读传统，对大众文化研究的突破和发展具有重要的意义。但是，费斯克的理论也受到了激烈的批判。批评者认为，费斯克等人是向不加批判的文化民粹主义转变的典型人物，认为这种大众文化研究已成为一种纯粹的解释学版本，他的理论也被批评者称为"文化研究"思潮中"新修正主义"，"它代表着一个'从更具批判力的立场退却'的阶段"①。费斯克们因此被称为"快乐的后现代主义理论家"。

　　在某种意义上看，波德里亚的大众文化理论承袭了法兰克福学派的悲观基调，总体来说也有悲观色彩，尽管他也看到了大众的反叛，但大众最终难以逃脱由仿像文化编织的天罗地网，"尽管人们总可以逃离内容的现实原则，但人们永远不能逃离代码的现实原则。人们甚至正是通过反抗内容而越来越好地服从代码的逻辑"②。波德里亚的大众文化理论被认为在很大程度上弥补了费斯克等人的理论的局限性，从而使大众文化研究既超越了精英化的悲观主义，也不同于民粹式的乐观主义，从而带动文化批判传统延续和复兴。

　　波德里亚的大众媒介理论无疑是有局限性的，他准确地抓住大众媒介社会的一个典型特征，但确有将其过分夸大和神秘化之嫌，似乎大众媒介之外再无他物，社会分析批判只需要符号学而不需要政治经济学，西方马克思主义批评家格里·吉尔（Gerry Gill）指出："波德里亚赋予'代码'以一种权势，几乎要统摄经济、政治、意识形态和文化……"③ 这显然过于绝对化了，因为吉尔认为，在波德里亚的论断中"符号和代码给主体在等级制社会秩序中指定了位置，并将他们锁定在一套自能容许商品交换和符号交换的话语中"，他指责波德里亚

---

① ［英］约翰·斯道雷：《文化理论与通俗文化导论》，杨竹山等译，南京大学出版社2001年版，第228页。
② ［法］让·波德里亚：《象征交换与死亡》，车槿山译，译林出版社2006年版，第146页。
③ ［美］马克·波斯特：《信息方式》，范静哗译，商务印书馆2000年版，第90页。

第三种大众文化理论：波德里亚的大众文化批判理论

与其他后结构主义者一样，从"主体间要素（intersubjective moment）"抽身而去，然后"沉醉于主动的去中心主体性经验之中"[1]。因此吉尔将波德里亚的后现代社会文化理论当作后结构主义的"意识形态"加以拒绝。马克·波斯特认为，吉尔的批判有自相矛盾之处，暴露出他们矛盾而复杂的心情，"马克思主义者一方面斥责后结构主义者的自我专注，另一方面又肯定他们将个体自由拓展到'人类生存的所有先天局限'之外，这便暴露出马克思主义者的矛盾心情"[2]。马克·波斯特认为，马克思主义既主张自我建构的超越性特征，同时又看到自我被操控的可能困境，即"既许诺自我建构的一个新层次，一个超越固定身份的刻板和约束的层次，同时又可能使个体服从于操纵性的传播实践"[3]。马克·波斯特对波德里亚的理论既有肯定，也批判了它某些观点的局限，他认为波德里亚对时代演进的认识有着线性特征，理论总体呈现悲观色彩，"当他陷入超现实令人沮丧的夸张时，便以囊括一切的悲观见解，越出批判话语的底线，似乎他已经知晓一个故事的结局，尽管这个故事还没人想到、更不用说写出来了"[4]。正是在这个意义上，马克·波斯特指出："正在出现的社会形式会导致错误认识的产生，但不恰当的理论的勉强应用以及批判理论家社会语境方面的局限也都会导致错误认识的产生。"[5]

波德里亚对大众媒介的批判的确语出惊人、惊世骇俗。同时，他对大众文化的分析界于法兰克福学派与费斯克等乐观派之间，他延续了前者的批判传统，但又没有坠入后者乐观的自得，从而为人们理解大众文化提供了新的视角，使大众文化研究出现了超越了精英化的悲观主义与民粹式的乐观主义基础上的批判传统延续和复兴。

---

[1] Gerry Gill，*Post-Structuralism as Ideology*，参见〔美〕马克·波斯特《信息方式》，范静哗译，商务印书馆2000年版，第90页。
[2] 同上书，第92页。
[3] 〔美〕马克·波斯特：《信息方式》，范静哗译，商务印书馆2000年版，第92页。
[4] 同上书，第93页。
[5] 同上。

第三辑　当代西方文化思潮热点若干

由于波德里亚的主张极端而多变，而且写作文体和写作策略奇特，（波德里亚"经常通过拒绝对其一些甚至最基本的概念作出明确界定来抵制自身的被明晰化"①），正如道格拉斯·凯尔纳所指出的："他有一种非常奇怪的习惯，总是抛弃他最好的观点，放弃最有希望的研究视角。例如，在 70 年代中期，他放弃了对综合符号学与政治经济学的执着，并犯下了与政治经济学决裂这一致命错误。而在 80 年代，他又放弃了对类象的研究，转向了形而上学和超政治。"② 后期的波德里亚的理论则被悲观和宿命的情绪所充斥，同时他亦更沉迷于形而上，甚至陷入了荒诞玄学，陷入了对后现代场景中的主、客体的抽象沉思而不能自拔。

对波德里亚的评价充满争议，有人认为他是玄学家，将他的著作当作荒诞玄学和科幻小说来阅读，因为波德里亚自称他在"20 岁就成为了荒诞玄学家"。也有人认为他的著作既可以当作科幻小说，也可以当作严肃的社会理论，他的理论既是玄学又是形而上学，还有人认为他对社会理论的发展做出了天才般的贡献。但笔者还是很赞成道格拉斯·凯尔纳在《千年末的让·波德里亚》中表明的观点："将波德里亚降格到荒诞玄学或仅仅是对于社会理论的美学刺激，这却是一种错误，因为他的主题是我们现在面临的最严肃、最令人害怕，也是最重要的话题中的一部分。""……波德里亚是一位千年末的理论家，他为后现代的新时代设立了标志杆，他是走向新时代的一位重要向导。"③

---

① 参见［美］乔治·瑞泽尔《后现代社会理论》，谢立中等译，华夏出版社 2003 年版，第 108 页。
② ［美］道格拉斯·凯尔纳、斯蒂文·贝斯特：《后现代理论》，张志斌译，中央编译出版社 1999 年版，第 186 页。
③ ［美］道格拉斯·凯尔纳编：《波德里亚：一个批判性读本》，陈维振等译，江苏人民出版社 2008 年版，第 26 页。

论生态文明的哲学基础与文化范式

任何一种文明得以行世都有其存在的深层的精神与思想底蕴，建设生态文明须有深层基础与精神支撑，只有确立了与这种新的文明形态相适应的世界观与文化精神，才能建设好生态文明。对生态文明的深层思想基础和精神追求的探寻，首先应对工业文明的哲学基础进行深刻的反思和批判，进而在此基础上倡导一种新的生态文明的世界观，并确立与之相适应的文化范式，从而完成对生态文明深层文化结构的建构。

一 检省现代性之弊

建设新的文明形态首先需要对以往文明做出深刻的反思和检省，工业文明显然已出现深层的危机。而这种深层的危机不仅是经济和政治的危机，更是一种文化与哲学的危机。现代性作为工业文明的深层基础，工业文明的危机亦是现代性的危机，而现代性的问题也是工业文明的问题。现代性曾在人类的自由与解放道路上功不可没，但在造成目前全球生态危机这一点上却也难辞其咎，正如学者所普遍认为的那样："现代性以试图解放人的美好愿望开始，却以对人类造成毁灭性威胁的结局而告终。"[①] 此语也许未免有些过，但现代性本身的确出现

[①] ［美］乔·霍兰德：《后现代精神与社会观》，［美］大卫·雷·格里芬编《后现代精神》，王成兵译，中央编译出版社1998年版，第64页。

第三辑 当代西方文化思潮热点若干

了严重问题,亦有必须检省的弊端。具体来说,现代性之弊主要体现在三个方面:以宰制性为特征的机械自然观和二元论;"极度阳性化"的偏执文化精神;实利主义的片面意义观等。

要检省现代性之弊,不能不从现代性的源头说起。应该说,现代性的哲学基础即工业文明的深层思想基础是机械自然观和二元论,正是机械主义自然论和二元对立观埋下了现代性危机的初始祸根。

从根源上看,机械自然观可谓近现代哲学的基础之基础,根本之根本,它也是二元论和强人类中心主义的基础和根本。正如后现代主义所指出的,人与自身、人与自然关系恶化的深层思想根源都可以追溯到机械主义自然观。机械主义自然观是近代哲学、科学及文化观念的基本范式,机械论的基本观点是,世界是一个松散的"物质堆",因而应采用分析而不是综合的方法来考察客观世界。世界尽可以被还原为一组基本的粒子,它们彼此之间的联系是外在的,产生的只是机械的相互运动,部分决定整体。此外,主客二元对立也是机械论思维的显著特征,将外在世界视为与己不同的自在之物世界,其观察事物的方法是,"对事物、现实、感性,只是从客体的或者直观的形式去理解,而不是把它们当作人的感性活动,当作实践去理解"[1]。

现代性的深层结构是统治的逻辑和二元论。它主要以宰制性为特征,这种片面统治产生的后果主要有两个方面。

一是人与自然的对立导致强人类中心主义和掠夺性伦理观。二元论还是引发人类中心主义的主要根源之一,它消除了人对自然的敬畏之感和爱护之心。由机械观导源的"二元论认为自然界是毫无知觉的,就此而言,它为现代性肆意统治和掠夺自然(包括其他所有种类的生命)的欲望提供了意识形态上的理由"[2]。因此海德格尔所探索的人类

---

[1] [德]马克思:《关于费尔巴哈的提纲》,《马克思恩格斯选集》(第1卷),人民出版社1995年版,第54页。
[2] [美]大卫·雷·格里芬:《后现代精神与社会》,[美]大卫·雷·格里芬编《后现代精神》,王成兵译,中央编译出版社1998年版,第5页。

论生态文明的哲学基础与文化范式

拯救与超越之路，首先就从反思与批判这种人的自大逻辑和对自然的强权的形而上学开始。他认为，主客二分论导致人类中心主义和人与自然关系上的专制主义。

从历史上看，人与自然分化后出现的机械主义自然观，曾一度标志着"世界的祛魅"（马克斯·韦伯语），消除了长期笼罩于人类认识世界过程之上的迷雾，带来人类的科学与认识的飞跃与发展，其贡献是不能完全抹杀的，而且它在目前的一些科学领域仍是有效的方法。但是它所判定的"自然的死亡"的后果亦是从一开始就预示了灾难性的后果，正如学者指出的那样："尽管机械主义观点仍然具有某些价值，但是，作为一种占支配地位的文明的观点，它已走到了尽头。它的巨大能量已经耗竭了。未来的文明的文化框架将拥有另一种观点。"[1]

二是机械自然观和二元论的后果，不仅导致人与自然的对立，即人对自然的"掠夺性的伦理观"和人类中心主义观念，而且还导致人与人之间的对立，即人际关系上男性精神的片面性膨胀，即现代工业文化的深层理念是男性中心主义，它将他者尤其是女性和"未开化者"当作客体，从而将其客体化、边缘化。正如学者指出的那样："尽管关于所有人都具有灵魂的观点本应导致激进的平等主义伦理观（而且在某些学者中也确有这种倾向），但是，把世界的某些部分仅仅看作是全然缺乏内在价值和神圣性的客体，这种做法却又使得人们很容易习惯于把他人，尤其被许多欧洲男性视为'更自然的'、因而不具有充分人性的妇女和有色人种当作客体来对待。"[2]

现代工业文明是"极度阳性化"的，现代性的进程是以贬抑女性为其主要的内涵的，这不仅表现在宗教上确立并延续着男神上帝这一文化传统，而且现代性对父权制这一古老的文化习俗，在某些方面不

---

[1] [美]乔·霍兰德：《后现代精神与社会观》，[美]大卫·雷·格里芬编《后现代精神》，王成兵译，中央编译出版社1998年版，第91页。

[2] [美]大卫·雷·格里芬：《和平与后现代范式》，[美]大卫·雷·格里芬编《后现代精神》，王成兵译，中央编译出版社1998年版，第219页。

第三辑　当代西方文化思潮热点若干

仅没有完全清除，反而在某些方面有强化之嫌。自古希腊以来，西方的理性主义哲学一直将摆脱女人和身体作为人（Man）追求超越的基础，因为女人隶属于自然，男人隶属于文明，因此在价值判断上女人是低级的，男人是高级的。正是从这个意义上，大卫·格里芬认为"现代精神也可以说成是一种单面的男性精神"[1]。生态女权主义更是认为，"西方文化中在贬低自然和贬低女性之间存在着某种历史性的、象征性的和政治性的关系"[2]。

生态学家认为，现代性危机尤其是现代精神的危机，与男性精神的单向度膨胀扩张和女性文化精神的缺失有着密切的联系。这种文化维度的缺失引发了严重的结果，造成人与自然和人与人之间关系的紧张和恶化，"时至今日，这种单面精神仍在继续产生着影响，而且，它在现代大规模破坏性技术中的体现使得它比以往任何时候都具有更大的破坏性"。正如苏珊·格里芬指出的，西方思想"决定"给予文化（男人）优于自然（女人）的特权是灾难性的。[3] 现代性的单向度男性精神与人类危机有着深层的联系，男性文化提倡以理性征服自然，对技术极度崇尚，使现代社会机械化、原子化，从而出现人的异化和自然的被扭曲，造成人与人之间的孤独冷漠和精神的无家之感。

对现代性的检省还必须审视并批判它的经济至上的实利主义人生观与意义观。因为它也是导致现代性出现严重危机的主要因素之一。在现代性与工业文明的演进历程中，经济在世俗社会中的功能和作用强劲凸显，并成为社会的主导力量，在现代工业文明中"'人与物之间的关系——物质需要——是首要的，人与人之间的关系——社会——则是次要的'……人与物之间的关系高于人与人之间的关系……这是

---

[1] [美]大卫·雷·格里芬：《后现代精神与社会》，[美]大卫·雷·格里芬编《后现代精神》，王成兵译，中央编译出版社1998年版，第11页。

[2] [美]C. 斯普瑞特奈克：《生态女权主义建设性的重大贡献》，秦喜清译，《国外社会科学》1997年第6期。

[3] [美]罗斯玛丽·帕特南·童：《女性主义思潮导论》，艾小明等译，华中师范大学出版社2002年版，第380页。

论生态文明的哲学基础与文化范式

一个决定性的转变，这一转变将现代文明与所有其他文明形式区分开来，它也符合我们的意识形态领域关于经济至上的观点。这也就是说，社会应当从属于经济，而不是经济从属于社会"。[1] 卡尔·波洛尼甚至认为，在现代社会，"不是经济被嵌入社会关系之中，而是社会关系被嵌入经济制度中"[2]。在现代工业文明中，异军突起的现代社会的经济观，取替了从前传统社会的道德观，物质的繁荣和财富的聚积为世俗社会观念所大力推崇，经济的迅猛发展和物质的急剧增长成为现代文明的显著标志。

实利主义认为人是经济的动物，无限度地改善人的物质生活条件的欲望是人的内在本质性，由此自然推导出人的一切行为归根结底是经济行为，个人的幸福和社会的进步与经济的增长具有内在的统一性，并坚信无限丰富的物质商品可以解决所有的人类问题。同时，这种价值取向已不仅内化为社会的信念，而且也内化于个人的心灵，不仅被推崇为社会的信仰，而且成为个人的理想。在现代社会中，经济动机似乎才是决定一切的力量。因此，经济主义是现代社会的人生意义论，是具有片面性特征的人生观。

对现代社会所具有的经济主义特征，生态主义者给予了深刻的批判，他们指出：经济主义或实利主义信条已经成为内化于现代文明深层的意识形态，甚至是一种"现代宗教"。它顺从的是人们的贪欲，而不是与自然规律相符合的可行性。它所制导下的是生产、生活方式的不可持续性后果。生态文明必须建立新的价值观、意义观，以便为人类生存与生态改善即可持续性发展寻找更加合理的精神指南和意义支撑。

---

[1] ［美］大卫·雷·格里芬：《后现代精神与社会》，［美］大卫·雷·格里芬编《后现代精神》，王成兵译，中央编译出版社1998年版，第19页。

[2] ［匈］卡尔·波洛尼：《伟大的转变》，［美］大卫·雷·格里芬编《后现代精神》，王成兵译，中央编译出版社1998年版，第43页。

二 倡导生态世界观

生态文明无疑须确立新的生态世界观，即扬弃和批判机械主义自然观和二元论，倡导崭新的以非二元论为内蕴的有机整体观、内在和谐观，修正文明的偏至，恢复女性精神，倡导生态世界观，以真正挽回现代性的危机，重建和谐世界。

新的生态文明思想基础应该是有机整体观，这对解除现代性的危机具有至关重要的意义。在对人与自然关系的问题上，历史上看经历过几次思维范式的转换，即自然宗教观、古典的有机观、近现代的机械观和新有机论。生态文明推崇的是有机论世界观，与源自古希腊古典的有机论不同，它是一种新的有机观。古典自然观认为，自然界是有生命的、运动着的世界，它是有规则、有秩序的循环生长的有机整体。这种有机观虽有合理内涵和启示性，但由于它缺少进化、进步的维度，而成为一种简单的生死兴衰且原始的有机自然论。新有机论强调的是有机创造性、内在联系性，它力图克服现代性的机械论方法，主张内在关系不仅是生命体的基本特征，而且是最基本的物理单位的基本特征。从机械论到新有机论范式主要经历了这样的转换，第一，从部分到整体的转换，在新有机论的视野中，部分只是网上的一个模式或节点，它无法决定整体，只能在整体中才能理解。第二，从结构到过程的转换，整体如同关系网，每种结构都被当作一个内在过程的表现。这些建立在现代科学基础之上的新有机观改变了以往对世界景观的表述方式。这种有机论世界观的基本内容是世间万事万物是联结在一起的有机整体，一切现象之间都是相互联系和相互依赖的，整个世界是一个有生命的整体。整体和部分之间的区别是相对的，它们之间的相互联系才是基本的。整体性质是首要的，部分是次要的。它不仅有因果和概率的联系，而且有相互间的"意义—价值"关系。实然和应然之间的界限在互渗，实然之道中蕴含着应然之道，以至将自然哲学和生存哲学结合起来，才是看待世界和应对实践的正确

论生态文明的哲学基础与文化范式

对策。这种有机论世界观是一种生态整体主义世界观，是一种新的世界观范式。

有机整体观体现了马克思主义哲学关于生态与自然的基本精神，它为文明的发展提供了正确的哲学思想基础，既避免了以往机械论和二元论的偏颇，也没有像绝对生态主义那样走向反人类中心主义的迷途。

世界是复杂而多元的关系网。以往文明的危机即在于现代性的单一男性精神的膨胀，也就是说现代性危机与男性霸权有着一定程度的因果关系。拯救文明危机的深层策略之一，就是在文化精神中重新恢复和注入女性文化精神。正如美国学者乔·霍兰德指出的那样："现代文明向大众社会的转变以及它对生态的破坏都与精神同妇女象征的脱离有着密切的关系。正因为如此，对现代文化的变革来说，在文化上恢复作为宗教神秘性之核心的女性象征是至关重要的。"[①]

西方理性主义文化传统把女性象征等同于自然，把男性象征等同于超世俗的精神超越，在某种程度上导致了文明的偏执与危机。生态主义者认为，自然与女性密切相关，自然过程遵循的是女性原则，女性原则的内涵主要是孕育创造性、多样性、整体性、可持续性和生命的神圣性。生态危机乃至现代性危机的根本原因是女性原则的丧失和毁灭。女性的原则其实也应是男人的、人类的，女性精神与原则的恢复无疑可以使人与自然、人与人的和谐关系得到重建，消除现代性的危机，从而解救女性、解救自然、解救男人进而拯救地球和人类。[②]生态女权主义尖锐地指出："……男人把人类引入了虚伪的、毁灭性的二元世界"，正是妇女，"她们必须帮助人类逃离这个世界"[③]。这一流派认为，要想消除危机，拯救人类，现代男权制度必须做出选择：或

[①] ［美］乔·霍兰德：《后现代精神与社会观》，［美］大卫·雷·格里芬编《后现代精神》，王成兵译，中央编译出版社1998年版，第66页。

[②] 参见关春玲《西方生态女权主义研究综述》，《国外社会科学》1996年第2期。

[③] ［美］罗斯玛丽·帕特南·童：《女性主义思潮导论》，艾小明等译，华中师范大学出版社2002年版，第378页。

第三辑 当代西方文化思潮热点若干

者毁灭我们自己，或者改变我们的观念。越来越多的学者已经意识到，人们应该看到妇女运动中的精神乃是促成世界转变的巨大力量。尤其是后现代主义在某种程度上正是依靠了女权主义运动的推动和激发，后现代学者甚至认为："要想使任何一种可行的后现代性变为现实，即实现向未来的任何质的飞跃，都必须依靠妇女运动的深厚力量。"[1] 生态主义深刻地检省了现代性中女性精神维度的缺失，进而呼唤女性精神的回归，构建人类内在精神结构的合理框架，目的是使人类社会能够健康行走到永远。

经济主义或实利主义在产生之初，并非没有积极意义，正如学者所指出的，实利主义最初部分地是对古典基督教无根的或者说是无实体的唯灵论的反动，但如今这种反动已走向了极端，成了绝对化的东西。[2]

针对现代性对实利主义的片面追求，生态时代必须批判片面的实利主义人生观，在社会生存层面倡导新物质观，从而实现价值理念的转向。要改善人类生态环境，倡导新的文化精神，一个重要的工作就是标举后物质时代的新物质观，即由注重追求物质财富的无限增长转变为对生态环境、生活质量、自我实现、公民自由等的关注，其中生态环境和生活质量是后物质时代的新物质观的最基本的诉求，它反对资源的浪费和物质的挥霍，反对经济的无止境增长，主张更节约、更自然、更和谐、更人性化的生产生活方式，以便更符合生态文明时代的新的发展模式。后物质主义时代的新物质观是20世纪80年代在西方开始流行，它之所以被逐渐接受和认同，最主要的原因是现代社会发展模式带来的生态问题。当物质商品匮乏、生存难以为继已不再是首要问题时，保护环境、拥有良好的生态才是重要任务。标举新的物

---

[1] [美]凯瑟琳·凯勒：《走向后父权制的后现代精神》，[美]大卫·雷·格里芬编《后现代精神》，王成兵译，中央编译出版社1998年版，第116页。

[2] [美]乔·霍兰德：《后现代精神与社会观》，[美]大卫·雷·格里芬编《后现代精神》，王成兵译，中央编译出版社1998年版，第69—70页。

质观可以使我们在发展经济的同时,能更好地兼顾与环境保护的关系,以提高生活质量,维护生态平衡,将发展代价降到最低点。

现代性走到今天的确显露出越来越多的问题和弊端,但越来越多的生态学家认识到,并不能因此完全否定理性和现代性,无论如何,人是理性的存在物。需要调整和改变的是理性的宰制性特征,倡导绿色理性,从而形成一种与生态文明相适应的以可持续性为导向的绿色理性文化范式。

三 确立生态文明的文化精神自我范式

任何一种文明都应有自己的文化范式,而文化范式的核心则是自我范式问题。要实现文明形态的真正转型,必须实现自我范式的转换。那么,在生态文明时代应确定何种文化范式和价值定位呢?笔者认为,其中的关键之处在于确立适应生态文明的自我范式,即关系性自我观。

自我范式是哲学最基本和最主要的问题之一,它本质上不仅是如何看待自我的问题,更关系到自我与他者,即自我与自我之外的其他存在物的关系,如自我与自然、自我与他人等。工业文明的自我观属现代自我范式,越来越多的人已经意识到造成人类目前生态危机的深层原因并非可以被简单地归结为强人类中心主义,居于首位的应是现代自我观,即物质至上的自我中心主义和工具主义价值观、世界观。现代社会所建构的自我观是排他的、理性的、追求利益最大化的,是一种在主宰意识驱动下极度区分的自我,它将他者背景化("背景化"意指对他者的否认),这种自我否认自我的社会性和关系性等特质,其本质上属二元化的自我,将他者工具化,因此是带有强烈的工具主义色彩的。工具主义最主要的特征是将地球的其他存在当作实现自己目的的手段,完全不顾他者的独立性、主体性和完整性。它看不到被工具化了的他者具有任何的自主性,不承认他者是"另一个自我",具有主动性与抵制力。这种二元性的自我与世界的交流就是利用他者来满足自己早已确定好的私利。对这个自我来说他者是冰冷而陌生

第三辑　当代西方文化思潮热点若干

的，无须被考量和被尊重。正如生态学者所指出的，这种把他者当成工具的二元化的自我是一种封闭的自我，"那种把自我看成是一个封闭系统，把它与别人的关系看作是偶然发生的，把个体的终极目的看作是排他性的观点呈现的是一幅扭曲的世界图景，它忽略了社会体验的一个最重要的维度。通过将个体看成是互相依存的，是与他者具有本质性的而非偶然和暂时的关系的存在，我们可以对社会生活进行更好的阐释"[①]。

正是基于现代性自我观所存在的致命不足与缺陷，生态主义者倡导一种关系性的自我。生态学家认为，人的自我概念是一个与生物圈（人类自然是这个生物圈的部分）有着物质的、生态的、文化的和精神的联系的概念。[②] 这种自我在本质上是关系性和依赖性的，是非二元化的。人类自我"内嵌"于生物圈或生态网络中，人类与周围生物界是相互联系的，这种相互联系不仅仅是物质联系，还有文化联系和精神联系。生态文明框架中的关系性自我是在对资本主义和强人类中心主义的批判基础上提出的一种新的自我范式。"它重新承认了被自我的主宰模式所否认的依赖性与关系性，并认为自我的欲求可以与他者的欲求、福祉和兴盛产生重叠，并息息相关。"[③]

谈到这里，我们自然会想到，深层生态学家曾经提出一个"生态自我"的概念，应该说"生态自我"这一概念也是基于规避危机与生态的诉求提出的，较之以往的工具主义的现代性自我范式已有质的超越，它也力图改变自然与他者的单纯的工具化的关系，但它与生态文明所应提倡的关系性自我既有相同点，又有不同点。

深层生态学着重批判机械唯物论，要标举一种新的范式，探寻一种更好的"认识自然的密码"，为此主张生存智慧并提出"大我"（Self）

---

① ［澳］薇尔·普鲁姆德：《女性主义与对自然的主宰》，马天杰、李丽丽译，重庆出版社 2007 年版，第 164 页。
② ［英］布赖恩·巴克斯特：《生态主义导论》，曾建平译，重庆出版社 2007 年版，第 51 页。
③ ［澳］薇尔·普鲁姆德：《女性主义与对自然的主宰》，马天杰、李丽丽译，重庆出版社 2007 年版，第 163 页。

论生态文明的哲学基础与文化范式

或生态自我的概念，以此来与狭义的自我中心的自我相区别。[①] 正如学者所指出的：“深层生态学者在这个宇宙中竭尽全力地去达到一种'范式的转折'，这种转折具有与哥白尼转折同样的重要意义。”[②]

深层生态学所提出的生态自我是关系性自我的一个类型，它较之现代范式的自我走向了另一极，即它抹平了自我与他者的界线，将自我无限扩大，将他者包容其中。正如学者指出的：“世界根本不是分为各自独立存在的主体和客体，人类世界与非人类世界之间实际上也不存在任何分界线，而所有的整体是由它们的关系组成的。只要我们看到了界线，我们就没有深层生态学的意识。”[③] 故深层生态学在一定程度上只看到主体和客体，没有看到自我与他者之间还存在差异和张力。它提出“大我”或“生态自我”的前提即在于人与自然的核心问题是人和自然的分离与断裂，主张生物平均主义，并提出将自我与自然"同一化"的解决路径，坚持宇宙是“不可分割”的整体。“他者不是别人，就是你自己。”“人类和非人类领域当中没有区别。”[④] 由于将自我与他者合并为一或认为他者是自我的延续，将自然看成是自我的一个维度，关注同一性、相互联系、共同性和对断裂性的弥补，所以说深层生态学并没有真正解决以往的二元性自我范式，对二元论的本质没有根本的触及。故在本质上，“生态自我”或“大我”是一种自我合并论或自我延伸论。由于缺乏对自我与他者、人与自然之间张力的这一维度的关注，深层生态学常常带有神秘的无差别论。它所竭力建构的其实是将自然作为主宰和决定性的东西，这在本质上无疑是另一种二元论。“在一个相对应的理论中，差异性和相似性之间重要张力的丧

[①] ［挪威］阿恩·奈斯：《深层生态学运动：一些哲学观点》，桑靖宇、程悦译，杨通进、高予远编《现代文明的生态转向》，重庆出版社2007年版，第64页。

[②] ［澳］W. 福克斯：《深层生态学：是我们时代的一种新哲学吗》，肖俊明译，杨通进、高予远编《现代文明的生态转向》，重庆出版社2007年版，第42页。

[③] 同上书，第44页。

[④] ［澳］薇尔·普鲁姆德：《女性主义与对自然的主宰》，马天杰、李丽丽译，重庆出版社2007年版，第192—193页。

第三辑 当代西方文化思潮热点若干

失正是统治和工具主义的特征,它们把他者作为外部限制消灭了,并把他者看成是自我的一个投影。"① 总的看来,在深层生态学的理论框架内,他者只是对自我定义的一个工具,不仅自我是封闭的,他者实际也是死亡的。深层生态学提出的解决方案实际上是将伦理学问题简单转化为心理学问题。

关系性自我倡导重新承认他者,既反对自我对他者的绝对区分、单纯的排斥或拒绝,也不是将自我与他者的界线抹平以至涵容,抹杀差异的存在。这种自我与他者的关系既包含"依赖、责任、连续性和同一性这些特定关系,也可以表达到差异的认可(包括人的差异),并能够尊重他者的独立性和无限性"②。自我与他者的关系实质是相互性的,故要辩证地认识到相似性和差异性。

生态文明视野下的关系性自我范式是一种情境主义自我观(contextual view of ourselves),这种自我观既非利己主义,也非利他主义,打破了利己—利他的伪二分的模式。关系性自我是非工具化的自我范式,在这一自然范式中,手段与目的并不能决然分开,而是相互制约,他者不仅仅是从属自我目标的工具,自我应将他者的目的视为自己目标的一部分。这种自我观既强调生物圈之间的内嵌性,强调"尊重、善意、关爱、友谊和团结",同时又尊重界限和承认差异。这种关系性自我概念隐含了对工具化、二元化、自然观的颠覆。生态文明的新的关系性自我与人类利益关系的本质在于,当强调他者利益时并没有放弃人类自我的利益,反之亦然。借用亨利·贝斯顿的话说即是,"这些他者既非我兄弟……也非我走卒,他们是友邦,联结在我们的生活与时间之网中……和我们共同承受这个地球的所有壮美与艰难"③。

从总体来看,生态文明的自我观"是一种在人类与自然关系层面

---

① [澳]薇尔·普鲁姆德:《女性主义与对自然的主宰》,马天杰、李丽丽译,重庆出版社2007年版,第191页。
② 同上书,第203页。
③ 同上书,第177页。

论生态文明的哲学基础与文化范式

上全新的人类身份和社会身份,这两种身份将会对占主导地位的工具性观念和与之相联系的社会关系构成挑战。因此,它将与那些保护和扩展其他非工具化的社会和经济形式的力量一起对抗持续的工具化压力"①。生态文明的自我范式是决定这一文明优于以往文明类型的关键所在,这种关系性自我范式,从中外哲学中可以找到坚实而深远的思想资源和精神支撑,它对事物之间的联系性、依赖性及差异性、独立性兼顾的主张,既符合马克思主义辩证哲学的精神内涵,同时又与中华民族"和而不同"的"兼和"即"兼容多端而相互和谐""兼赅众异而得其平衡"(张岱年语)等思想智慧有着内在一致性。由于博采众长,生态文明的关系性自我范式有着深厚的底蕴,也有着相对以往自我范式的超越性,它对扭转目前的生态危机和人类危机、实现人类和地球的可持续性存在与繁荣具有重要的意义。

---

① [澳]薇尔·普鲁姆德:《女性主义与对自然的主宰》,马天杰、李丽丽译,重庆出版社2007年版,第203—204页。

西方中心主义与中国学术深层问题

——以文论和文学批评为例

近年来一些学者在总结学术研究时常常感叹说，中国学术在研究方法和研究范式上受西方影响过多，近现代以来没有什么独特的建树，以致造成中国学术的自我失语，正如有研究者在回顾中国学术话语的发展时所说的那样："中西交流，皆以西来范中，百年激进，东搬西挪。自俄苏而英美，从尼采而福柯，琳琅满目，邯郸学步。蓦然回首，那人却不在灯火阑珊处！"[①] 不仅如此，中国学者在国际学术交流中没有话语权，即使是国内泰斗级的人物，在国际上也默默无闻或处于边缘地位。所以，中国学术的一个深层问题是学术话语权问题。如何看待这种状况？如何破解西方话语中心主义局面？中国学术的话语体系如何建构？学界对这些问题的思考其实由来已久，在今后若干年也会长期保持关注和探索。中国现当代的文论和文学研究在批评方法和学术视野方面，受西方影响较为明显，笔者以文学研究为例，探讨如何看待西方话语中心论的问题，以及采取何种立场对此进行校正。

一　西方中心主义与文学研究话语权失落

当今关注西方中心主义这一问题的学者很多，其中很多都是批评

[①] 曹顺庆：《创刊贺词二》，施旭主编《当代中国话语研究》（总第一辑），浙江大学出版社2008年版。

西方中心主义与中国学术深层问题

西方中心论者,这当中不仅仅有中国及亚非裔的西方学者,而且还有欧裔的西方新左派学者,如赛义德、阿明、伯纳尔、沃勒斯坦、弗兰克等。但也有人对西方中心主义这个话题很反感,认为这是一个伪问题,甚至是"智力游戏"。应该说西方中心主义这个命题虽然较大,但是是真正存在的问题,我们必须直面这个问题,而不是绕开,这样才能真正认识我们的学术研究存在的问题,并寻找解决问题的办法和路径。正如沃勒斯坦所说的:"……我们必须完全承认欧洲对于重造世界的特殊性,因为只有这样,我们才有可能超越它,并且才有希望获得一种关于人类前景的可能性的更为广泛的普遍性的视野,这种视野绝不回避我们在同时追求真与善的过程中会遇到的任何棘手而复杂的难题。"①

什么是西方中心主义?应该如何认识和看待这个问题?

笔者认为,西方中心主义首先是一种西方人的心态,对于西方人的这种心态,乐黛云曾经说过:"不少西方人不了解,也不愿意了解其他民族的文明,而是固执地、也许并不带恶意地认为自己的文化就是比其他文化优越,应该改变和统率其他民族的文化。"②西方人在人类文明创造和对人类历史的贡献上,有其他民族所没有的优先性和优越感,有着强烈的英雄意识,自认为是人类历史的领跑者与拯救者。

其次,西方中心主义还是一种理论事实。很久以来知识界就形成了西方知识帝国主义的局面,非西方学者对西方中心范式有着较为严重的依赖倾向。为何如此?如果从知识考古的角度看,社会科学首先从西方兴起,也就是说社会科学率先起源于西方,古希腊时期对世界本质的追问和对理性的追求奠定了基础,中经中世纪的酝酿,到近代社会变革中体现为对科学、理性及人权的追求与确证,直到西方社会的现代化的展开,现代知识体系逐渐完善和发展起来,并传播到其他

---

① [美]沃勒斯坦:《进退两难的社会科学》,《读书》1998年第3期。
② 乐黛云:《创刊贺词一》,施旭主编《当代中国话语研究》(总第一辑),浙江大学出版社2008年版。

第三辑　当代西方文化思潮热点若干

后发式现代化国家，进而这些后发式现代化国家的知识与学术研究也受到影响，西方中心主义的学术范式与特征在所难免显现出来。

中国属于后发式现代化国家，中国的社会科学亦属于后发型的社会科学。从19世纪末到20世纪初，随着中国的落后挨打和被迫对外开放，整个社会乃至文化学术都经历了痛苦的转型，中国的文学和文学研究也开始了受欧风美雨的影响、洗礼的历程，西方各种思潮大多通过文学传播开始了在中国的理论旅行。一百年来，中国的文论和文学研究受到西方理论的影响远远超过中国传统文化与文学，以至于脱离了西方的理论我们几乎不会说话，即学术失语。因此，一些文化保守主义者认为，中外文化与学术交流存在严重的不平等现象，甚至认为中国现当代文化与文学发展的历史，就是一部文化的殖民史。从"别求新声于异邦"到文论失语，这显然是一条不归路，并因此而质疑五四运动的历史定位与评价问题。不仅如此，中国的学者在国际学术交流中的地位也十分边缘，正如有学者指出的那样："中国与国际同行的交流在很大程度上是单向度的，即中国学者十分注重外部世界发生了什么，但外部世界却断然忽视中国的文学和文化理论界发生的事情。因而在相当长的时间内造成了中国理论家的'自说自话'状态。"[①]

二　文化自尊、学术风骨与开放性学术原则

中国学人在"别求新声于异邦"的路途中，一直受文化自尊问题的困扰。对中国学者在世界学术格局中所处的窘境和屈辱，有人这样归纳——国内从事中国文学研究的学者要想走向世界，只有两条路可走：一是用西方通用的语言写出符合西方学术规范的论文，通过与国际同行的激烈竞争才得以发表，但这方面的成功者至今寥寥无几；二是借助英文翻译的中介，等待某个汉学家的"发现"。坚守文化尊严和

[①] 王宁：《从单一到双向：中外文论对话中的话语权问题》，《江海学刊》2010年第2期。

西方中心主义与中国学术深层问题

学术风骨显然是中国学术界必有的信念与操守,但不能因此而拘囿于单一的民族视野,而放弃更有包容性和开放性的学术原则。

西方在思想建树和学术话语方面,的确对人类的知识建构乃至整个人类文明有尤其重大的贡献和推动,而且至今仍有其强大的理论效度和阐释活力,但也不能因此看不到它的限度,这主要表现为它把西方经验视为人类的普遍原则,并从这一视点来构想世界宇宙。同时将世界分成"西方"和"其他"(The West and the Rest),并以此来建构整个知识框架体系和思维范式,形成二元论的等级结构,西方永远居先居上,视野难以辐射到"欧洲路灯以外的世界"。

要超越和走出西方中心主义的局限,必须具备更宽广的视野与更完善的视角,即人文中心主义和世界视野。对此,很多学者都有理论探索和思考,他们提倡打通中西、内外互补,提出"人文中心主义""现代世界视野""全球本土化"等主张。陈寅恪先生提出的学术研究三原则(横通、纵贯、内审)以及费孝通先生曾说过的"各美其美,美人之美,美美与共,天下大同"等都体现了这一思想。当代的文学研究者杨义也力倡在学术研究中应该践行"现代世界视野",他说:"在研究现代学术时,把'世界视野'作为首要的方法论问题予以关注,当是一种合乎时宜的创设。世界视野既是方法,又非方法,而是方法之方法……任何现代学术方法的合理性和有效性,都不能只在它本身的系统中表示出来,而必须在全球对话的角度予以探讨、解说和检验。"[①]

在批判和检省西方中心主义的话语霸权时,我们不能把孩子和洗澡水同时倒掉,西方所秉持的价值中有一些价值是普世性的,而不仅仅是西方的。不能因为是西方先提出就说成是西方的价值观,进而加以拒绝。比如五四时期,中国文学受到西方个性解放思想的影响,很多小说开始表现这样的题材,纷纷书写恋爱自由、婚姻自主。文学评

---

① 杨义:《现代世界视野通论》(一),《西南民族大学学报》2005年第1期。

论中也开始倡导人道主义的理论，并据此分析文学作品。无论是个性主义还是人道主义，虽然由西方率先提倡，却不能仅仅将之视为西方价值观。客观地讲，西方的很多学术理论和方法还是具有理论效度和生命力的。西方中心主义依然会在很长一段历史时期存在的现实，我们不可能全盘拒绝，介绍和运用西学还是我们要做的事情的重要组成部分。笔者认为宗白华曾经说过的"几十年内仍是以介绍西学为第一要务"的观点至今仍有意义。

第四辑

观与评的人文之思

人民性：文艺的永恒生命

——纪念《延安文艺座谈会上的讲话》70 周年

至 2011 年，毛泽东的《延安文艺座谈会上的讲话》（以下简称《讲话》）发表已有 70 周年。《讲话》自发表以来，对中国半个多世纪的革命、政治、思想、文化等产生了深刻的影响，尤其是对中国文学的发展进程更是影响深远，正如学者所说的："只有理解《讲话》，方能理解半个多世纪以来的中国文学。《讲话》的理论辐射甚至远远超出文艺运动范围，在思想史上也具有重要的意义。"[①]《讲话》的思想意蕴的精髓无疑是其人民性的思想。中国文艺经历数十年的发展和检验，人民性始终是文艺发展繁荣的源头活水，是文艺的永恒生命。

一 《讲话》人民性的思想来源：马克思主义传统

重视文艺的大众化、人民性问题，历来是马克思主义的珍贵传统，马克思、恩格斯、列宁都很重视，人民性也是毛泽东思想的重要组成部分，毛泽东的人民性思想传承了马克思主义的思想传统，并结合中国革命和中国历史的具体情况，给予了进一步的发展和完善。

重视人民性是中外思想史上先进而优秀的特性，中外历史上的政治文化学说中不乏民本思想，致力于人类解放的马克思主义哲学，则

---

① 钱理群等：《中国现代文学三十年》，北京大学出版社 1998 年版，第 363 页。

第四辑　观与评的人文之思

将人民性思想发扬光大，产生了许多经典的论述。马克思早年在《莱茵报》做记者时就曾说过："谁要是经常亲自听到周围居民因贫困压在头上而发出的粗鲁的呼声，他就容易失去美学家那种善于用最优美最谦恭的方式来表述思想的技巧。他也许还会认为自己在政治上有义务暂时用迫于贫困的人民的语言来公开地说几句话，因为故乡的生活条件是不允许他忘记这种语言的。"[①] 恩格斯在1847年发表的《诗歌和散文中的德国社会主义》中批评了当时的文学家不是在现实世界中生活和创作，而是"漂浮在云雾中"，沉溺于"固有的小资产阶级的幻想"，他倡导要"歌颂倔强的、叱咤风云的和革命的无产者"[②]。在马恩著作的基础上，列宁在文艺如何为无产阶级和人民大众服务方面，有了更为具体而明确的论述，并对毛泽东文艺思想产生了直接而深远的影响。在马克思主义经典著作中，毛泽东接触最多、最熟悉的是列宁的文艺论著。

毛泽东早年深受陈独秀、胡适、李大钊等人的思想的影响，他和当时的五四青年一样，通过阅读《新青年》接受马克思主义的影响，正如他自己所说："到了一九二零年夏天，我已经在理论上和在某种程度的行动上，成为了一个马克思主义者，而且从此我也自认为是一个马克思主义者了。"[③] 在马克思主义学说中，毛泽东最直接地受到列宁理论的影响，《讲话》仅有的两次马克思主义经典文艺观点的引用，都是源自列宁的《党的组织与党的出版物》。

毛泽东如此青睐列宁的学说，不仅因为列宁在马恩思想基础上有新的丰富和发展，对新的革命形势更具指导性，而且也是由中俄两国的社会文化特征和国情，即革命形势的相似性决定的，"在马恩列斯的著作中，毛泽东尤其喜欢读列宁的著作。读得最多、下功夫最大的恐怕也是

[①] ［德］马克思：《摩塞尔记者的辩护》，《马克思恩格斯全集》（第1卷），人民出版社1971年版，第210页。

[②] 《马克思恩格斯全集》（第4卷），人民出版社1958年版，第224页。

[③] 《毛泽东自传》，人民出版社1993年版，第39—41页。

人民性:文艺的永恒生命

列宁的著作……根据延安时期给毛泽东管过图书的史敬棠回忆,毛泽东在延安经常读《两个策略》《'左派'幼稚病》。他用的这两本书还是经过万里长征从中央苏区带来的,虽然破旧了,仍爱不释手"[1]。

毛泽东对列宁主张的吸收和发展主要体现在两个方面。

一是对文艺和整个革命事业关系的论述。他们对认为文艺是无产阶级事业的重要组成部分,文艺对革命事业的发展有着重大的作用。列宁曾指出:"写作事业应当成为整个无产阶级事业的一部分,成为由整个工人阶级的整个觉悟的先锋队所开动的一部巨大的社会民主主义机器的'齿轮和螺丝钉'。"[2] 毛泽东发展了列宁的这个论断,提出:"革命文艺是整个革命事业的一部分,是齿轮和螺丝钉,和别的更重要的部分比起来,自然有轻重缓急第一第二之分,但它是对于整个机器不可缺少的齿轮和螺丝钉,对于整个革命事业不可缺少的一部分。"[3]

二是文艺方向的大众化、人民性取向。列宁指出,在文艺为谁服务的问题上必须明确一个基本方向,那就是"为千千万万劳动人民,为这些国家的精华、国家的力量、国家的未来服务","必须深深地扎根于广大劳动群众中间。它必须为群众所了解和爱好。它必须从群众的感情、思想和愿望方面把他们团结起来并使他们得到提高",等等。《讲话》更是非常明确地指出:"我们的文学艺术都是为人民大众的,首先是为工农兵的,为工农兵而创作,为工农兵所利用的。"

毛泽东以《讲话》为代表的关于文艺思想的论述,是对列宁文艺思想的创新与发展,正如研究者指出的那样:"列宁是政治家加文艺爱好者,毛泽东是政治家加文艺实践者。毛泽东的文艺家身份和文艺创作实践,使他对艺术的把握更为准确,对艺术的体验更为到位,对艺术规律的认识也就更为全面和科学。"[4]

---

[1] 龚育之、逄先知等:《毛泽东的读书生活》,生活·读书·新知三联书店 2005 年版,第 27—28 页。
[2] 《列宁全集》,人民出版社 1987 年版,第 93 页。
[3] 《毛泽东选集》(第 3 卷),人民出版社 1991 年版,第 86 页。
[4] 季水河:《毛泽东与列宁文艺思想比较研究》,《文学评论》2008 年第 2 期。

第四辑　观与评的人文之思

二　《讲话》人民性的思想精髓：人民本位　生活本位

从毛泽东思想的发展历程来看，毛泽东文艺理论中人民性思想并非《讲话》首发，而是贯穿在 20 世纪 30 年代中期以来的多次讲话和论著中。1936 年 11 月 22 日在中国文艺协会成立大会上的讲话中，他就提出了"发扬苏维埃的工农大众文艺，发扬民族革命战争的抗日文艺"的文艺主张，作为当时中国文艺协会的两大任务。1938 年 4 月 28 日，在鲁迅艺术学院发表讲话时，也明确提出："艺术作品要有内容，要适合时代的要求，大众的要求。"毛泽东又在《中国共产党在民族战争中的地位》《新民主主义论》等著作中，提出了文艺大众化是"为全民族中百分之九十以上的工农劳苦群众服务"的思想。尽管文艺为工农、为大众并不是《讲话》的首创，但《讲话》无疑将这种观点和思想系统化了。

《讲话》的精髓在于人民性思想，而人民性思想的精髓则是人民本位和生活本位。人民或大众这两个范畴是相互紧密关联的，《讲话》中二者的关系一直是互为因果的，脱离人民也就是脱离生活，"脱离群众"，就会"生活空虚"，"人民生活中本来存在着文学艺术原料的矿藏，这是自然形态的东西，是粗糙的东西，但也是最生动、最丰富、最基本的东西；……它们是一切文学艺术的取之不尽、用之不竭的唯一的源泉"。所以，他号召文艺家必须深入到群众生活中去观察、体验、研究"一切生动的生活形式和斗争形式，一切文学和艺术的原始材料"，然后才有可能进入创作过程[①]，否则就是"空头文学家，或空头艺术家"。

同时，对生活与艺术的关系也做了正确的辨析，《讲话》强调艺术固然来自生活，但高于生活，艺术美高于生活美，具有"更高""更强烈""更有集中性""更典型""更理想"的品质，科学地说明了文艺与

[①] 《毛泽东选集》（第 3 卷），人民出版社 1991 年版，第 86 页。

人民性：文艺的永恒生命

生活的作用与反作用的关系。

毛泽东的人民性文艺思想是站在历史发展的关键点，在已有的进步和左联的文艺主张之上的一次重要整合，正如澳大利亚学者麦克杜格尔在1980年翻译《讲话》单行本时所作的长篇导言中写道的："《讲话》之所以重要，主要原因是它把中国左翼文学中流行的散乱文学学说组织起来，形成当时环境所需要的全面的文学政策，并体现了毛泽东作为一个政治领袖使之在延安地区立即付诸实现的能力。"①

毛泽东的人民性文艺思想无疑是"民族的""科学的"和"大众的"，它至少在以下三个方面确立了自己的特色，并实现了突破创新。

一是人民性思想具有实践哲学的品格。《讲话》体现了马克思主义的哲学观特质和实践唯物主义的哲学基础。即不仅要解释世界，还要达到改造世界的目的，而其根本在于改造世界，即强调文艺强大的实践功能，强化文艺作品联系实际，介入乃至干预现实生活。"作为观念形态的文艺作品，都是一定的社会生活在人类头脑中的反映的产物"，文艺实践也是随着人们生活的变化而发展，从实践性原则出发，文艺所反映的客体不是抽象的物质存在，而是有着具体时空的社会的历史的实践。他认为艺术形式有自身相对独立的价值，提出"诗要用形象思维"。

二是确立了人民本位的文学观。《讲话》的思想重心是强调文艺为什么人的问题，并鲜明提出文艺为普通的工农兵大众创作和服务，人民本位的文学观的确立打破了中国传统的"载道说""娱乐说"的文学观念，注入了新内涵，体现了新文艺底层关怀的人文精神。这种文艺观虽然质朴，不乏很强的目的性，但也在客观上推动了文艺的启蒙作用的实现。正像学者指出的那样："农民从新文学中得到了现代文明、民主科学的新思想、新文化、新伦理观念及新的审美趣味的启蒙与影

---

① 参见刘忠《〈在延安文艺座谈会上的讲话〉在国外的译介与评价》，《中州大学学报》2007年第7期。

响，促成了他们新的觉醒。"[1]

三是《讲话》完善了文艺接受主体理论。从文艺的接受理论发展历程看，毛泽东的接受理论无疑具有现代性，同时与西方接受美学具有某些相似性，提出"文艺作品的接受者"的概念，强调了文艺接受者是文艺作品最具权威的评判者，"人民群众历来是作品'够资格'和'不够资格'的唯一评判者"。《讲话》中以戏剧与观众的关系，生动地说明了这个道理。他说："戏唱得好坏，还是归观众评定的……一个戏，人们经常喜欢看，就可以继续演下去。"[2] 澳大利亚学者庞尼、麦克杜格尔在自己翻译的《讲话》单行本的长篇导言中认为，毛泽东作为"中国第一个把读者对象问题提到文学创作的重要地位的人"，高于他的西方批评者，也高于现代西方马克思主义理论家。[3]

三 世界性影响与现实性意义

1942年后，《讲话》中的人民性思想催生了文艺新作品的涌现，延安文艺产生了小说、戏剧、诗歌等堪称经典的作品，它们至今依然有认识价值和历史价值，在艺术上具有永久的魅力。如赵树理、孙犁、丁玲、周立波等人的小说；李季、田间、阮章竞、袁水拍等人的诗歌；《兄妹开荒》《白毛女》《扬子江的暴风雨》（田汉、聂耳）等戏剧，这些作品存留了一个时代和历史的某些真实影像，反映了解放区人民的生活、情感、心理，谱写了一个时代的文艺图景。

在中国文艺发展史上，1942—1976年被称为文艺的"毛泽东时代"，应该说这是一个充满争议的时代。研究界对毛泽东思想中的文艺与政治过于紧密的关系以及由此造成的影响不乏质疑甚至批判，文学和艺术的工具性和功利性被夸大和推重，社会的政治、经济与文艺的

---

[1] 钱理群等：《中国现代文学三十年》，北京大学出版社1998年版，第351页。
[2] 毛泽东：《毛泽东选集》（第5卷），人民出版社1977年版，第316页。
[3] 参见刘忠《〈在延安文艺座谈会上的讲话〉在国外的译介与评价》，《中州大学学报》2007年第7期。

人民性：文艺的永恒生命

关系被过于简单化了，具有明显的局限性。历史地讲，应该看到《讲话》的很多思想观点都是基于战争时期党的特殊需要而阐发的，是权宜之计下的一种革命策略。尽管如此，《讲话》的发表对当时的文艺创作依然产生了巨大推动和影响，同时产生了世界性的影响，对于当下的文艺创作也不乏现实启示。

1945年后，《讲话》被译介到亚洲、欧洲乃至世界的各个区域，在世界范围内受到关注并产生着影响。人民本位、生活本位的思想尤其受到赞同，印度的一位作家曾由衷地说："我是在我的第26本著作出版后，才读到毛泽东的著名文章《在延安文艺座谈会上的讲话》的。我真希望我能在开始写作以后，就已读到这些关于人民作家的立场、态度和写作范围，关于内容与形式问题的生动的、具体的意见。在读这篇文章时，我觉得像阅读一位'朋友、哲学家和导师'向希望成为'人民的和为人民的'作家朋友所说的一篇亲密的当面的谈话。"[1] 西方研究界对《讲话》时代的毛泽东本人及其思想也十分关注，西方学者佛克马指出，毛泽东在战争年代那样紧张复杂的工作条件下来抓文艺理论，说明他十分重视文艺，并说："在西方，很难找到一位政治家对文艺有如此高的期望。"英国著名学者戴维·莱恩在《马克思主义的艺术理论》一书中说，"毛泽东也描述了艺术作品生产过程的一种模式，用普通的词语论及了它的原料和创作手段"，认为"延安《讲话》也被证明具有一种生产力，一种不是提供现成的思想，而是激发读者思想的能力"[2]。

纵观人类文艺理论史，毛泽东文艺思想，已成为马克思主义文艺学说的重要组成部分，其中人民本位、生活本位的人民性思想对文艺创作具有永远的指导价值，对于当下众多文艺作品徒有炫目外表，但思想空虚、内涵贫困的创作困境，无疑也有着重要的启示意义。

---

[1] 参见刘忠《〈在延安文艺座谈会上的讲话〉在国外的译介与评价》，《中州大学学报》2007年第7期。

[2] ［英］戴维·莱恩：《马克思主义的艺术理论》，湖南人民出版社1987年版，第97—98页。

文与史的双线探究

——评《口述历史下的老舍之死》

近十几年来，文学研究界无论是学科的结构格局，还是个体的学术研究定位，都在迅速发生着变化和重组，中国现代文学研究更是如此，一部分学人因各种原因，学术视点和定位发生了转向，或向上回溯到对古近代文学研究，或向下进军当代文坛。但中国现代文学研究领域仍有很多执着的坚守者，他们不仅致力于用新的理论视角和研究方法来寻找突破路径，而且坚执于对具体问题做深而广的挖掘和探究，傅光明博士所著的《口述历史下的老舍之死》（山东画报出版社2007年版）即属于这一类成果，该著述的意义在于，它选取口述史这一独特视角，用文学和史学双线并进的跨学科方法，以自己多年来潜心收集整理的第一手史料文献来重新研究"老舍之死"，此部学术专著是老舍研究乃至中国现代文学研究中具有填补学术空白意义的创新性成果。

一

目前学术界公认文献与史料的创新是难点所在，许多人热衷于较大的或宏观的题目，并用新的理论和术语套用于对文本的解读，对具体问题的史料文献发掘和发现这样艰辛耗时的研究常常望而却步。《口述历史下的老舍之死》最为可贵的创新之处就体现在文献与史料方面，即史料的第一手性，作者十余年来能够沉下心来踏踏实实地一直埋头

文与史的双线探究

做有关现代文学史料的调查、挖掘和整理工作，尤其在老舍研究方面长期从事口述历史田野采访调查。此前在老舍研究方面就有《老舍之死采访实录》《太平湖的记忆——老舍之死》两部口述实录著作。在《口述历史下的老舍之死》中作者在原有史料和文献的基础上又进行扩充拓展，对围绕老舍之死所发生的历史事件和文学问题都进行了独到而有意义的探究。如对"八二三"事件细节的重新多方调查考证，对老舍跳湖前后过程及见证者的口述采访，对老舍与诺贝尔文学奖之间关系之究竟的深入调查，等等，都具有拨开迷雾切近历史真实的价值，在老舍研究乃至同时代的许多问题研究上具有突破性意义。

"八二三"事件是探究老舍之死的关节点，这一天究竟发生了什么？一切都是如何发生的？《口述历史下的老舍之死》的作者进行了十余年的追踪采访，以及对历史文献的考古发掘，发现在许多细节上出入很大，疑问很多。"比如，当时的现场是怎样的？老舍有没有被架到桌子上？老舍当时到底说了些什么？以什么口吻或什么态度说的？挂在老舍脖子上的牌子是木头的，还是纸的？是铁丝挂的，并深嵌到了肉里，还是仅仅是用麻绳？牌子上写的字，是'反革命黑帮分子'，还是'反动学术权威老舍'？老舍到底是怎么'打'的红卫兵？他写没写'认罪书'？老舍是被文联内部'好心'保护他的人'扭送'去的派出所，还是由吉普车拉去的？老舍到了派出所有没有再挨打？除了没有点出名来的'一个四十多岁的女人'的揭发老舍把《骆驼祥子》的版权卖给了美国，几乎没有一项可以统一起来。"还有，老舍跳太平湖而死这一点是毋庸置疑的，但对跳湖前后的经过，例如何时跳的？跳湖后湖面上是否漂浮着毛主席诗词？是谁打捞了老舍的尸体？甚至老舍家人何时得知噩耗，以及当时的反应和言行等，都有不确定的说法。经过历时十几年对20余位与"老舍之死"相关的历史当事人的艰苦的追踪调查，《口述历史下的老舍之死》获得了大量宝贵的关于"文化大革命"中的"八二三"事件和"八二三"事件中的老舍以及老舍跳湖前后的第一手口述历史资料。虽说难以得出唯一的结论，但作者对这

第四辑　观与评的人文之思

一事件的许多细节问题的调查发掘，陈列了不同的历史证人及其不同的历史叙述，让人们看到了"八二三"事件和"老舍之死"这些简单的历史名词包容了纷杂喧嚷的人与事以及对人与事的叙述，也展露了诸多的历史疑点和谜团，显示出重新研究的必要。

老舍与诺贝尔文学奖之间的关系近年来备受研究界瞩目，但同时也不乏扑朔迷离的色彩。在这个问题上，《口述历史下的老舍之死》结合已有的研究文献，对已有的结论从口述史的角度进行更深入的追溯，呈现了自己独有的调查和考证。著者对老舍的家人、国内著名的作家等进行多方详细查访，尤其是著者2005年5月通过日本友人冈田祥子女士对日本的藤田荣三郎调查到的独家的极其重要的"口述者"的"证词"，是目前能够证实老舍与诺贝尔奖之间关系的最直接的证据史料，藤田荣三郎作为日本老舍研究会关西地区常任委员，他证实"关于老舍和诺贝尔奖的文章曾刊载于《文艺杂志》（此为日本杂志——笔者注）上，这件事情是不会错的"①。虽然关于此事的细节和结论依然存有迷雾，人们期待诺奖评选档案揭秘的那一天，无论最终结论是是还是否，《口述历史下的老舍之死》中所进行的调查探究的意义是不容否认的。

《口述历史下的老舍之死》中众多鲜活的第一手口述史料与文献，对已有的研究成果形成较大的挑战，一些研究成果在《口述历史下的老舍之死》著者的口述历史的田野作业的研究方法下变得不确定，其真实性也受到质疑。

为此，作者在《口述历史下的老舍之死》中提出两个范式，即口述史实、史诗笔法，在史学与文学两种不同的研究范式之下产生的研究成果常常是完全不同的。以这两种范式来审视目前的研究成果，就会发现现有的一些关于老舍的研究成果属于史诗笔触，而对此人们几

---

① 《藤田荣三郎致冈田祥子信》2005年5月29日，傅光明《口述历史下的老舍之死》，山东画报出版社2007年版，第130页。

乎没有过怀疑,因为对那些悲壮的甚至是由亲人亲自书写的史诗篇章,"似乎任何质疑都会显得苍白无力,甚至别有用心"。但《口述历史下的老舍之死》中所展示的口述史实却使人对已有的甚至在人们看来是定论性的东西产生了怀疑。作者也困惑而沉重地发出质疑:"我由此想到,人们以前所了解的'老舍之死',有些是否已经在某种程度上,成了按照高度程式化的形式,用固定的'特性形容词'编纂成的另一种形式的'荷马史诗'或'关于过去的一幅拼图'?里面保存了多少'历史的真实?'"[①]

《口述历史下的老舍之死》涵容了一位研究者多年的积累和相当艰苦的爬梳和思索,其所具有的学术价值与创新意义是不容置疑的,对此作者在对《荷马史诗》的口述实录考证者、美国学者帕里给予极高推崇的同时,也模仿帕里的自述对自己的研究和创新做出并无夸大的自评:"像帕里一样,我在断续进行了十余年'老舍之死'田野作业的追踪采访,获得极其珍贵的资料之后,同样可以自信地宣称:'我相信我手头的数十盘录音、录像带和整理出来的口述实录以及搜集的相关档案材料,对于研究老舍之死的历史意义,单就资料上的价值而言也是世界上独一无二的。'"[②]

二

此书的又一创新点是观点的创新,以往研究界对"老舍之死"有三种说法:一是"抗争说",二是"绝望说",三是"脆弱说"。对此,《口述历史下的老舍之死》一书并没有急于得出确定的结论,作者认为,对"老舍之死"做出单一的结论恰恰会将这一研究框定住、限制住,实际上导致老舍自杀的原因是多元而错综复杂的,是"综合因素,或曰合力,促成了老舍之死",这是一个貌似没有结论的结论,"老舍

[①] 傅光明:《口述历史下的老舍之死》,山东画报出版社 2007 年版,第 106 页。
[②] 同上书,第 105 页。

第四辑 观与评的人文之思

的自杀是由多元的错综复杂的因素造成的。正像老舍自杀可能有他艺术文本里对死亡的描写，有他生命历程中的现实死亡观，也有他自身特定的性格的因素、母亲的因素，除此，更主要的，还有历史、社会、政治、文化、哲学等诸多因素，用英国艺术史家贡布里希的话说，是同在一个历史的挂钩上"。

应该说，从老舍之死的角度来研究老舍，这也许是最佳切入点，有纲举目张的意义。因为从普遍意义上说，对死的探究是为了更好地把握生的价值与意义。从具体的个案来看，从老舍之死的角度可以自然生发并延展至对老舍的文本与其生命本身关系的探析，对老舍本人心灵人格的深层解读，以至对时代社会文化与知识分子命运的透视等。在这样的探析下，《口述历史下的老舍之死》中有很多闪光点和有价值的见解，比如，老舍的幽默风格与老舍之死的关系，老舍为何选择太平湖作为最后的归宿，老舍人格与心灵的深层解读，中国知识分子特殊的本土背景与特殊的生存环境。让人感触最深的是老舍人格与心灵的分裂与悖论、作为人的丰富与复杂，通过《口述历史下的老舍之死》人们看到的是政治的老舍、文学的老舍、日常生活中的老舍、职业角色中的老舍、抵制的老舍、服从的老舍、本色的老舍、异化的老舍、批人的老舍、被批的老舍、对党无限虔诚的老舍、心灵异常困惑的老舍……正如作者所指出的那样："……一系列历史的人事、物事，都可能会导致他的多元复杂性，既有对艺术的内在追求，有精神思想的困惑，有心灵的备受煎熬，也有人格的无端扭曲。"[1]

我们在谈作家时总是把他们完全等同于知识分子，而这里的知识分子一词的内蕴和特质却几乎完全是西方语境下的，凸显的是其在公共空间的独立性和批判性。中国的知识分子无论是其个人家庭出身还是社会处境，都与西方知识分子存在巨大的差别。而这种差别的前提取决于中西社会与文化结构的巨大不同，中国知识分子个体出身及所

---

[1] 傅光明：《口述历史下的老舍之死》，山东画报出版社 2007 年版，第 408 页。

文与史的双线探究

处社会环境的复杂性远非西方知识分子所能比。人总是处在并受制于文化结构与社会环境，中国知识分子首先是中国人，难以脱离文化与社会对他的模塑和规训。从某种意义上看中国知识分子在一定程度上依然存留着鲁迅在《灯下漫笔》中所批判的中国人的弱点和存在状态，即坐稳和暂时坐稳，这也是中国知识分子在无奈和不得不苟且时所持有的末路生存哲学。在非人的环境中要想生存并保持人的生存几乎是不可能的，中国的知识分子有着非中国知识分子生命中难以承受之重。因此，对中国知识分子死亡选择的原因与意义的探究尤为复杂艰难。正如《口述历史下的老舍之死》的著者在对老舍与王国维之死作了比较之后所指出的："无论王国维的自杀，还是老舍的自杀，内在与外在的原因都是复杂的，而且可能永远说不清，除了历史的黑洞，没谁能提供一个标准答案出来。但综观他们一生的学术生涯与文学创造的生命历程，以及深邃的精神文化世界，不难发现，无论对王国维，还是对老舍，自杀，都是他们在深思熟虑中'默默酝酿的伟大作品'。同时，也把这作品的思想意义，留给了'无言'的历史，留给了'有声'的后人。'无言'的历史无法呈现历史的答案；而'有声'的后人解释的历史也不可能有结论。"[1]

《口述历史下的老舍之死》远不是对老舍研究尤其是"老舍之死"研究的终结性的著述，它的结论是开放性的，考证出的史料也是充满张力的。在研读《口述历史下的老舍之死》的过程中，读者会与作者一道陷入对历史的迷思中，比如同一事件有多个亲历者，而每个亲历者有不同甚至完全矛盾的叙述，仅老舍投湖的三个打捞者的叙述、"八二三"老舍挨打前后的情景及随后的情况，就有众多版本。作者不禁生产这样的困惑："我在一步一步走近历史的真实。但一个又一个浮出水面的历史细节，彼此间却有着巨大的矛盾、对立、冲突，根本无

---

[1] 傅光明：《口述历史下的老舍之死》，山东画报出版社2007年版，第307页。

第四辑　观与评的人文之思

法按照叙述的样子去还原历史的真实。"[1] "……我曾为此迷惑不解，现在则越发清晰地认识到，这种'罗生门'式的历史真实才是历史的至少一种意义所在。"[2]

我们既不想像历史客观主义者那样只满足于搜集琐碎资料，穷究细枝末节，历史客观主义追求纯粹的客观性事实的可能性早已被人类思想所怀疑。同时也要正确看待只强调历史的虚构性的后现代叙事主义历史观，既要将历史与对历史的叙述区分开，又不能把二者截然对立，在历史观的问题上，作者的态度显然是可取的："我是赞同把历史分成历史1和历史2的。历史1指过去曾经发生过的人、事、物，即客观的历史事实、真相；而历史2指对于历史1的叙述，即人们主观的可能包含了记忆、想象及各种口传的不同的文本叙事。以'老舍之死'为例，历史1就是指1966年8月23日确曾发生了的'八·二三事件'，而我通过采访所得到的对于这一历史事件的认识，则更多来自那些可能的历史'证人'们的叙述。这也导致我对后现代史学的质疑，即不能因为历史的文本叙事而将真实的历史遮盖起来，那将是将过去与历史割裂开来。历史是历史，叙事是叙事，不可混为一谈。"[3]

《口述历史下的老舍之死》在口述史学上的意义在于，它对同一事件的多元叙述呈现出与"过去"不同的多个侧面。但将不同的历史证人的不同历史叙述呈现出来不是终极目的，我们还应站在新高度，还应选择一种合理的历史观继续切入对老舍及老舍之死的进一步探究，正如一位西方学者所言："……在历史的回忆中，在向往事的回归中，永远有一种投身另一个世界的极特殊的感觉，而不仅是投身那个经验的现实的感觉，经验的现实像噩梦一样从四面八方压迫我们，我们必须战胜之，以便站到新的高度上去……"[4]

---

[1] 傅光明：《口述历史下的老舍之死》，山东画报出版社2007年版，第98页。
[2] 同上书，第180页。
[3] 同上书，第408页。
[4] ［俄］别尔嘉耶夫：《历史的意义》，张雅平译，学林出版社2002年版，第14页。

文与史的双线探究

　　一位哲学家说过，科学研究中最有价值的有时不是得出结论，而是发现问题。《口述历史下的老舍之死》给研究者提供这样的启示，我们不应在现有的研究成果上止步不前或停止思考，有些问题不妨将已有的结论进行悬置，重新走近，很可能有新的甚至重大的发现。近年来，一些人产生了只有 30 年历史的中国现代文学很难再做出新题目的看法，事实果真如此吗？当读过《口述历史下的老舍之死》后，这种认识或许会有所改变。

为国族立心　为文化立命

——理论文献片《文化伟力》观后

一位著名的思想学家曾说过，人类历史就是文化史，一部人类历史就是"一群伟大文化组成的戏剧，其中每一种文化都以原始的力量从它的土生土壤中勃兴起来，……每一种文化都把自己的影像印在它的材料、即它的人类身上；每一种文化各有自己的观念，自己的情欲，自己的生活、愿望和感情……"[①] 的确，文化从本质上看是文明的灵魂和时代精神的体现，文化在文明进程中的作用无可替代。当前，文化发展问题更是时代和世界的主题化问题，作为文化大国的中国，必须直面这一挑战，如何回应这一重大问题事关国家民族发展的宏旨，由中共黑龙江省委宣传部和黑龙江电视台联合摄制的六集大型理论文献片《文化伟力》无疑是应对这一挑战的扛鼎力作。该片在党的十八大启幕前夕，于中央电视台隆重献映，全片围绕"文化伟力"从六个方面，即"文明之源""凝聚之魂""创造之光""竞发之帆""兴业之柱""强国之路"，以影像与说辞阐释了作为人类文明核心的文化的丰厚蕴含。该片以深宏博大的高远立意与激越澎湃的史诗情怀，着力发掘中华文化大国崛起的历史必然，求索中华文化强国的复兴伟业，集思想性、政治性、学术性、通俗性、艺术性于一体，体现出史诗

---

① ［德］奥斯瓦尔德·斯宾格勒：《西方的没落》（上卷），商务印书馆1963年版，第39页。

性、时代性、独创性、震撼性等优秀文献片的经典特性，成为兼具人文关怀和国族意义的重大文化题材之精品，同时也是向中共十八大献礼的盛世鸿篇。

一 深描文化中国 倡扬国族复兴

要创作出文化精品和力作，创作者必须对这个时代有着非常深刻的理解和热切的投入，更要有崇高的时代使命感和强烈的民族责任感。这就要求创作者既要有远大的抱负，又要有如炬的目光，更要有深邃的思想。这样才能着眼于民族的发展大计，聚焦世界的中心话题，透析时代的根本问题。

马克思曾说："问题是时代的格言，是表现时代自己内心状态的最实际的呼声。"[①] 文化问题是现时代的格言，也是当今最为中心化的时代主题。从世界范围看，1998年联合国教科文组织在《文化政策促进发展行动计划》中对文化做出这样定义："发展可以最终以文化概念来定义，文化的繁荣是发展的最高目标。"当前中国发展正处在一个转折的当口或拐点，正如一位学者所说，从当今看前三十年是"世界走向中国"，今后三十年将是"中国走向世界"的时代。欧美金融危机不仅是经济衰退的结果，更是西方文化霸权削弱和意识形态危机的表征。党的十六大政治报告指出："当今世界，文化与经济和政治相互交融，在综合国力竞争中的地位和作用越来越突出。文化的力量，深深熔铸在民族的生命力、创造力和凝聚力之中。"党的十七大政治报告又进一步强调："当今时代，文化越来越成为民族凝聚力和创造力的重要源泉、越来越成为综合国力竞争的重要因素，丰富精神文化生活越来越成为我国人民的热切愿望。"并且提出了"提高国家文化软实力""解放和发展文化生产力"的战略思想。党的十八大再次明确提出，"扎实推进社会主义文化强国建设"，"必须

[①] 《马克思恩格斯全集》（第1卷），人民出版社1995年版，第203页。

第四辑 观与评的人文之思

推动社会主义文化大发展大繁荣，兴起社会主义文化建设新高潮，提高国家文化软实力"，"树立高度的文化自觉和文化自信，向着建设社会主义文化强国的宏伟目标阔步前进"。

《文化伟力》一片敏锐地捕捉到社会的热点问题，勇于迎战出击时代的中心话题，反映了主创人员不仅别具慧眼，而且富于胆识。最中心的话题往往是最难把握的。文化问题更是难于驾驭。从学理上讲，目前人类已有的概念和范畴，几乎没有哪一个像"文化"一词这么大、这么复杂，文化是多义的，有几百个定义，挑战这样高难度的选题既需要智慧，更需要勇气。《文化伟力》的成功完成不仅显示了主创者把握重大思想题材的创作实力，创作过程中的全心投注、倾情奉献，也昭示了他们的拳拳爱国之心，表现出崇高的精神追求和理想抱负。他们不负重托、不辱使命，克服困难，在不足10个月的时间里圆满出色地完成了全部制作，实现了展现和阐释"文化伟力"的光荣与梦想。

有西方战略学家指出：中国崛起成为一个大国，将是21世纪国际关系中最为确定的发展趋势之一。中华民族的伟大复兴将成为21世纪改变世界政治格局和经济格局的伟大事件。大国崛起，不仅要有经济准备、政治准备、军事准备，更要有文化的准备。《文化伟力》主创团队抱着极强的责任感和使命感，为中国作为大国崛起鼓与呼，他们深知，文献电视片作为一个国家和民族的影像档案，是表达国家话语、体现社会的核心价值理念的重要载体，关系到国家文化发展战略、国际文化交流，更关系到中国国家形象的构建和国家文化软实力的提升。《文化伟力》一片以恢宏的气象展现大国风采，不仅力求紧扣时代发展的深层主题，而且致思于为大国崛起做一份文化注释和理论支持。全片力图在全球与世界的历史视野下，总结梳理中国乃至世界历史的发展轨迹，尤其是文化在其中所起到的重大作用和力量，从而探索未来中华文化发展所应有的正确选择。

《文化伟力》一片并未以正统说教和简单绝对的逻辑，得出生硬的结论，而是以客观科学的态度，采取有理有据、感性与理性相结合的方式，对有关文化所包含的重大问题进行阐析，包括文化与文明的关系、文化认同与民族凝聚问题、文化的创造伟力、文化输出与文化软实力、文化产业、文化政策与强国之路等。既有放眼世界、穿越古今的开阔视界，又有正视民族自我的理性襟怀，既从根本上揭示了人类文化伟力的深刻内蕴，反思文化与文明进程中的问题和迷失，同时又彰显了中华民族文化的深层精神魅力。正如该片所指出的那样："文化的潮起潮落，关乎国运的兴衰成败。""大国崛起，不仅是经济现象，而且更是文化现象；不仅是经济增长，而且更是文化繁荣。唯有提高文化软实力，才能增强民族凝聚力、核心竞争力、国际影响力。"

二　"文化中国"的影像阐释

文献纪录片是一种发现的艺术，它的重要价值和责任就是发现，思想和观点的提出、问题意识的显现也是一种发现和贡献。《文化伟力》的主旨之一是表达"文化中国"的自觉性，确立"文化中国"的深层自信，"文化中国"的路线应成为中国的重要发展战略，呼应了党的十八大提出的"文化实力和竞争力是国家富强、民族振兴的重要标志"，"建设社会主义文化强国"必须"树立高度的文化自觉和文化自信"。《文化伟力》站在人类历史哲思的制高点，既锐意于对中华文化精髓的深度而独特的发掘和再解读，彰显其重大的现实意义，又能公允科学地评价西方文化的价值地位，同时敢于直面自己的问题。《文化伟力》表达了这样的追求，那就是在民族复兴的关键阶段，我们既要树立适度的文化自信，又要有清醒的文化自觉，既要深入弘扬传统文化的精髓，又要勇于反思文化存在的问题，探寻推动中华民族伟大复兴的丰厚资源和强大动力。从传播学意义看，《文化伟力》一片以影像再现和构建了"文化中国"图景，无疑会在中国表达、国家形象塑造和海外认知之间，担当重要的角色，架设起促进对话和增进理解的桥梁和媒介。

从目前的文化现实看，"西方文化中心论"在一定意义上造成"西

第四辑 观与评的人文之思

优中劣"的价值取向,这种取向的长期影响在一定程度上弱化了人们对民族文化的认同,以致国人的民族自信心不足,也使得中国成为世界上走向现代化道路中与自身传统割裂得最为严重的国家之一。因此要建设文化强国,树立文化自觉、呼唤文化中国迫在眉睫。何谓文化自觉?费孝通说:"文化自觉是指生活在一定文化中的人对其文化有'自知之明',并对其发展历程和未来有充分的认识。"[1]

《文化伟力》在对中华文化精粹的探寻中揭示了儒家思想中的"仁、义、礼、智、信"符合人类本质,蕴含着和平、和谐、和爱、和美的精神和思想,彰显出宽容、豁达、开放、开朗的文化心态,对于具有社会性生存属性的人类尤为适合,《文化伟力》在重塑"各美其美,美人之美,美美与共,天下大同"的文化自觉的同时,尤其重点凸显礼乐文化价值,"乐者,天地之和也。礼者,天地秩序也"。礼乐文化的精义包括"德政、仁治、修身","礼"的本真是强调秩序和规范,"乐"倡导的是一种和谐的精神。《文化伟力》认为,这些传统文化优质内核是中华文化中最具特色、最重要、最普遍、最有生命力的内容,也是民族文化认同的重要载体和凝聚之魂所在。不难看出,礼乐文化所具有的重大现实意义在于治疗当今世界普遍存在的规范的丧失、秩序的失落、文化的失范。正如罗素所说:"中国至高无上的伦理品质中的一些东西,现代世界极为需要。"[2] 作为一向持有"美国优越论"的历史学家福山 2009 年在接受媒体专访时修正了自己先前的判断:"客观事实证明,西方自由民主可能并非人类历史进化的终点。随着中国崛起,所谓'历史终结论'有待进一步推敲和完善。人类思想宝库需为中国传统留有一席之地。"因此,继承中国文化传统,绵延民族文化血脉,增进对中华文化的认同,彰显中华文化的独特魅力,在扩大"文化中国"影响的基础上不断提升国家文化软实力,正是《文

---

[1] 费孝通:《反思、对话、文化自觉》,《北京大学学报》1997 年第 3 期。
[2] 参见中国人权研究会编《东方文化与人权发展》,东方出版社 2004 年版,第 197 页。

化伟力》的深层内蕴所在。

"在全球化下真正可怕的，不是西方文化的威胁，而主要是自身的麻木不仁。在文化上不能够自觉地发现问题，就不会有所改进，没有改进也就不会变被动为主动。"[1] 真正的文化自觉，不仅是有文化自知之明，而且是敢于直面自身的问题。正如片中所说："从中华民族的历史看，有过辉煌与经验，也有过伤痛与教训。"中国近现代尤其是改革开放以来，传统社会原有的认同模式和认同格局受到冲击，伴随现代化进程而来的是文化霸权、强势文化扩张和导致的文化秩序破坏、文化生态失衡。《文化伟力》以生动而现实的案例，检省中国文化近代以来的式微和发达国家对我们的文化掠夺和轻视，片中引用的撒切尔夫人的话——"今天中国出口的是电视机，而不是思想观念"——时时叩击着国人的灵魂，激励着中华的文化图强。

《文化伟力》力倡文化强则国强的理念，但并未陷入文化决定论的拘囿中，而是以开阔的视野和开放的理念多方位地思考和阐述了文化与政治、经济、科技等各方面的关系，《文化伟力》认为，一个现代化强国必然是政治、经济、文化、社会协调发展的国家，没有忽视文化与经济的互渗和交融等相互作用关系，强调文化对经济的拉动作用，尤其对文化与科技、"后温饱产业"的文化产业的发展进行了全球视野下的剖析。美国通用公司总裁杰克·韦尔奇曾说："文化产业是属于这个时代最有挑战力商人的最大蛋糕！"[2] 的确，一首歌、一部电影、一部电视剧都有可能带动一个地方经济的崛起和繁荣。比如一曲《太阳岛上》让哈尔滨享誉海内外；一个小品《昨天 今天 明天》让铁岭天下闻名；美国大片《指环王》在新西兰拍摄，带动新西兰的游客骤然上升，同比增长20%。正像美国学者托夫勒所说的："哪里有文化，哪里就会出现经济繁荣，而哪里出现经济繁荣，文化就会更快地向哪

---

[1] 丰子义：《文化发展研究中的若干问题》，《中国社会科学报》2012年10月31日。
[2] 转引自《北大文化产业前沿报告·前言》，群言出版社2004年版。

里转移。"

《文化伟力》对文化力量的阐释宏观与微观相结合,不仅有精深的论证,而且有具体的事例和大量权威数据,全方位统领文化发展的历史与现实,充分展现了中华民族博大精深的文化积淀以及当代文化建设的丰硕成果,传达了中国人孜孜以求的建设"文化中国"的"文化梦想"。

三　史诗情怀　文化华章

有一句关于纪录片广为流传的名言,一个国家没有纪录片,就像一个家庭没有相册。据此,如果将理论文献片《文化伟力》视为中国乃至世界文化发展的纪录相册,应不为过。该片视野开阔,史料丰赡,论说精深,语言优美,全片以史促思,以诗活思,思史交融,诗思相映,既有理论文献片的高屋建瓴、庞博深刻的内涵,又有一般纪录片的娓娓道来、平实清新的风格。既注重各元素之间的艺术化连接,又有整体结构的大气洒脱和形散神聚,达到了史、思、诗的完美统一。

史诗性是文献片的命脉。古罗马的美学家郎加纳斯认为,史诗意味着崇高,强调的是"庄严伟大的思想","强烈而激动的情感",以及"结构堂皇卓越"等因素。《文化伟力》放眼世界,着眼民族,既有历史总结,又面对现实,同时展望未来,兼具题材宏大性、画面的全景性、思考的凝重性,可谓一部文化史诗。

全片立足拨开遮天的物质迷雾,洞见人类精神的迷失,反思人类文明与文化发展出现的问题,放眼和吸纳世界文化中的优秀元素,从而在全球化时代绽放具有诗意与深度的传统文化新华彩,尽展民族文明与中华文化精神的独特魅力。正所谓文化彰显伟力,影像铸就辉煌。《文化伟力》从撰稿到拍摄再到后期编辑,主创人员倾注了大量心血和汗水,他们本着强烈的精品意识,精心制作,反复斟酌,多方论证,几易其稿,功夫不负有心人,播出后好评一片,主创者的创作初衷和影片的预期效果达到了契合。

为国族立心　为文化立命

一部文献片的成功不仅取决于丰厚的思想容量，还取决于艺术上的精心设计和别具特色。《文化伟力》一片力求思想内容与艺术形式相得益彰，结构的搭建、逻辑的推进、每集的切入、语言与画面等都精雕细琢，别出心裁。

《文化伟力》采用攒射式结构，多层面、多角度地透视"文化伟力"这一核心。攒射式结构的特点是强调在构思时明确核心，各条线索从外向里、由分到合都是为表现既定核心而出现。《文化伟力》全片的六个部分涉及众多问题和角度，集与集之间纵横捭阖，收放自如，同时各部分结构还体现出焦点加散点相结合特点，即焦点构架加散点嵌入，全片构架类似六边形，每一集都作为表现"文化伟力"的一个不可或缺的侧面，"源""魂""光""帆""柱""路"相互支撑、相互辉映，同时各个侧面之中又有各自重点观照和精到阐说之处，如文明的轴心说、儒家礼乐文化、文化的创造特质、文化输出问题、文化产业发展模式的概括提炼，以及对文化政策沿革的梳理等，它们就像珠子一样镶嵌在全片各个组成部分，在整体大结构中形成嵌珠式小结构，取舍有法，详略得当，可谓精彩纷呈，引人入胜。开头吸引人，结尾有余味，富有启示。

《文化伟力》还力求艺术切入，破题巧妙，即精心设计切入点，采用"小切口进入"，一石激起千层浪，并逐渐向深广拓进。具体地，每一集都别具匠心地选择了一个恰当的切入点，然后层层剥开，层层递进，成为该片一个非常突出的艺术特色。如第一集就从本片的题眼切入，巧妙展开全片，可谓少见的最佳切入点。它没有常规性地从文化浩繁难厘的定义入手，而是利用近年山西襄汾陶寺遗址考古新成果，巧妙地将在陶制扁壶残片上发现"有一个朱砂写成的'文'字"作为开篇破题点，因为这个"文"字"比殷墟出土的甲骨文有着更为久远的历史"。这样开篇不仅切入巧妙，与本集"文明之源"题目相呼应，叙事新颖，自然灵动，意味深长。其他各集皆不同程度地体现了这种艺术特点，各集之间形成生动整齐、风格一致的形式之美。

第四辑　观与评的人文之思

　　语言与画面的配合是否完美，也是考量一部文献电视片的要点。《文化伟力》在技术上虽非投入巨资的大制作，但画面匹配质朴清新，节奏流转流畅自然，语言与画面相得益彰，思想表达和画面艺术完美结合。该片采用镜头的宏观和微观结合，镜头的推拉摇移灵活运用，以突出对主题的表现和阐释。同时，动画特效的运用，对历史的还原和再现带来新鲜感，也增强镜头语言的艺术表现力。

　　在学术界有这样一种观点，认为纪录片解说词的不当运用可能对画面和观看造成一种干扰或冲击，同时也可能产生说教感，进而削减审美性。当然文献纪录片不像其他现实题材的纪录片那样可以是纯粹的客观记述，它还承载着理论传达和思想宣传等功能，因此解说词起着非常重要的作用。《文化伟力》一片的解说词，深刻优美，激情洋溢，既有深沉的理性，又有飞扬的感性，哲理性、抒情性、概括性兼而有之，表现了主创者深厚的理论积累和较高的文学修养。全片精彩深刻的句子随处可见，在此仅举一例：

　　　　礼乐文化是中华民族的祖先进入文明社会的创造。那些一直延续到今天的祭祀仪式，是我们回溯昔日礼乐文化的窗口。舒缓而悠扬的金声玉振、肃穆而有序的举手投足、进退揖让、黄钟大吕、干戚羽旄是礼乐之美，盛美的仪式并不只是为了满足耳目之欢，更重要的是让人们体会其中引领人心向善的本义……

　　文章合为时而著，歌诗合为事而作。文化乃文明活的灵魂，也是支撑国家民族的脊梁，对文化研究和探索就是对人类自身的认识，它将是人类发展的永恒主题。对于人类来说，思想有多远，我们就能走多远，对于一个国家和民族来说，文化有多远，我们的国族就能走多远。文献片《文化伟力》正是立意于此，并在这个意义上践行了自己的使命：为国族立心，为文化立命，即为中华文化确立更为高远的意旨与追求，更为"文化中国"行走世界鼓与呼。

李五泉与他的《街上有狼》

当 20 世纪 90 年代的作家大多依然对城市怀有恶感，而将自己的文学圣殿设置在乡村，尚未走出"乡村情感"视域时，一直致力于都市题材创作的哈尔滨作家李五泉为文坛贡献了一部很好看的关于关东城市和社会的小说——《街上有狼》（中国青年出版社 1996 年版）。虽然书中的城市哈尔滨在时间概念上并非现代意义上的，但作家在对这座民国时期的城市的描写中，演绎了自己对商品经济社会的某些共性特征的认识和阐释，同时再现了民国时期哈尔滨的城市风俗。

一

李五泉是土生土长的哈尔滨作家，从 20 世纪 70 年代末开始发表作品，到今天一直将创作的兴奋点聚焦于都市，创作了《在拥挤的车厢里》《男人的故事》《走进月光》等较有影响的作品。这些小说大多截取都市社会的一些时空片断，或是公共汽车的一角，或是大杂院的一隅，或是捕捉普通都市人生的一幕幕，从而表现了他们生活的苦涩艰辛，精神的迷惘困惑和执着而美好的人生信念。《在拥挤的车厢里》将 20 世纪 70 年代都市人物质生存环境的窘迫，通过公共汽车拥挤的瞬间反映出来，其中还表现了都市人的生命在琐屑的生命流程中被吞食及他们因此烦躁焦虑却又不失良善的内心世界。《男人的故事》则表现了住在大杂院里平平常常的男人们的人生故事。《老景》一篇通过以

第四辑　观与评的人文之思

替人挑水为职业的挑夫老景的不同人生时期的描写，较为细腻地刻画了他卑微而凄凉的一生，表现出一个普通人的物质与精神生活的双重匮乏与悲苦。《曲调》则表现了主人公陶林的民族情感与个人情感的冲突。

　　李五泉给自己设定了这样的创作标尺，即在文学中表现人类共性的、永恒的东西。他说这看起来似乎很高远，也很难达到，但他必须如此。的确，从他的创作实践可以看出，他一直企望能够依托都市的人事描摹来传达他对人的生存体验和情感体验。在《街上有狼》以前的作品中，李五泉试图不动声色地通过对都市里一些十分普通甚至微不足道的小人物的琐细的生活流程的描写，揭示了人们由于境遇变化而导致的外在与内心的细微反应。但《在拥挤的车厢里》《男人的故事》等短篇小说，或因取材的限制，或受篇幅的制约，或许由于积累的不足，致使有的作品故事内核不够坚挺，对所要表达的思想似乎缺乏足够的支撑。人们似乎能读懂作者的创作意图，但也仿佛感到了作家在生活素材的积累与挖掘上的力不从心和捉襟见肘。对此，李五泉本人也有察觉，并坦言自己对现代都市题材有些把握不住，驾驭不好，一直未写出关于现代都市题材的长篇创作。

　　当李五泉参与哈尔滨的一项文学工程——火狐狸长篇小说系列的创作时，他开始凝神汇思，在记忆里翻阅着自己大半生的人生储备，终于在蓦然回首间，发现了一个原本熟稔的题材视域——旧时哈尔滨的商业社会与市民生活。如盘旋在林外的燕子终于找到属于自己的巢，李五泉找到了自己的创作优势所在。李五泉出身商人家庭，父亲也是闯关东的哈尔滨第一代移民，那一代移民历尽坎坷，用自己的才智和汗水开拓建设了这一移民城市，形成了一个以正阳街为主体的街区，李五泉就是在这街区出生，又在这一街区长大，对这个已初具形态的商业社会以及生活在其间的形形色色的人们，他曾耳濡目染，其熟悉与认知程度远不是后天为创作而去体验所能比拟的。

二

　　展现在我们眼前的《街上有狼》是李五泉文学创作中一个奇突的

李五泉与他的《街上有狼》

峰，较之以往的创作，无论是篇幅上还是思想内涵上都占尽风光。他以洋洋洒洒近 26 万字的篇幅，以旧时哈尔滨的城市生活为底蕴，讲述了一个颇具传奇色彩的故事，主人公陈九出身于土匪之家。父亲是"一个马上来，马上去，大碗喝酒、大块吃肉"的马贼。陈九原本会子承父业，然而一个偶然事件使他邂逅了被土匪抢来做人质的官家小姐陆璎，自此他的人生轨迹发生了逆转。他以强盗般简单而执着的思维，强行占有了陆小姐，并带着她逃出深山老林，远走高飞，落脚到了哈尔滨正阳街上。他先是在这个商业社会摸爬滚打，后来则以其对商业社会内在法则的适应与谙熟，自己的精明与强悍，由一个"替人家守钱桌子的小伙计"，成为正阳街上首屈一指的毛皮巨商——宏发祥毛皮商行的老板。在商场上他呼风唤雨，争强斗狠，疯狂地攫取财富，完成了一部血腥的发家史。在哈尔滨这座具有殖民色彩的城市里，十分强大的外国经济势力，对陈九的生意构成威胁和冲击，对此有着山民性格的陈九并不示弱妥协，他坚决与日商斗法，并打败对手。无奈受到甘当走狗的奸商沈中和（原为宏发祥商行的账房先生）栽赃陷害、盗走资金，从内部蛀空宏发祥，加之个人恩怨与情仇，致使陈九和他的毛皮商行终于败落。

小说并不着意于民国时期哈尔滨社会的政治、经济、文化风貌的总体把握，也未沉醉于陈九传奇式人生的细致描摹，而是继续秉承一贯的创作原则，以理性的目光审视笔下的商业社会给人类文明带来的正负面效应，刻意摹写人们的生存状态（诸如生与死、苦与乐、失败与追求等），以及人与人之间的关系。

毋庸讳言，商品经济社会极大地促进了生产力的发展，给社会的发展注入了活力，推进了人类文明的脚步。但它的竞争机制以及由此催生的人们对名利的角逐，无疑也造成了人的生存环境的残酷性以及人与人之间关系的冷漠无情。《街上有狼》即在一定程度上对此作了反映。小说中的正阳街可谓商业社会的一个缩影。在这里商场如战场，尚处在原始积累阶段的社会充满残酷与血腥，生活在其中的人们如履

第四辑　观与评的人文之思

薄冰，朝不保夕，一夜之间可能变成富翁，也可能变成一文不名的穷光蛋。人们为抢夺聚敛财富而相互残害、格斗，往往你死我活，胜者为王，败者为寇，正如陈九所说："你到正阳街上闻一闻，他们赚的哪一张钱不带血腥味？"以正阳街上的"黑袍三兄弟"（陈九是其中一员）的故事为例，即可略见一斑，"黑袍三兄弟"靠"经营钱桌子兑换钱币吃贴水"，盘剥那些"闯关外谋生的人"的血汗钱而大发横财，当陈九们大肆购置土地房产时，有的人却因"羌贴"突然连连贬值而悲痛欲绝。他们将曾是命根子如今却是废纸的羌贴撕得粉碎。"天女散花般从楼顶上撒下来"，自己也从三楼纵身跳下；"黑袍三兄弟"中的老大因赚黑心钱而遭人暗算，"让仇家装进麻袋，在腊八的夜里塞进松花江的冰窟窿里"。另一个成员沉迷于花街柳巷，染上了梅毒，痛苦难熬时又吸上了鸦片，当他把"赚到的钱一口一口地抽光后"，暴尸街头。商业社会在某种程度上说也构成了人类的一种险恶生存环境，"这中间多少风险，多少隐私，多少血腥怕是永远没有谜底可查"。商业社会也造就了它特有的社会文化、人生哲学及人际关系，对此方面，小说主要通过人物的描写和塑造，以理性、批判的目光给予了现代意义上的观照，作者力求反映商业社会所具有的某些共性特征，在对民国时期哈尔滨社会的描写中折射出对当今社会的某些认识和思考。

《街上有狼》所描写的那个时代，尽管依然散发着关东乡土文化固有的质朴、热情与豪爽、正直，但商品经济的冲击已使人与文化发生变异，在旧有传统尚存的同时，也更多地浸染了商业社会带来的人文方面的负面效应，弥漫着浓郁的拜金主义气息。尚不失古朴的正阳街人已意识到"钱归钱，人情归人情"。他们虽然也有情、有爱，甚至还秉承着"老乡要是不帮老乡，黄金都变糠"的古风，但这似乎并不妨碍他们遵照实利、实用的原则去运作人生，受物欲观念的拨弄，人们为一己的得失绞尽脑汁、机关算尽、你争我夺。拜金主义观念像一只看不见的黑手在诱惑着、扭曲着、异化着人们的灵魂，"人不怕没了有，就怕有了没"，物欲的驱使使"这个世界除了狼就是狗，这个世界

李五泉与他的《街上有狼》

谁不霸道谁就没法活下去"。正如作者在小说的后记里所说，在金钱操纵的现实社会里，"人生有许多无奈，爱也无奈，恨也无奈，无奈多了，人们容易失却自己"。陈九曾经不乏山民的单纯质朴，混迹城市多年后他变成了满身霸气的商人。对金钱与财富的追逐使他变得冷酷无情而又不可理喻，无尽地聚敛财富的欲望已使他的心灵固化为一片情感的荒漠。不仅在社会上，在同行中他以巧取豪夺、心狠手辣著称，在家庭中亦然。他冷落妻儿，漠视她们的精神存在，将女人视为物的存在，是他攫取的财物的一部分，他认为"女人只会卖身上的那块肉"。如果说陈九对女人作的这种简单的价值判断不无山民的粗野的话，那么当迎娶二太太张秀玉的婚宴结束后，他盘查婚礼的账目并且"整个晚上，陈九都在琢磨那些出出入入的数字"，这不能不说对金钱财富的占有欲已统摄了他的灵魂，甚至战胜了他的生理本能。

小说中女主人公之一的张秀玉当年曾像浮萍一样流落关外，"牵着父亲的手"走进这座城市，走进正阳街，小小年纪就尝遍了人生的酸甜苦辣。"都市色彩和风情"不仅将她造就成了"正阳街上的一枝花"，亦练就了她务实的人生哲学和多欲的灵魂。她崇尚富裕的生活，养成了满身的城市女子的习气。既是姨父又是情夫的杂货店老板赵小品给了她华服美食，视她为"公主"，满足她"肉体的欲望和物质欲望"，然而这一切并不使她心满意足，她需要女人的名分，甚至更多。当商界巨富陈九表示他"连人带紫貂皮坎肩都要"时，尽管她对赵小品不无感情，但"她知道自己是美丽的，知道一个19岁的女人生命和肉体的价值"，出于实际名分的需要，出于要"跻身商界的上流社会"和成为一名高贵的太太的企望，她几乎没怎么犹豫就投入了陈九的怀抱。有些娘们气儿的双丰和杂货店掌柜孙殿臣声称自己与妓女秋姐有"十年的交情"，当秋姐被沈中和杀害后，他曾"信誓旦旦"地要为秋姐报仇，但当生命、家庭、买卖受到致命威胁时，他那浅薄的情意则烟消云散，"为了一个女人，想想犯不上"成了他最好的借口。小说中的沈中和更是一个为了名利金钱不惜出卖灵魂与国格的败类。作品中许多

第四辑　观与评的人文之思

卑微的命如草芥的小人物们（如叫化子等）也充当了金钱名利战争中的炮灰，就连参透世事的老乞丐也承认"两国交兵，各为其主，死伤无怨"。

小说中只有一个人与整个社会环境显得格格不入，犹如滴水之浮于油，这便是主人公陈九的太太陆璎。作为官家小姐她本应有幸福的未来，然而在她17岁被掳去做人质时，正常的人生轨道便发生了偏离，她失去了对自我的主宰。陈九将她救出虎口，又将她关入无爱家庭的樊篱。当初无言的肉体结合（"他们之间也没说一句话"）似乎预示了他们未来的婚姻状态，陆璎的出身及她所受的教育使她重礼义、重情感，需要理解、需要感情的慰藉与爱抚。只知赚钱的陈九对陆璎的认识仅仅是她"满脑袋古怪的想法，自己折磨自己，谁也没有办法"。"女人常为一些莫名其妙的事情满足或痛苦。女人就是女人。"他甚至恼火地说："我赚给你吃，赚给你穿，赚给你用，这个城市女人有的我都给你了，你又嫌钱脏了。"做了陈九太太之后，陆璎才知道他们彼此相隔是"多么遥远"，他们无法进入彼此的世界，无爱的婚姻将她置于精神的荒原，陆璎曾经是那么鲜丽娇媚的少女，如今已变成婚床上的一具僵尸。窒闷的生活使她重病缠身，常年苦药相伴，她压抑着自己，以致许多"忧郁而平淡的日子"，就像"苦涩的药汤一样蒸发了"。然而那"苍白和布满紫痕的脸"不过是一张面具，它遮掩的是"充满生命活力的躯体"。当善于伪装的沈中和强行地闯入她的生活，一度唤醒了她已沉睡多年的激情，"带着某种对命运的抗争"，带着寻找"一个值得爱的男人"的梦，她再吃禁果。然而衣冠禽兽沈中和那个商业化的社会"碾花碎玉"，再一次恶毒地利用和嘲弄了她的情感。这莫大的打击和侮辱终于使她对尘世绝望，最后吞食鸦片自尽。陆璎是作者心目中理想化的人物，可谓美好情感与道德的化身。在那个冷漠无情的社会，执意追求情感、全心投入情感的她必定会头破血流，最终香消玉殒。

值得一提的是，小说中"狼"的意象也有较为丰富的内涵。在作

李五泉与他的《街上有狼》

品中"狼"既是以实物形象出现（小说第 19 章中写了陈九与狼对峙搏斗），同时它又别有人文寓意，即它一方面是凶残"狼性"的商业社会的象征，同时又是陈九冷酷、狡猾和勇猛、顽固的性格特征的写照。"狼"的意象的成功营造，拓展了小说思想的表现空间，提高了小说的艺术表现力。

三

纵览李五泉的创作可以看出，他一向秉持着客观、深沉的写作原则，他自称自己在作品中是以"讲故事的人"的叙事角色出现，他所要做的是用笔"去细细密密地把他们描绘出来"（《街上有狼》·后记）。如果说《在拥挤的车厢里》《男人的故事》等在笔法上还欠火候的话，到了《街上有狼》，则越来越老到、凝重和自如了。这不仅见诸小说中人与事的描述上，而且表现在他对旧时哈尔滨的自然景观和文化风俗的描摹上。

对于旧时的哈尔滨，作家有着深刻的记忆和深深的怀恋，因而想把它曾有的繁华与鲜活再现出来就成为李五泉的执着追求。对于哈尔滨这座北方城市的风土人情，作家谙熟于心，写起来得心应手。《街上有狼》既是主人公陈九的传奇故事，也是关于旧时哈尔滨的风俗画。作者将传奇故事、历史事件和北方的风土民情的描写相交织，可以说较为完整地再现了民国时期哈尔滨的地域风情。读罢小说，哈尔滨这座城市民国时期的历史音容及社会变迁依稀可见。作者如果不是生于斯，长于斯，那是难以想象的。

人是构成地域风俗画的灵魂所在。《街上有狼》中的人物除有着鲜明的社会属性外，还具有鲜明的地域特征，他们身上有着关东人特有的性格：男人粗犷雄健，女人们丰腴俊美，他们敢恨敢爱，质朴、热烈、霸气，"一个男人喜欢上一个女人，能捧在手上，含在嘴里，吞进肚里。也能杀了她，剐了她，但不能让别人动一根毫毛"。这与其是对男人，不如说是对所有关东人情感特征的一种状写。在人物的选择上，

第四辑　观与评的人文之思

作家着力描写的不是达官显贵等主流社会人物，而是一些看似平凡普通的市民社会中的三教九流、五行八作。不仅有商场上的巨头显富和阔太太，也有中产阶层的医生、小业主、小老板等，还有处在社会下层的伙计、妓女、叫化子、佣人、奶妈，同时还有马贼、赌棍、瘾君子、保镖、杀手等。他们有土生土长的，也有迁徙移入的，都按照自己的方式生活着。作者对他们浑朴、粗犷又带有几分悲凉、凄怆的人生图景的描绘，为关东大地灌注了历史与生命。

《街上有狼》的地域景物和地域人文景观的描写，与具有地域特色的人物塑造相辅相成，一同构成了旧时哈尔滨的城市文化底蕴。小说对地处东北边陲和高寒地带的北国山川景物、风云雨雪有较为出色的、传神的描写，犹如一幅幅极富地域特色的朔方风景画。如对关东特有的风雪天气——大烟儿泡的描写，作品以白描的手法对其出现时的情景作了生动的描绘。对东北特有的景物的粗线条勾勒，融进了作家的感情和体验，加之朴素、利落、简捷、挥洒自如的语言，使人如临其境，真切可感，而景物描写与北国人物相互辉映，使作品分外有生气，散发着浓浓的冰雪文化的魅力。

对地域风情习俗的描绘，作者则投入了更多的情感与篇幅，从饮食、服饰到建筑、风貌，从生到死到诸种观念，小说都作了或略或详、或概貌或细微、或集中或分散的描写，将这些连缀组合起来，老哈尔滨的社会图景已跃然纸上。许多东北作家喜欢或擅长借助民间文艺形式来作为一种文学表现手段，李五泉亦如此，《街上有狼》多处以快板书的形式展现了 20 世纪 30 年代前后哈尔滨的社会人文景观。说快板书者为老、小叫化子，他们不仅在结构上起到了串线的作用，而且他们的快板书也成为作者对哈尔滨风貌进行艺术描写的重要手段。那种对世相的浓缩式描写，无疑巧妙地将哈尔滨这座东方城市的殖民色彩、移民性质、商业的繁荣和贫富不均等特征再现出来。快板书的运用收到了以简驭繁、以少胜多的艺术效果，同时也活跃了叙事语言，体现了作家的匠心安排。

李五泉与他的《街上有狼》

　　小说中对喜丧场面等东北红白文化的描写亦较为详尽（第六章和第十三章），对哈尔滨特有建筑也进行了集中描绘，如对小说中富春堂大院的概貌描写，就将旧哈尔滨中国人聚居的道外区的独特建筑——"圈楼"及其特有的市井文化反映出来。正如建筑学家所说，"圈楼"的这种建筑格局是中原严谨的四合院文化和东北农村对面炕文化融合的产物。对这些地域风物的描写无疑使小说具有了一定的民俗感与史学的价值。此外，《街上有狼》中的风俗民情描写，有的乖张野蛮（如陈九的父亲因丢了人质犯了"给规"，被土匪扒光衣服，在冰天雪地里浇水被活活冻死），有的诡秘怵人（如吃红粮的刽子手冬夜路遇无头鬼烤火），有的奇特而真切（如叫化子闹市）等，这些风情描写中既能折射出"这方人"的精神风貌，又具有较深的地域文化意味，透着浓郁的地域情调。

　　当然，《街上有狼》并非完美无瑕。作品对于人物身上所包蕴的思想文化尚有待进一步的挖掘和表现；对有的人物性格的个性化描写还锤炼不够；其对故事性的追求在某种程度上超过了对主题意义的开掘。这些都有待于作者在今后的创作中逐渐超越。

后批评时代与学术批评的单向度

因一篇书评引发的"粗口教授"事件虽然过去了，但它带来的冲击与思考却远未结束。透过这一事件的表象，我们不难看出这样的本质问题：当下的学术批评已严重异化并呈现出单向度特征，学术批评本身正在萎缩甚至瘫痪，即批评实际上已成为无对立面的批评，所以书评事件的出现并非偶然，它只是一次集中的爆发，是学术批评单向度化的一个表征。这是后批评时代批评本身正逐渐偏离它的真正含义的结果。"季广茂事件"给学术批评带来这样的警示：在表面虚浮的批评时代，学术批评需要抵制学术异化和学术的极权主义倾向，呼唤批评的"牛虻"精神的回归。

一 众声喧哗与批评的瘫痪

对当下文坛的批评状况做一检省就会发现，这个时代的批评文章比以往任何时代都活跃而高产，无论是学术期刊还是作者队伍，数量大大超过从前，但从实际情况看，批评精神却没有因此而有实质性的增强和进步，而是呈现萎缩、退化甚至瘫痪的局面。这种萎缩和瘫痪主要表现为批评几乎是无对立面和单向度化批评，有批评之名而少有批评之实，以至批评快要蜕变为一个空洞的范畴和术语。

批评从本质上讲是一种否定的理性，而学术批评的本质规定性无疑具有否定性、批判性和超越性。这也是批评尤其是学术批评的旨归

后批评时代与学术批评的单向度

所在。但当下的学术批评存在较为严重问题,被肯定性思维所左右,虽然新的观点、新的主张不断出现,学术研究似乎众声喧哗,一派高产。然而在繁荣的情势下,如果细致地厘定与推敲,不难发现存在很多问题,真正坚实而颠扑不破的学术著作并不多见。在知识分子专家化的时代,学术批评已经行为主义化,"从灵魂、精神或内在的人的崇高领域堕落下来,转化为操作的术语和问题"①。本应"多向度的语言变成了单向度的语言,其中不同的冲突着的语言不再互相渗透,而是互相隔离;意义的爆炸性历史向度沉寂了"②。学术界呈现出一团和气,正是在这种学术的太平盛世的情势下,季教授才难以承受批评的声音,并有对批评的过激反应。而且季教授的感受也不是特殊的,换了别的什么教授也一样的难以受用。说到底,这是当前学术批评异化导致的批评单向度的状况造成的,这一状况如果不从根本上加以改变,真正的学术批评是难以进行和被接受的。

二 抵制学术异化,回归 "牛虻" 精神

古希腊哲学家苏格拉底曾以"牛虻"自喻,"牛虻"精神也从此成为批评与批判的象征和代名词。学术批评无疑应是最具考问性、真理性、批判性和否定性特征的,学术期刊和学人应共同承担起批评的使命,力秉"牛虻"精神,不仅要向权力说出真理,而且最主要的是包含批判与自我批判,完成对这一传统的发扬光大,这本是题中应有之义。而当下的批评却将这些特征进行悬置处理,不仅刊物少有真正的批评文章,学人似乎也心领神会地彼此井水不犯河水,批评少有对具体问题的鸣辩,如有出来商榷和鸣辩者则被认为是不识时务甚至是无聊与无趣,学人的研究几乎是自说自话,难有交叉和互动,学术刊物更是呈现为热闹的沉寂,刊物的厚度和文章的容量不断上涨,但难以

---

① [美] 赫伯特·马尔库塞:《单向度的人》,张峰、吕世平译,重庆出版社1988年版,第49页。

② 同上书,第167—168页。

第四辑 观与评的人文之思

看到真正的对话,更谈不上精彩的辩驳。

愿这一事件能够成为学术精神回归的新的契机与重塑批评品格的开端,它的真正意义和价值是使学人认清目前批评存在问题的本质所在,而不是只对某一个人或某一刊物的穷追不舍或死缠烂打。如果能唤起学界真正注意到问题所在,才达到了这次事件的真正目的。

跋　守望精神麦田　执着意义创新

屈指算来，作为一名高校教师和学术研究者虽已有整整 26 个春秋，但自觉依然处于"独上高楼，望尽天涯路"和"为伊消得人憔悴"的兼而有之的阶段，始终觉得自己还处于学术的门外，依然远远地仰望着学术殿堂高耸的塔尖而遥不可及。尽管如此，却还是体味到叩击学术之门过程中所经历的奋斗艰辛和灵魂磨砺，当然也不乏偶尔稍有收获所带来的些许欣慰与愉悦。在治学的路上，我从逃离转向深爱，在文学与哲学、女性与学术的变奏中体味着一份人生的苦乐与丰富。

从逃离到深爱

作为高校教师和文学研究者，我对这一职业的个中滋味有着深深的体会，从最初的迷惘、中途的意欲逃离到今天的深爱，这些都印证了我个人真实的心路历程。在我看来，学术研究这一职业是崇高而伟大的，它既要探索"头顶的星空"，又要诉求"心中的道德律"，既要探究自然的奥秘，又要关注思想的真谛，因此我更愿意用诗意与凝重来描述这一职业的特征。说它具有诗意，是因为它在所有职业中最注重深度的追问、价值的坚守和意义的探寻。说它凝重，是因为一个人一旦把它作为事业，他的人生从此不再轻松。对于真知与意义的追求，对于学术与创新的永无止境的探索，需要的是全身心的投入乃至终生的执着，文学研究者更因为是人类心灵家园与精神麦田的守望者而格外有一份心灵的沉重。因为"文学试图为人类回答的大问题是：人活着究竟为了什么？人凭借什么活下去？"在关乎人类存在的意义方面没有任何科学能与文学相比（利维斯语）。

文学与哲学

说起我的治学之路不能不谈到哲学，我的研究的真正起步应该说是从读了哲学博士开始（当然这只是我个体的特殊性，我没有将之做普适化推广的意图），1999年考取哲学博士生后，即在导师引领下，开始阅读文化哲学、西方马克思主义批判理论、后现代文化思潮等方面的书籍，阅读过程的困惑和煎熬自不待言，却有意外惊喜，因为每一部著作阅后，都令我产生意想不到的思想火花，点燃并升华了已有的文学积累，同时也使我的研究视野不再拘囿于二级学科内，在一定程度上突破原有的研究范式，促使我有能力关注和参与有关文学与文化方面的热点和前沿问题的探讨，走着所谓的文学的文化研究之路。从对文学新人类的批评，到当下文坛的问题检省，从对文学评论界对现代性研究所存在的误置误读，到文化研究思潮的关注研究，都显现了哲学对我的或隐或现的影响，也印证了"他山之石可以攻玉"的朴实之理。虽然自己对浩瀚的哲学史只是一知半解，但依然感谢哲学的启蒙和洗礼，感谢在我求学路上先后引领并给我以教诲的诸位恩师，与哲学相遇是我人生的幸事。

女性与学术

在女性与学术这个话题下，我不想引用某位学者那段著名的女人与哲学相互伤害的经典论说。对于性别与学术是否构成问题？究竟是否应该放在一起来论说？我在此暂且悬置。但男女之间的性别差异是不能否认的，女性在展开自己学术研究的路途上所体味的艰辛与痛苦的确与男性不同，正如一位女性研究者所说："理论与批评之于女性，并不总是轻松愉悦、养憩怡神的……女性进入语言，她实际已用鲜活圆润的生命作了抵押与代价,她从此不会再有普通女性那样的闲散适意,她将丧失许多实际生活的日常化内容和常态幸福感,她将遗忘掉窗外明媚的风景而把自己囚禁于斗室,她将以横陈自己的生命为体验方式,在上下翻卷中,她得承受像男人那样在精神领域所必然经历的炙烤与锻打,从此,这女性的灵魂将格外受苦备受熬煎。"(艾云:《用身体思想》,江苏人民出版社 2003 年版)这是很多女性研究者共同的感受。

尽管从《圣经》开始,女性就被定性为主阴的生灵,并被认为不善理性思考和理论研究,但这个世界并未单独给女性按其性别而配置工作与职业,这个社会也从未对女性降低要求,在学术研究中更是如此。某种程度上看,女性身上有着更为执着和进取的特质,对自己的事业更加投入和看重,有时这可能是男性也不能媲美的。同时女性也为学术研究带来自己的视角和声音,因此有人说得好:"如果这个批评的世界没有了女性的声音,这世界将会显得如此沉闷萧条呆滞了无生机,女性以其蕙质兰心之于这世界的另一种努力,使历史更加充满了生动与灵性。"(艾云:《用身体思想》,江苏人民出版社 2003 年版)

于文秀

2016 年 12 月 18 日